La calle de los cines

MARCELO COHEN

La calle de los cines

Sigilo

Cohen, Marcelo
   La calle de los cines / Marcelo Cohen. - 1a ed. - Ciudad
Autónoma de Buenos Aires : Sigilo, 2018.
   336 p. ; 22 x 14 cm.

   ISBN 978-987-4063-62-5

   1. Narrativa Argentina Contemporánea. 2. Cuentos. I. Título.
   CDD A863

Diseño de portada: Santiago Palazzesi / gostostudio.com

Diseño de interior: Krysthopher Woods

Foto de autor: © Alejandra López

Primera edición: agosto de 2018

ISBN 978-987-4063-62-5

Hecho el depósito que marca la ley 11.723

Impreso en Argentina / Printed in Argentina

Editorial Sigilo SRL
Pedro del Castillo 549 8° C
(C1414AWK), Buenos Aires, Argentina
sigilo@sigilo.com.ar
www.sigilo.com.ar

ÍNDICE

UNAS PALABRAS

Salir del cinema es un poco triste. No porque tras un lapso de evasión uno se encuentre con la realidad, si fuera eso con lo que se encuentra, ni solo porque se ha terminado un viaje. Es que al final del transporte uno descubre que no conocía bien el hábitat familiar adonde ha vuelto. Para el que va a ver filmes a menudo, ese shock repetido es una invitación a admitir que el desconsuelo y el malestar son parte tan natural de la vida como la ilusión. Además, quieto a oscuras en su butaca, uno se ha concentrado un buen rato en asuntos de otros. La porfiada voluntad con que el público moderno se traga el embuste de que una gestión estricta de sí mismo puede darle una bonanza sin baches ha contribuido no poco a que ir al cinema cayera en desuso.

Me figuro que la declinación empezó hace varios estarcos con el hallazgo de la Panconciencia. Ya me dirán para qué cuerno tomar un autobús y comprar un tiquete para mirar cómo se besan o gimen dos amantes, resuelve sus dilemas morales un científico, se perpetra una venganza o un fraude en la isla equis o se desayuna en el gélido clima de isla zeta, todo esto muy inmaterial, cuando con solo enchufarse a la Pan cualquiera ya podía trasladarse a ambientes exóticos o familiares (cierto que experimentados por otros pero no por eso menos reales; cierto que sin saber adónde iba pero sin que un crítico gárrulo le haya contado tres cuartas partes del argumento) y hacerse con chismes, infidencias, incidentes, paisajes, palpitaciones y pensamientos del variado portento de la realidad tal como la perciben las mentes. Cuando la novedad de la Pan se hizo rutina, con todo, los inconformes volvieron a afirmar que la imaginación es más veraz que la percepción directa. Tiempo después corrió por los noticiescos que cierta señora RV, no sé de qué región del Delta, había recalado en una conciencia ajena en estado de reposo, y presenciado un sueño de una lujuria criminal tan fantasiosa que excitaba como un cuento raro. Desde luego, era una patraña urdida por los consorcios de noticias; la ciencia mentalista ya había probado con creces que no se puede entrar en un inconsciente ajeno; sí en cambio en una alucinación ajena, del mismo modo que se puede alucinar estando en la Pan, cosa que la burra de RV ignoraba o fingió ignorar seguramente sobornada por un yurnalista.

El engaño duró tan poco que no hubo mayor desencanto. Pero los cientistas se lanzaron a la busca de modos de optimizar potencias desaprovechadas. ¿Sabía el lector que en ese entonces se inventó y popularizó el implante de recepción y envío de consignas, invectivas, felicitaciones, anécdotas, sentimientos y otros contenidos cerebrales? Y así llegamos al próspero mercado actual de paquetes neurales de entretenimiento, y comprensiblemente al trueque clandestino de ficciones pirateadas. El sistema es tan cómodo para el deseo perentorio que el sujeto corriente, que ya iba al cinema muy de cuando en cuando, dejó de acordarse de que el cinema existe. La gente pasa frente a las salas sin verlas, y menos las ve desde que se achicó el tamaño de los carteles. El cinema quedó como un arte anticuado para adictos o extravagantes; hacer películas, como una actividad para creadores obcecados e inversionistas sin apuro pero sagaces, visto que en un mundo tan poblado como el nuestro la cantidad de fieles no es en absoluto cosa de nada.

¿Y por qué?

De la adolescencia en más, con las películas uno aprende cómo lidiar con padres y hermanos, besar, sexuar, empuñar bien el taco de la martínbola, cavar una zanja, violar una cerradura y rematar con agudeza un diálogo resbaladizo; aprende a no precipitarse en el juicio de un desconocido, usar un soplete, escabullirse de un aprieto, preparar una salsa de gubiana, comportarse en la mesa, vestirse con simple elegancia o con audacia suntuosa, conducir bien un vehículo, reanimar a un infartado, despistar a un perseguidor, razonar en medio del peligro o atenuar el retroceso de un vibrorrifle. En el cinema visita geografías y épocas históricas, se instruye en botánica, zoología, medicina, decoración de interiores, dominio de las emociones; y vislumbra con qué estratagemas nos condiciona el poder o uno mismo maneja y usa a sus semejantes, y en definitiva, para ser grueso, entiende lo rarísimos que somos los humanos y cuán capaces somos de pintarnos enteros. O sea: el cinema es una escuela práctica de la vida. Y así como en la amistad no solo cuenta el afecto sino también el intercambio de prestaciones, la cinemafilia, esa inconcebible adicción que a tantos les parece un vicio caduco, no solo estimula el placer o el horror estéticos, sino también nos hace más anchos en saberes y vivencias, vale decir más sensibles.

Por otra parte… Ah… tras la inmersión en un sonido pleno y las imágenes inescapables –terror, indignación, piedad, emoción, risa, ansiedad del desenlace incierto, sorpresa de la serie de planos–, qué delicia sentir que la dura realidad se vuelve fresco aire libre cuando se discute la película con otro durante una caminata, y aun seguir repasándola sobre los platos de telujo a la plancha con puré de aliroco o las copitas de aguagrís. Digo "se discute la película" porque, según se sabe, eso que el ojo percibe como movimiento continuo es de hecho una rauda sucesión de fotogramas y, dado que en las milésimas de milésimas de segundo entre un fotograma y otro el imparable cerebro edita lo que recibió en base a su archivo particular, y por lo tanto condiciona la recepción de los fotogramas siguientes, ningún espectador ve la misma película. Años de cinema con mi mujer me probaron que lo que cada uno vuelca en estas charlitas es el remodelamiento cerebral que le provocó la historia. Unas veces el amor lleva a negociar un acuerdo. Otras, sin que el amor decaiga, cada cual se emperra en que está contando el filme verdadero y la cena se atraganta. No importa: ya hace un par de horas que salimos y se desvaneció la tristeza.

Siendo muy joven tuve un encuentro temprano con el fenómeno. Eran tiempos en que los estados de los ríos longitudinales habían conseguido entretener a sus poblaciones con una obsesión por la seguridad de sus indeterminables áreas fronterizas. Un Protocolo de Previsión había instituido un sistema interisleño de vigilancia y resguardo contra la intrusión. Los regentes se jactaban de que una cantidad tan enorme de estados hubiese acordado cooperar, y la gente se emocionaba de arder por una causa que le diera sentido a la existencia cívica. Buscando lo más fácil, para el sistema de vigilancia se habían copiado normas de un pasado remoto. Pequeños destacamentos de jóvenes de dieciocho a veinte años tenían que servir durante ocho meses, las mujeres en oficinas de control y espacios públicos, los varones en el terreno (había reverdecido el varonerismo). Me destinaron al istmo finis de Isla Tamerian. Me adiestraron en el uso de vibradoras y todavía se me pone piel de gallina cuando pienso en las horas que me pasaba en la garita artillera mirando flotar témpanos en el agua de un brazo anchísimo del río sin que entre mi orilla y la pelusa vegetal de las ultrislas se asomara no ya un usurpador, un combatiente a la fuga, un inmigrante clandestino, una banda de traficantes sino siquiera un pelicaino. Las tardes de licencia me iba a leer a un lánguido barsucho cercano al acantonamiento. Pero al fin me hice amigo de un recluta baluguense y un mediodía tomamos juntos el autobús hasta la puebla franca del centro de la península. Adelanto ya que entre los pasajeros, dos filas por detrás de nosotros, iba sentado un hombre de cabeza de jarra, ojos clarísimos y abrigo reglamentario con charreteras que nos clavaba miradas de advertencia familiar. También con familiaridad, pero más prudente, los pasajeros lo llamaban Huilen. En la mínima ciudad, mi amigo, que era de las Balugas y llevaba en un saquito las piedritas estampadas de guampana, entró a jugar unas partidas con uno de los parroquianos de un café; yo me fui a deambular. Si varias calles rebosaban de hoteluchos y comercios libres de impuestos, en una había no menos de quince cines, de los cuales de tanto en tanto brotaba un grupo de espectadores; pero más me atrajo la entrada de una galería o pasaje donde, bajo un friso de carteleras con distintos programas, una frigata de pelo negro y piel traslúcida fumaba soñadoramente recostada en la pared. Como del cuello hasta los pies la ropa era algo gruesa para esa cara tan fina, supuse que tenía varias prendas superpuestas. Tiró la colilla, hizo lo que interpreté como una invitación y entró en la galería. Yo aún juraría que esa manzana era más grande por dentro que por fuera. Desde el vestíbulo forrado de butiquitas envejecidas se abría como una decena de corredores que por dentro se multiplicaban e interconectaban, revestidos de madera ajada y con pasillos laterales cortitos que llevaban a salas de cine. La chica se paró ante una, consideró el afiche, me hizo pagar el tiquete y recibió la venia para entrar, supuse que porque trabajaba reclutando espectadores. Yo había visto el filme en cartel, la historia de un erudito viejo y solitario que hace frente a la muerte armándose con la curiosidad que le despierta una escandalosa familia del piso de arriba. Ella ya estaba acomodada y, pese a que algunos de los dispersos espectadores parecían reconocerla, me senté a su lado. Me empezó a contar que ese hombre venerable, el protagonista, era un agente que estaba cumpliendo a disgusto su última misión, informar sobre un grupo de conjurados que había establecido una base operativa en el edificio. Mientras tanto, rozándome apenas con cada movimiento, se descalzó un pie y se sacó la media correspondiente, negra y sedosa pero gastada, y la guardó en la mochila. Debajo llevaba otra media, pero ya se adivinaba una torneada pantorrilla. Creí oír un susurro celoso. Como a los quince minutos mi guía se levantó y salió. Mirando el desgarbado meneo de su tundis la seguí hasta otra sala, donde pagué la entrada. Aunque yo no había visto esa película, se sabía que era de miedo. A oscuras, mientras se sacaba inquietantemente una primera camisolda (tampoco flamante), con un cálido jadeo entusiasta mi guía describió una truculenta escena de horror como una graciosa pelea entre amantes a los cuales un resentimiento incontenible transformaba mutuamente en sádicos. En breve: lo que hacía la frigata era despojarse una a una de sus muchísimas pero no infinitas ropas a la par que desgranaba su versión particular de lo que estaba pasando en la pantalla. No solo se ganaba así los garbanzos; le gustaba el cine; le gustaba contar películas. Y si bien mis gónadas iban demandando aliviarse, no me importaba dilatar la expectativa del goce gozando de ese popurrí de cinema, y sobre todo de descubrir que mi argumento y el de ella eran en cada caso tan verdaderos como el del guionista. Habríamos visto unos siete pares de cuartos de hora de películas cuando en medio de un pasillo ella se detuvo ante una escalera angosta, desprendiendo una manga de la blusa visible dejó desnudo un brazo hasta el hombro, sin volverse me tomó de la mano con una mano fuerte y tenue a la vez y, entre los crujidos de los escalones de jolde, me llevó hasta una puerta que abrió al cuarto de la consumación. Solo que hubo un problema. Por entonces, junto con el celo de protección fronteriza, había aumentado la paranoia por enfermedades degenerativas de transmisión sexual (un equívoco de esos tiempos, hoy tan desmentido por la ciencia como el de la nocividad del tabaco) y ya estábamos junto a la cama cuando irrumpió en el cuarto el tipo ese del autobús, el tal Huilen, esgrimiendo una vibradora del Cuerpo Interisleño de Previsión. Sacudiendo a la frigata por un brazo le gritó algo así como *Es la última vez, Alaú; como vuelvas a traerte un soldado acá arriba te encierro en el lazareto de Dolag.* A mí me mandó a buscar a mi amigo y volver derechito al acantonamiento. Una frustración como esa no se diluye, como decíamos entonces, cascándose la pígola; ahora compruebo que el verdadero alivio es contarlo.

Con lo que llego al grano.

Soy un empedernido contador de películas. Creo que es una forma incomparable de comunicación y difusión, si uno lo hace procurando transmitir entusiasmo, dudas, efectos, pero sin estropearle la intriga a los que invita a verlas ni atropellar la versión de otros que las hayan visto. Durante un buen tiempo, en restaurantes, cafés, salas de estar, viajes en tranviliano y hasta charlas por farphone, tuve indicios y hasta pruebas de que yo contaba con cierto encanto y no despertaba polémicas.

Provocaba risas, desasosiego, cavilaciones, urgencia por comprobar, aplausos en broma y abucheos socarrones. He recibido palmaditas de satisfacción y me han tildado de chiquilín, ingenuo, exagerado o fanático. Al fin, al cabo de unos años, noté que algunos oyentes empezaban a bufar durante mis relatos, primero con disimulo, después ya no. Por suerte una tarde alcancé a oír que un amigo del alma me calificaba de budrazo. Mi mujer me apremió a que por lo menos fuera más breve.

Y como yo no puedo privarme del gusto, aproveché la revivalia del correo postal para enviar sinopsis lo más amenas posible escritas en el dorso de tarjetas con paisajes alusivos a la peli del caso. Como habría debido prever, ni mi experimento hizo roncha ni la revivalia del correo duró mucho tiempo. Además, en las tarjetas me faltaba espacio para contar bien las historias; por eso al fin me decidí a escribirlas sin limitaciones. Escribir da amplias posibilidades de no molestar a nadie. En seguida noté que lo pasaba en grande. No voy a decir que eran cuentos de calidad; solo que escribir es más lento que hablar, y cuando hay más tiempo para la inventiva uno traduce el filme con mayor fidelidad.

Pero en este menester se puede ser fiel de distintas maneras. Si cada espectador ve una película diferente, tampoco uno mismo se cuenta una película siempre igual, y no cuenta igual todas las películas. Lo ideal sería lograr que la película que ofrece la memoria se cuente sola. No es tan sencillito esto, les aseguro: uno pone una frase donde en el cine hay una acción, otra frase donde un personaje del filme piensa en silencio, y cada frase alimenta otras, todas con el incontenible afán de proliferar de la mente que las segrega y de la naturaleza misma de las frases. Para paliar esto he tratado, hasta donde permite mi obcecación, de limitarme a contar las películas sin opinar de más sobre cuestiones técnicas, formas de filmar, la estructura de los argumentos, los personajes ni los eventuales contenidos*. Si abrí algún juicio de valor artístico fue siempre según el principio de expresar admiración antes que regodearme en el reproche. Por supuesto, la meta es suscitar en el lector ganas de ver la película o la impresión de haberla visto; mejor aún lograr que pueda recordarla y contarla como de primera mano. Y en definitiva, qué linda tarea es buscar en cada caso una presentación verbal congruente. El tiempo que uno pierde lo deja por ahí al albur de que otros quieran perderlo leyendo.

Marcelo Cohen
Isla Onzena
Noviembre, est. III, cic. de las Algas

---

* Ofrezco el título de cada película como la vi en las salas de mi isla; no así los títulos con que las distribuidoras las estrenaron en otras islas siguiendo su curiosa evaluación del gusto de los públicos locales. Como no colecciono programas ni archivo materiales, solo doy los datos que recuerdo bien: directores, islas de origen. Para contar con eso basta, digo yo, aun si en los nombres hay algún error de ortografía.

HAY QUE PAGAR
Un romance moral

·

De Feldore Rustí
Isla Vozze

Aparte de tenues luminarios de pared, una ancha luna artificial alumbra desde el techo este local de comidas sencillo y gustoso. El dueño en persona vigila el servicio desde la caja. En una mesa, ajenos al vaivén de los dos camareros y la concurrencia, un hombre y una mujer jóvenes procuran disimular la efusividad de la charla desviando a veces la mirada hacia la ventana. Al otro lado del vidrio, hacia abajo, el río valseante refleja un festón de luces caseras. Han terminado de comer y beben licor de arropi a sorbos menudos. Flugo, un pelirrojo fortachón, está bastante bien afincado en su fealdad masculina. Otami es larga y deslumbrante: ojos azules de tamaño correcto, pelo corto del color de los dátiles, nariz recta y abrasadora, los incisivos laterales de arriba deliciosamente inclinados, y en el pleno labio de abajo un tic de esfuerzo por controlar un cierto desequilibrio. Justo ahora ha embocado mal la copa y un chorrito le abrillanta el mentón. Se lo seca de un manotazo. Baja los párpados; se saca la chaqueta. Flugo, demudado por esos hombros, consigue sorber virilmente la baba que le está por caer. Ella extiende los brazos para mostrarle las nuevas prestaciones que esconden sus ajorcas de solveno. En los peludos brazos de Flugo solo hay juiciosos apéndices funcionales pero también los muestra. Con confianza: están engranados e intranquilos como si algo se cociera entre los dos sin dar todavía un olor reconocible. No bien un camarero deja la cuenta sobre la mesa, Otami advierte que ella invitó y va a pagar ella. De repente se oye un bramido no humano ni animal. El pelo de Flugo enrojece más y un resplandor ilumina la espalda de Otami.

Por la boca de la cocina, al lado del mostrador donde el dueño monta guardia, ha irrumpido una llamarada y ya devora el separador de hiluveno. Perseguidos por otras llamas cada vez más grandes, chef y pinches salen a los piques mientras los robotios retroceden escupiendo sus reservas de agua. De nada sirve. Nuevos fulgores asoman a ras del suelo como boas de fuego. Mientras el dueño se aparta palmoteándose una botamanga un tumulto de clientes corre a la salida. Al ver que Flugo activa su extintor pulsera, el hombre le pide que no se acerque. Flugo considera los restos de comida, el cuadret con la cuenta; saca la faltriquera, toca el dinero mientras la barra se inflama, y entonces Otami lo agarra y tira de él, pero las manos sudadas se desprenden y ella sigue sola. El dueño duda como un capitán de barco pero al fin se mete por una puerta trasera. Entre la hoguera y la noche Otami se da vuelta para insistir hasta que Flugo escapa tras ella. Desde la explanada, a cincuenta varas, miran cómo el incendio se come buena parte del local, la deflagración que revienta dos cristales, la llegada de los alademoscas matafuegos, la extinción paulatina. Mediada la parte tranquilizadora del espectáculo, ya no hay nadie bajo las estrellas más que ellos. Flugo se debate entre la pesadumbre y los hombros incandescentes de Otami. Desaparecieron todos, dice ella. Sin pagar, dice Flugo. Todavía apretando el dinero, amaga dar la vuelta al local. Ella se le aprieta contra el flanco. Hace frío, dice. Picado por el susurro, él se da cuenta de que puede rodearla con el brazo, y así bajan al malecón en busca de un taxi. Al cabo de quince minutos llegan a un alto icosaedro habitacional cerca del centro de la ciudad. En el estudio de ella, hermoso y algo desequilibrado como la dueña, se acoplan como evadidos: todas las posiciones, casi todos los orificios, todos los líquidos. En la misma medida en que Otami toma las iniciativas, Flugo se libera de sí mismo. Está desenfocado, como si no divisara los nuevos límites que apareja cualquier liberación sorpresiva. Se mira el trúmpano desmesuradamente tieso que ella pide que le dé, y después no sabe si atender a los dos dedos que ella le ha hundido detrás, mientras lo abraza con desesperación, o al sonido que deja escapar, un zureo, una rogativa de amparo, el cántico aterrado de una plegaria contra la extinción. Duermen plácidos pero no radiantes. A la mañana ella lo mima, aunque no se le aferra como en la noche; murmura, divaga. Él en cambio está concentrado. En esa pequeña diferencia Flugo encuentra espacio para que la incredulidad por lo que le ha tocado ceda a la aflicción. Es una tragedia, dice; lo de ese hombre es una tragedia; y la gente, cómo es... les importó un gurlipo. Pero nosotros también... con una cena tan bien hecha... A ese hombre hay que pagarle. Ella le recuerda que todas las cuentas juntas no van a rendirle lo que el seguro; y que además había invitado ella. Él dice que no es tanto el dinero como, como, que pagar sería lo debido, lo responsable, incluso humanamente hablando. El silencio que se hace indica que no es un dilema trivial. Flugo no logra consumar un bostezo. No dice que nunca había pensado lo importantes que son cosas así, o nunca lo había pensado así. Tampoco dice que nunca se había acostado con una mujer como ella, pero se nota que está shockeado por partida doble. Ella se despereza restregándose contra él. Que sea capaz de hacer las dos cosas al mismo tiempo despabila el trúmpano de Flugo y se revuelcan de nuevo. Él culmina con rebuznos; ella con una imploración, como si zozobrara, pero en seguida salta al día, diáfana como una delfina. Lo besa, le palmea el culo y se sienta en un elegante diván sucio con un cuadernaclo sobre las piernas. Ya ha dicho que le cuesta mucho enfrentarse con la gente, y que debe ser por eso que se dedica al diseño de imágenes de persuasión para enlaces neurales. Ahora se enchufa a la Panconciencia. Flugo se queda mirando el único cuadro de la casa, un paisaje hecho de lugares muy distintos, cañaveral, laguna de alta montaña, pasillo de hotel barato y más. Después se va a su empleo. Resulta que es supervisor de calidad en una fábrica de inyectores de fluido.

Deja pasar unos días antes de volver al restaurante. En lo alto de la loma, dos ciborgues custodian unos muebles no tan chamuscados y un amasijo de ladrillina, maderata y metales arrimado a las dos paredes que resistieron. El aleteo de un mantel llama la atención sobre una mesa, no la que ocuparon Otami y Flugo, donde todavía reluce el cuadret de una cuenta impaga. Flugo entorna los ojos y el cuadret se desvanece. Lo poco de real que hay ahí es un muchacho que está apilando artículos sanos. Flugo le explica que ha ido a abonar lo que consumió esa noche. El chico le dice que no se preocupe, que don Mayome tiene otras prioridades, y Flugo se va a regañadientes, sin preguntar ni insistir más.

No va a perdonarse esa dilación. Sin embargo podría perdonársela, porque para su sorpresa Otami lo llama y salen a pasear juntos, no una sino dos veces, y las dos veces pechulan como desalmados, una de ellas en un embarcadero desierto. Tres actos de sexo entre las mismas personas ya son una relación, en general; pero en este caso no del todo. Otami y Flugo están atados pero no unidos. Se estrechan con violencia, se muerden, se martirizan con caricias, mezclan aliento y saliva y semen y flujo, inundan los ojos con los ojos y se apretujan de codicia hasta lastimarse, y como es inútil, porque ninguno de los dos puede robar nada del cuerpo del otro, ni pueden confundirse enteramente, que es lo que querrían en este momento, cuando parece que el placer los hubiera rendido y estuvieran saciados, basta que un rato después se rocen para que, al contrario que en el incendio de la cocina, renazcan el fuego y el furor. Otami tiene tanta avidez por el trúmpano y la boca de Flugo como por sus propias eminencias y orificios y como tiene Flugo por cualquier parte de ella, hasta las uñas de los pies; pero por Flugo entero Otami tiene locura. Anida la frente en el pecho de él, le mece la cabeza, musita Me das todo lo que necesito, gime que si la suelta se va a ir volando o va a ahogarse, y él atenaza, puja y chupa y entretanto atina a consolarla, aunque nunca ve que a ella le haga falta consuelo después del clímax. No es que el sexo sea el único lazo entre ellos; más bien es como si cuando se encastran apareciera un vínculo que fuera del sexo no puede superar un obstáculo.

Flugo razona que uno tiene que estar a la altura de sus propias acciones. Ella sonríe a medias y se masajea las pantorrillas sin argumentar siquiera que lo único que ellos hicieron fue ir a cenar, pero posiblemente es eso lo que piensa. ¿Y quién va a reparar la desaprensión, el egoísmo de los que se fueron, la herida que pueden haberle causado al dueño del restorán?, dice él. Ella le echa una mirada de refilón, sin ironía, sin caridad, sin la menor molestia, sin repetir que la que debe la cuenta es ella.

Cuando al día siguiente Flugo vuelve a la colina, el muchacho le cuenta que don Mayome murió. Él es el ahijado. Flugo se muerde los labios. Claro, con semejante calamidad, murmura. No, señor, murió de algo que ya tenía. ¿Y vos…? Yo lo ayudé a morir, y él me dejó esto, a ver si puedo venderlo. Flugo dice que no le va a ser difícil, con lo bien situado que está el terreno. El ahijado le dice que oyó mal: no es que vaya a ver si puede venderlo, como decía Mayome, sino que no va a poder venderlo. Claro, dice Flugo, habrá deudas pendientes. Hace una pausa y explica que aquella noche no alcanzó a pagar; saca la faltriquera. El ahijado de don Mayome le corta el intento: Me ofende, señor. No, no, para mí es un deber. Señor, usted no entiende nada de estos negocios. A punto de protestar, Flugo se contiene, asiente y se despide. Baja la suave cuesta tocándose el costado, como si le doliera el bazo en medio de una subida escabrosa y no avanzase una pulgada.

Una mañana, después del lascivo polvo de duermevela, le pregunta a Otami por qué nunca hacen eso en la casa de él. Ella solo responde después de un rato: Acá me siento mejor. Él estudia el único cuadro de la pared; se diría que hoy el paisaje está hecho de otros lugares, palafrenos al galope por una tundra, morgue, aldea en la niebla, pero puede ser un desperfecto visual de Flugo, que no despertó del todo. Como siempre, el desayuno es té, manzana, pan con aceite y unas lonjitas de pernil de bunasta. Lo comen sin que Flugo pregunte cómo sabe ella dónde se siente mejor si no conoce la casa de él. Otami se acomoda en su sillón laboral, tan lánguida, lustrosa y piernilarga en su robe de glapén que intimida. De repente él se levanta dándose una palmada exultante en la cabeza. El ruido saca a Otami de la Panconciencia; desvaídamente sonríe y le dice que se cuide un poco, que va a hacerse daño: hay que administrar la hiperproducción de endorfinas.

En el ex restaurante, el ahijado del dueño ya ha despejado la ruina. Se está despidiendo de una señora de aire profesional que parte en su cocheciño. En cuanto ve aparecer a Flugo resopla, aunque no necesariamente por incomodidad sino tal vez por cansancio. En vez de decirle que no tiene mucho tiempo, le pide que entienda que él tiene que reconstruir. Ah, vas a reconstruir, se asombra Flugo, y sonríe con una suerte de astucia que el filme no le hizo mostrar hasta ahora. Observa a los tres ciborgues que no consiguen arreglárselas con un cargamento de varios materiales. Le aclara al muchacho que él es muy bueno organizando equipos de producción, entre otras cosas porque trabaja a la par de los que trabajan. Está tan expectante que el ahijado se resigna a permitir que le dé una mano. Será una mano de peso.

Tres tardes a la semana, Flugo deja su sangróvil en el malecón y sube a la colina para colaborar con el ahijado de Mayome. Chequea presupuestos, conversa con proveedores, negocia con abogadios, se encarga de las proporciones para la mezcla de adoblástice, pugna vanamente por apremiar a la aseguradora, mejora planos de una instalación que por ahora tendrá que esperar, carga bloques de ladrillina y ayuda al muchacho a administrar el dinero que el previsor Mayome había reservado para dos años de la renta de un innecesario depósito para implementos que alquilaba antes de que el muchacho lo ayudase a morir. Ah, junchas, dice Flugo, y le pregunta en qué consiste esa ayuda. Es un quehacer que yo tenía antes, dice el muchacho.

Las mañanas siguientes a esas jornadas Flugo aprovecha para desayunar cafeto y galletas con cremé y confitura, porque a él le gusta endulzarse con las primeras luces. El resto de las tardes se acicala en su casa antes de ir a comerse mutuamente con Otami, a veces después de un paseo callado, una cena expeditiva y un prólogo de palabrotas procaces. Aun con lo poco que el filme ha contado de Flugo, no cuesta sospechar que esta serie de reglas lo intranquiliza. Una medianoche, mirando el cuadro de muchos paisajes, dice a media voz: Tengo que investigar. ¿Qué, cuti?, pregunta ella. No sé, me pregunto, qué trabajo será ayudar a morir. Otami se ha quedado dormida, pero él no se percata. Del no muy audible monólogo que despacha se desprende que estar pagando una falta de muchos él solo, tan solo, lo está abatiendo, salvo cuando hace el amor con Otami; esta expresión se oye. Pero se plantea si lo que lo abate es pensar y repensar si el pago de las cenas es una obligación tan general, o en realidad lo entristece estar abatido y por eso se ha inventado una manera de eludir el dilema. Uno diría que el trabajo de eludir el dilema empieza a aburrirlo. Es estar aburrido lo que lo entristece. Se despierta con Otami mojándole la oreja y del olvido del sueño cae en el olvido que le ofrece ella. Como una isla por un sismo, el semblante de Flugo se parte entre la tristeza y la plenitud. Mientras se pone una camisete sin mirarlo, ella le dedica un piropo: Cuti, cómo me divierto con vos; sos lo más divertido que conozco. Flugo parpadea, se le iluminan los ojos. Yo tenía muchas esperanzas en lo nuestro. Ella se levanta y por casi medio minuto da pasos alternativos hacia el baño y la cocina, como si no supiera qué hacer primero o no fuese dueña de sí misma. Decide sentarse en el sofá y la decisión la contenta. Él se demora en los balanceos del colchón masajeador. Dos minutos después, desde la cocina, la voz de Otami llega a la cama como una publicidad neural entre borborigmos de cafetera: Tenés que estar menos cansado; a ver si de cansarte tanto te vas a cansar de lo nuestro.

Como una pastilla de efecto paradojal, la frase realimenta el mecanismo perseverante de Flugo. Tres tardes por semana, a la salida de la planta de inyectores, cumple en resolver por la acción de un individuo el dilema social de la evasión de una deuda. El resto de las noches se refocila en la avidez de Otami. Sudada, abierta al caos, ella lo estruja, se enrosca, lo oprime, con la voz bronca y agrietada le pide que no la suelte, que ate bien el cabo, que esté, pero después del clímax es siempre la primera en desanudarse y fuera de la cama nunca hace una pregunta.

Tampoco da la impresión de estar buscando respuestas. Así que entre el amarre y la flotación, parece que el desorientado Flugo solo encuentra un anclaje cuando pone el hombro para que avance la obra del ahijado. Así va venciendo la desorientación y la inquietud. El filme tiende a concretarse en una historia terapéutica sobre las vidas paralelas de un hombre y él mismo. Pero no es que Flugo se felicite de haber llegado a un arreglo tan bueno entre deber y placer. Una tarde, cuando ya sería hora de despedirse, el ahijado de Mayome, mientras se higieniza en el fregadero que acaban de instalar, lo observa: Usted, Flugo, trabaja como un penado. Él no se sorprende: Bueno, contesta; me veo como un investigador. ¿Y qué quiere investigar? Eeh, me gustaría adueñarme de mí mismo. Al muchacho no se le ocurre más que cerrar el grifo y secarse, hasta que pregunta: ¿Para? A Flugo se le escapa una sonrisa que en seguida recae en la seriedad. No sé, para poder tener una relación. También el muchacho se pone serio: ¿Una relación cómo? Una relación como, como cuando se intercambian los alientos, dice Flugo y lo que dice lo deja alelado. Al muchacho no menos. Baja la voz: ¿Una relación de pareja? Podría ser, dice Flugo; una mano lava a la otra y las dos lavan la cara.

Esa noche está mirando el pantallátor, tratando de unificarse en un solo sentimiento, cuando le suena el farphone. Es Otami. Sin ayuda de él mismo, la cara de Flugo se resuelve en una sorpresa homogénea. La brumosa voz de ella no expresa nada más que lo que dice: Mañana a la noche, ¿me invitás a tu casa? Claro, dice Flugo. Chunqui, dice ella; tenemos una novedad. Flugo corta y se apura a revisar el apartamento. Pero no hay mucho que hacer; está todo en orden, limpio, agradable. Lo último que se ve en el filme es a Flugo en el súper comprando verdurilas para ensalada y unas lonjas de pernil de bunasta.

VICTORILO
Una viñeta fílmica sobre la simpatía

.

De Mario Vellanet
Isla Asunde

A lo largo de una playa una población practica el esparcimiento veraniego. Juegos de paleté, hamacas masajeadoras, ofertorios de zumos y bizcochos, padres a gatas tras chiquilines tambaleantes, un coscorrón de madre. Burbujas de vigilancia de la Guardia, brochetes de telujo, áreas de nudismo. El sol se disputa el cielo con nubes menores. El río reverbera como una plancha de arcanos mágicos. A lo lejos, entre olitas, asoma una parte de la enorme cabeza de un coloso de arenisca que eras y más eras de corrientes han ido hundiendo en el lecho. En una punta de la bahía tres alademoscas vivaces proyectan información cultural sobre edificios de media altura. En la otra punta, camuflando el liquidador de aguas residuales, un cartel muy grande recuerda: *Durante un crudo invierno la comunidad de villa de Asunde trabajó como un solo individuo para purificar esta playa. Ahora es nuestra y de la naturaleza. El placer es de todos.* Como los asundos son gente de piel canela, ninguno se la protege con nada. Suspiro, remoloneo, gafas opacas con proyector interior de folletines, alborozo en la orilla, un bocado, aromúsica, cabinas de exhibicionismo para adolescentes, toqueteo en las bailacquas, risas medidas, galletas caseras de manutí. Dominan las prendas blancas o beige. Como mandan los libros tradicionales de la isla, no hay hombres con barba o bigotes ni mujeres con el pelo corto. El cronodión entona las once y media. Pocos vendedores recorren la playa, como si el mismo desahogo hiciese a la población muy ahorrativa.

En eso, desde los tamarindos del paseo, en diagonal por la arena, un chico de camisete rojo amapola, shorts verdes y ojotas negras se abre paso entre los cuerpos como una ilegible señal de advertencia. Tiene unos once años, hombros estrechos, panza de comida grasa y piel más clara y rústica que la de los playistas. Cargado como va con tres alforjas grandes, camina despacio, aunque sin pausa; y si bien no resopla ni se queja, los ojos celestes miran con una tristeza que corta el aliento. El ceño y los mínimos gestos son muy tristes también. Una enérgica sonrisa del sol disuelve la última nube. Los mofletes rubios del chico relucen de bronceador derretido. La brisa se los rebosa de arena. A medida que avanza, por la playa se propaga un clima de dolor, que los rápidos reflejos de los asundos neutralizan con una reacción propia de su jovialidad, pero perpleja. Es que el brachito vende diarios, en realidad ejemplares de un cierto diario de la isla, y se nota que ningún playista lee un diario desde hace mucho, algunos no han visto nunca un ejemplar y pocos sabían que en Asunde se siguieran publicando. El diaario, anuncia el bracho cabizbajo, el diaario, *Relator* el diaario, con una voz indiferente a lo que transmite como el cimbreo de un cable, pero firme y fina como una palmera. La primera mujer que le compra, aunque se porte con sobriedad, desata la reacción. Otros bañistas se acercan al chico, cuidándose de no expresar compasión o curiosidad, otros lo llaman desde las colchonetas, porque creen que así expresan más interés, pero todos se las arreglan para paliar el posible sufrimiento del chico con una simpatía convincente, por teatral que sea, porque en Asunde la teatralidad no es una impostura sino un rasgo de carácter. De la tristeza de los ojos del chico no se puede decir nada. No la matiza ni la curva dócil con que la mano llega a una alforja, pinza un diario, ventila los ligerísimos folios de clodoperlonato color crema y los deposita en la mano del comprador con su compacto tesoro informativo. Es un ademán de una soltura mansa. Como algunos de los que ya han comprado se quedan a mirarlo, en cada parada del chico se forman corrillos que, si bien no llegan a remolinos, modifican los algoritmos de la actividad de la playa. Diaario, Relator el diaario, sigue voceando el chico, aunque ya no haga tanta falta, como si el susurro fuera un tic que produce el dolor. Más playistas le compran. Algunos ya sacuden la arena de los folios o les pasan una toalla, como si supieran que les han dejado una responsabilidad y hasta una fuente de gozo que habían descuidado. No bien se sientan con el diario cerrado en los muslos, vuelven otra vez la cabeza hacia el chico, reprimiendo toda sonrisa condescendiente, y hacia la pena impávida con que el chico recibe incluso los cinco bits del precio y sigue andando. Un cangrejo recolector de basura se hace a un lado; el chico pasa con la cabeza gacha, no del todo.

Más adelante hay nuevos compradores. A la sorpresa y la pena empieza a sumarse la satisfacción de que el brachito venda tantos diarios. El fenómeno crece y se diversifica. No es que pretendan alegrarlo; lo asimilan y hasta lo reciben amablemente. Algunos se encargan de dispersar a los que se ponen fastidiosos. Caen represiones sobre los que lo humillan con una propina. Nadie se ofrece a llevarle una alforja, seguramente porque el código de amabilidad lo veta. En cambio no se condena a la chica que le ofrece un refresco, porque el chico lo bebe rápidamente de un trago, devuelve el vaso, se gira para esconder el eructo y sigue vendiendo, siempre compungido. Por fin está el que se atreve a expresar el interés general. Un señor de edad le pregunta si se siente bien. Sí, dice el chico. Y ya que ha contestado, el señor le pregunta si le pasa algo. ¿Por qué?, se asombra el chico. No sé, tenés mala cara. Señor, yo siempre fui pálido. No es eso, dice una mujer de ojos saltones, no es eso; ¿los diarios te pesan? Las noticias del mundo no, dice el chico, pero desvía la mirada hacia el río, y la detiene en la coronilla del coloso hundido. Ese gigante nadie sabe cómo se llama, ¿no es cierto?, dice. La señora frunce la nariz como si luchara contra el desvarío; le recuerda que la estatua está ahí desde hace un número incalculable de ciclos; hay que tomarlo como si fuera una isla. De la gente de ese entonces no quedan ni los nombres, murmura el chico. La prudencia de esta sociedad no es tan acabada como para impedir un silencio de asombro. La única manera de honrar el buen juicio del chico es comprarle más diarios.

Al día siguiente, si bien no cabe decir que los playistas estén esperando, si previsoramente varios traen el diario ya viejo que no han leído, el bienestar y el sol se superan a sí mismos como para que haya un excedente que darle a la tristeza. Práctica y lentamente el chico vende. Vende más que el día anterior. No saluda a los compradores como si los conociera, pero responde a los buenos días, a veces con palabras, a veces con un efímero destello esmeralda en el desconsuelo de los ojos. Se queda mirando afligidamente las manos de un padre joven que tarda en sacar el dinero porque tiene un bebé en brazos. No mira al bebé, ni al padre exactamente, como para no indicar que se aflige por alguien en especial. Una vez que le ha pagado, el hombre señala el diario. ¿Vos los leés? Más bien, señor; ¿cómo voy a vender una cosa que no conozco? El hombre asiente con gravedad. ¿Y si fueran bulones? Me compraría una máquina donde probarlos. Cut, pero no creo que vayas a vender bulones, dice el hombre. Yo tampoco creo, señor, le dice el chico, y aunque no consigue sonreír, lo estudia un momento con algo que podría ser piedad o agradecimiento si la tristeza no lo velara. Cuando se terminan los compradores, el chico deshace el recorrido por la playa, devuelve sin parpadear una que otra mirada que lo despide, se detiene bajo el sol, dobla una alforja vacía, la mete dentro de otra vacía también y cuenta los diarios que le quedan: dos. Después acomoda el dinero en un talego.

El tercer día hay una suerte de dislexia en la sensata alegría de los playistas, como si la mente colectiva acusara el esfuerzo por no excitarse. Podría ser que ahora lo más excitante de la playa sea el deber de comprar el diario, pero sin suponer que eso va a poner al bracho contento, sin conmoverse de más por la tristeza y sin que el enigma de la tristeza provoque una obsesión grosera, poco caritativa. Además está el reto de interesarse por el contenido, más allá del deber. Una chica de cadera angosta y anchos hombros de nadadora, azorada por la asimetría entre su cuerpo y el del chico, paga con cincuenta bits y al recibir el vuelto dice Gracias, ehm… Me llaman Victorilo, señorita. Ah, sos un triunfador, dice el próximo de la cola. Las pupilas de Victorilo naufragan en los iris celestes. Piensa. Es mi nombre, señor, no sé si es lo que soy. El hombre recibe el diario y sobándose la barba se apura a cambiar de tema: Son tan lindas estas páginas… Sí, y re-suaves, dice Victorilo; antes el diario era de papel; cuando ya no servía para leerlo se podía hacer barquitos, aviones; pero la tinta manchaba los dedos. Vos en esa época no habías nacido, dice una anciana, y agita la mano con su diario como espantando una molesta melancolía. Creo que usted tampoco, señora; ni su madre. El tiempo pasa despacio, dice el hombre de barba. Entre las risas generales Victorilo se aleja. Al cabo del recorrido y del regreso, bajo la sombra de un tamarindo, comprueba que le quedan dos diarios.

Esto o algo muy parecido vuelve a pasar un cuarto día, y un quinto, y cuando la película amenaza con ponerse pesada sobreviene un día nublado con panorama de tormenta. A dos leguas fluviales, esporádicos refucilos alumbran el cielo sobre la isla de enfrente. Pocos playistas, algunos abrigados con blusayés, trotan o paletean en la arena húmeda, y algunos más se sientan en masajeadoras a escuchar folletines sónicos. Cuando aparece Victorilo, la exagerada moderación con que convergen delata que en realidad han ido a esperarlo, como si la tristeza de Victorilo, más triste hoy en su rompevientos color granada, realzara la agresividad del tiempo y el diario fuese el único fármaco contra la sensación de desamparo. Avisados por ese movimiento se presentan doce o quince clientes más que estaban emboscados en los bares del paseo. Comprar el diario entre las ráfagas de arena se vuelve tan íntimo como compartir una infusión caliente. Precisamente una mujer con un robotín térmico le pregunta a Victorilo qué le gustaría beber. Victorilo levanta los ojos sin asombro, sin expectativa, sin autocompasión. Cualquier cosa va a estar bien, señora. La mujer contiene un impulso de acariciarlo. No todas son buenas para el estómago de un niño, previene. Mi estómago hace con todo cualquier cosa, señora. ¿Y hay algo que te guste más? Lo que me dan sé gustarlo, dice Victorilo. Un hombre muy alto pregunta: ¿Dónde voy a comprarte el diario en invierno, bracho? Victorilo piensa; cuesta saber si está respirando; se ha ido a pique en su interioridad. Por fin dice: Voy a ir a vender por la calle. La mirada de Victorilo inquiere y suplica. Los compradores se interrogan entre sí. Él bebe la infusión cualquiera y se aleja. En manos de los playistas, las hojas con noticias ganan blancura bajo la mañana oscurecida por la impotencia del chico para definirse más. La playa languidece. Al cabo del recorrido quedan dieciocho diarios en las alforjas.

Victorilo entra en las calles y caminando despacio llega a un cubo de producciones comerciales donde un seléctor le abre la puerta. Por un pasillo llega a las instalaciones del diario *El Relator*, una oficina interrumpida del tamaño de una pista de paleté. Paredes blancas, ventanas, varios pantallátores, receptores y monitorios operados por dos mujeres que solo suspenden su ajetreo para soplarle besos a Victorilo cuando pasa. En los cristales relampaguean imágenes de actualidad seguidas de ristras de palabras. Al fondo, detrás de una mesa, el patrón del diario *El Relator* divide la atención entre dos clasificadores. Es un hombre maduro de bigote cano, bien parecido, un poquito tuerto, vestido con el blusayé blanco tradicional de la isla. Deja de rascarse el pelo aceitado para escrutar la cara del chico con una expresión conjetural. Cómo estás, Victorilo. Como siempre, Agaño, pero hoy coloqué treinta y dos nada más. Bueno, es un día feo; igual, si todos vendieran como vos esto sería un negocio. Para eso habría que tener un mulgazo de vendedores, Agaño. Los iría contratando, Victorilo; ciborgues, robotescos, si fueran competentes como vos; cuando subieran las ventas, poco a poco iría invirtiendo en contratar más. Como si un sufrimiento extenuado izara una señal de aviso, Victorilo levanta los hombros. Los deja caer. El patrón del diario entorna los ojos, quizás buscando un origen en la expresión del chico, carraspea y se frota las manos. Sirve cafeto para los dos y lo beben a sorbitos de pragmatismo. Es que yo vendo en la playa, Agaño. ¿Y por qué en la playa se vende más? A lo mejor les gusta que el viento moleste para doblar las hojas; que caiga arena sobre las noticias; y las noticias también: hoy está ese derrumbe en el Odeón de Isla More. El patrón levanta un dedo: Es raro leer que los astrónomos detectaron una estrella nueva mientras uno está tomando sol. ¿Y no será eso, Agaño?; a la gente le gusta que todo cueste creerlo. El patrón se reclina sin apartarse de la tristeza de Victorilo. ¿A vos la cuestión te preocupa? No, Agaño; todavía me falta entenderla. Victorilo, no sé qué te pasa. ¿Usted me ve distinto? El patrón lo estudia brevemente. No, bracho, la verdad que no. Ah, porque yo no quiero cambiar. Las tazas están vacías. Así que hacen las cuentas, el patrón le paga la jornada y se dan la mano. En un compartimiento hay una breve cola de robotos rindiendo cuentas ante un operario. Victorilo se va. En la calle sube a un autobús. Durante el viaje lee el diario; la mujer jocunda del asiento de al lado se interesa por el objeto y él le regala su ejemplar. Al mirar a Victorilo de frente, a la mujer se le afloja la cara, decae y pugna por recuperar la lozanía. No, hijo, por favor, dice. Sí, señora, tómelo; así mañana lo empieza a comprar. Victorilo se baja. Cuando el autobús arranca, la mujer se gira como queriendo ir hasta el fondo del chico para poder despegarse. Victorilo camina. Llega a un multimorada barrial, sube a una unidad y entra. Pasa por el primer ambiente, suficiente y sobrio como una pintura geométrica, y se asoma al segundo, donde hay dos camas; en una duerme un muchachón corpulento y muy pecoso de pelo color damasco. Victorilo entrecierra la puerta, se sienta silenciosamente en la otra pieza, donde está el cocinerillo, y después de contar el dinero de la jornada lo divide en dos y guarda una parte en un sobre a nombre de Calio. El resto se lo mete en un bolsillo.

Intenta bostezar pero la tristeza frena el cambio de respiración que el bostezo necesita. Prepara dos platos de carne fría con rodajas de tomate y cabos de remugo. Tapa uno de los dos con un papelhule y lo deja en la mesa al lado del sobre de Calio. Saca un diario de una pila y mientras lo hojea come sin atragantarse pero vorazmente. Limpia el plato y los cubiertos, se enjuaga la boca, se lava sin mirarse en el espejo, se pone una camisa amarilla, agarra otro diario vencido y sale. En un bar, sentado junto a la ventana, soplándose a veces un mechón rubio que le tapa los ojos, pasea la mirada celeste desde los arebucos en flor de la calle hasta un librino de estampas deportivas, y vuelta, una y otra vez, empujándola voluntariosamente, hasta que la tristeza la inmoviliza en dos parejas que bromean alrededor de un tablero de burfi. La mirada es como un barco de mucho calado que encalla en aguas poco profundas, y cuando parece que Victorilo va a imitar alguna de las sonrisas de las parejas se le cierran los ojos. Se oye un lento latido en la penumbra.

Y ahora no es un día el que pasa sino muchos. Pasan semanas en los pellizcos del sol en la corriente del río, en los relevos de cuerpos en la playa, en las muecas que indican que las primeras uvas de la estación no están dulces. Los días pasan en un sinfín de hechos menudos que la pena de Victorilo podría helar en la desolación si los hechos no se empeñasen en hacerle contraste. Con los hechos hay que vérselas; puede que Asunde no haya preparado sus componentes naturales y humanos para tanto trabajo. La tristeza de Victorilo tampoco aumenta, aunque al final de los recorridos le están sobrando cada vez más diarios. El escenario no se agrieta, pero vacila.

Y ahora ha llegado una mañana nueva, al cabo de muchas otras. Aunque radiante y concurrida, la playa está electrizada; como, si más que a la tristeza que trae Victorilo cada día, los playistas empiecen a temer la posibilidad de vandalizarse, de lanzarse a destruir cosas útiles y maltratar a seres amables como protesta enfurecida contra las causas de la tristeza. Algunos se vuelven hacia el antiguo coloso de piedra como si él pudiera revelarles, aunque no las causas, al menos el origen de la pena humana; pero si una vez el coloso supo algo ya lo ha olvidado, mientras se iba hundiendo en el barro, y los playistas que lo interrogan se ponen inquietos. Sentados en sus sillines, abren el diario sobre los muslos, como si la visión del coloso les hubiera sugerido, esto sí, que el diario ayuda a que el tiempo pase, y con el paso del tiempo todas las penas terminan por olvidarse, si realmente hay alguna, y junto con las penas se olvidan sus motivos. Por todo esto, parece, saludan al chico ya familiarmente, hospitalarios con su presencia, pero muy pocos le compran el diario. Unos cuantos más apaciguan el anhelo que despierta la presencia del chico comprando el diario en expendedores callejeros, por si acaso, como si de pronto les preocupara que algo malo vaya a pasar en Isla Asunde y en el Delta si ellos no leen las noticias. Victorilo termina de recorrer la playa, vuelve al punto de partida y se detiene a hacer el balance. Le quedan treinta y tres diarios.

Con todo, no se lo ve preocupado cuando un rato después rinde las ventas del día en las instalaciones de *El Relator*. Tampoco se le ha alterado la tristeza. El patrón, que ha estado mirando el techo, tiende la hermosa mandíbula como bajando un puente levadizo. A todos les pasa lo mismo, Victorilo; es algo con los vendedores. Victorilo apoya la pena en el escritorio. Yo creo, Agaño, que hay que negarles algo que no saben que necesitan, para que de golpe sientan que les falta. ¿Y qué es? Eh, yo sé tan purlín de yo mismo, cómo voy a saber sobre los demás; pero necesitar, creo que me necesitan a mí. Los entiendo perfectamente, Victorilo; ¿y entonces? Me voy a ir por la calle, a ver si me buscan. El patrón mira por la ventana, valorando las transformaciones del gusto, y se vuelve hacia el chico. No creo que cuando llegue el otoño tengas el mismo éxito. Y bueno, Agaño, ¿se le ocurre qué julapias vamos a hacer? Del diario, Victorilo, vamos a hacer una tirada corta y distribuirla en expendedores fijos; pero vamos a introducir un producto nuevo. Victorilo alza los ojos hasta no más arriba de la mandíbula del patrón. Está bien, dice; ¿me cuenta? El jefe lo mide en silencio y dice: Es una línea de perfumes. No sé qué es eso, Agaño. No te extrañe, bracho; lo tomé de los manuales de historia; son líquidos con olores deliciosos, suaves, fuertes, medianos; dan ensoñaciones; llaman la atención; antaño la gente los usaba para atraerse. Antaño hace verso con Agaño, dice Victorilo bajando de nuevo los párpados mustios. Se usaban para disimular las emanaciones del cuerpo; unas gotas, un rocío; dejaron de fabricarse cuando apareció la moda de los olores personales; pero los cuerpos no huelen bien, la mayoría; vos no tenés ese problema. La variedad de olores a mí también me gusta, Agaño.

El jefe mueve las manos desechando todo atisbo de ofensa. No sé si vas a poder, Victorilo; el perfume es un producto alegre. Levísimamente el chico sube y baja la cabeza, como si empujara una idea torso abajo. Agaño, yo creo que lo puedo vender con alegría. Por encima del hombro de Victorilo el patrón observa a las dos operadoras del diario. Después, como suele hacer, se reclina y mira al chico. Hay un compás de espera. Sin que alguna arruga denuncie un esfuerzo, las facciones de Victorilo se reacomodan en sí mismas, como si por un instante hubiesen dejado la cara vacía; en los ojos queda el rastro de una sucesión de muchos climas, y en el rastro se confunden un festejo y un estertor. Yo creo que sí, Agaño, musita. Puede ser, bracho, tenemos que verlo en invierno. Cut, lo vemos con los olores más encerrados, dice Victorilo, y se levanta. Después se dan la mano.

Victorilo se va a su casa. Hoy Calio está despierto y ha preparado la comida, porque trabaja en el turno de noche, por lo que se desprende en un taller de piezas para entibiadores, o una matricería. Comen juntos, mirándose mucho mientras mastican, y Victorilo observa especialmente las pecas del hermano, como si un movimiento de ínfimas anémonas en la piel traslúcida le diese seguridad. No por eso le cuenta con menos tristeza que ahora el patrón del diario va a fabricar perfumes; para vender en invierno. Calio ha oído hablar de eso. Vos en invierno tenés que ir a la escuela, dice. Victorilo traga un sorbo de agua. Igual yo creo que ese producto es para venderlo a la tarde, dice; cuando empieza a hacerse oscuro. A lo mejor, dice Calio. Lo cubre con una mirada práctica y adusta, lo besa, saca una poliherramienta de un armario, la guarda en una alforja y se va a trabajar.

Victorilo lava los platos. Lee un rato el diario, de pie. Sale a caminar sin rumbo pero llega a la playa. Está atardeciendo. En la luz violeta, chicos ruidosos y parejas en silencio se resisten a irse; una mujer embarazada se moja los pies; hay estrías de barro donde el agua ha bajado. Victorilo se sienta frente a los reflejos anaranjados que procuran no desvanecerse en el río, y bailotean, y en los ojos de él encuentran un lugar donde durar un poco más. Si las miradas hablan, la de Victorilo dice puntos suspensivos.

UN HUARGO
EN LA ESPESURA
Un filme de aventuras y enigmas animales

·

De Pembe Wuian
Isla Bataghul

Baipon Kulpidru está leyendo un informe en su sobria oficina, en el corazón de la remota región oriental de Isla Bataghul, cuando le suena el farphone de emergencias. Un huargo ha matado a un hombre cerca de la protección R.3 y hay que ir a investigar. Así que Kulpidru, jefe de la brigada local contra la caza furtiva, reúne a su gente y allá va en seguida. Llegan a una aldea en un valle; es una constelación de cubos de bambú elaglás unidos por flacas pasarelas de madera de tuso. Bajo un chaparrón, por la ladera de una colina frondosa, unos hombres del lugar los guían hasta un talud. No cualquiera podría analizar con calma los detalles de la escena con que se encuentran: una cabeza sin cara, una mano sin brazo, luminosos cabos de hueso asomando de un par de botas. Ya no llueve, pero los restos están mojados. El viento agita unos pelos blancos adheridos a un pedazo de tripa. El huargo asesino lamió toda la sangre.

Sigue una conversación titubeante cargada de algo más antiguo y primordial que las palabras, como si los sentidos de Kulpidru y los de su equipo dijeran que, muy cerca, el huargo los está observando desde la espesura. De golpe una rama de árbol gime, las grandes hojas dejan caer una carga de agua y los hombres se sobresaltan; el bosque palidece como si lo hubieran encalado, pero en seguida vuelven los colores y el silencio.

La brigada viene tolerando desde hace tiempo las conjeturas de los granjeros sobre las razones que pueden haber llevado a la diosa Myorgal a levantar la protección sobre el hombre que el huargo mató. Rovorbal era un drótulas y un caprichoso que hacía las debidas ofrendas a la diosa a veces sí y a veces no, dice uno. Otro añade que la diosa Myorgal está obsesionada por el orden del bosque; a veces se pasa de rigurosa. Una mujer replica que Myorgal está demasiado por encima de los humanos como para desproteger a alguien solamente porque es caprichoso. Kulpidru no se permite desechar estas versiones con un gesto, por más que algunas suenen a superchería. Parece que se forzara a darle a Myorgal un nicho en su escepticismo. Se limita a comentar que no entiende cuándo las relaciones de los hombres con los dioses se convirtieron en sesiones de psicodrama.

Consulta con sus brigadistas. Todos coinciden en que los próximos pasos que den van a ser cruciales. Se preguntan si no deben perseguir al huargo cuanto antes para asegurarse de que no vuelva a matar. Claro que, si bien no les faltan armas, para ajusticiar a un huargo necesitan el permiso del buró de Asuntos Animales de ciudad Purgamp. Aun así Kulpidru resuelve seguirle el rastro ahora que todavía está fresco.

Es una situación compleja. La tarea principal de Kulpidru consiste en resolver conflictos entre gente y animales, que en el R.3 suelen ser entre gente y huargos. Por lo que se oye decir a los brigadistas, dos factores se la están dificultando: uno es la ávida demanda de huargos de la vecina Isla Niuvo, donde usan hueso de huargo molido para aumentar la eficacia de sus pomadas curativas y del licor con que se aturden en las fiestas; el otro es la pobreza cada vez más inexplicable de los pobladores de las colinas boscosas donde viven los huargos. Están verdaderamente dejados; se alimentan mal; tienen la piel mustia de insalidinosis. Para algunos la caza furtiva es cuestión de supervivencia. Aunque Kulpidru sospecha que Rovorbal cazaba, no ve con claridad todo el cuadro. El riflen del sujeto desapareció; los amigos no ayudan en la pesquisa porque los brigadistas tienen poder para confiscarles las armas. Mientras los compañeros de Rovorbal juntan los restos, y se abre el habitual dilema de inhumarlos o quemarlos, Kulpidru estudia pisadas en el barro arcilloso. En una huella de cada cuatro, gotas de sangre indican que el huargo está herido, y gotas de frebota indican que la herida se ha infectado. En Asuntos Animales aseguran que el programa que desarrollaron para los huargos tiene sus leyes. Una herida es de las pocas cosas que llevan a un huargo a volverse contra un perseguidor. Pero Kulpidru cree que la mente de un huargo es más compleja; le dice a su asistente Zanawul que siempre hay alguno que lo desconcierta.

De vuelta en el caserío, la brigada planta campamento por unos días. No consiguen que los vigiácores activen los circuitos, como si el huargo los neutralizara. Entre guisos comunes, tabaco susti y chapoteo de botas en los senderos, los lugareños intercambian con los brigadistas ilusiones sin objeto y suspicacias desfondadas.

Para poder compartir un ambiente con animales salvajes hace falta entendimiento mutuo. En el lejano este de Isla Bathagul respetar al huargo es una tradición tan antigua como el linaje de los ulónacos, que llegaron no se sabe de dónde antes de que el estado colonizara la región con bathagis. Como los dos grupos son altos y de tez olivácea, y los dos respetan a Myorgal, en principio solo se distingue a los ulónacos por los rojos casquetes de cordón trenzado que se calan hasta las cejas.

Pero ahora una chica ulónaca dice que si una deja al huargo en paz el huargo nunca va a meterse con una.

Los bathagis lo ven diferente. Los ideales del estado enseñan que los animales deben ser libres dentro del orden que solo pueden administrar razonablemente los hombres.

Como no se ponen de acuerdo, la que al final decide es la diosa, dice una brigadista. Kulpidru chasquea la lengua. Es peor, dice: la divergencia los vuelve más vulnerables; a los hombres y a los huargos.

El muerto era bathagi; la esposa se acuerda de que antes de irse al bosque le dijo que no tenía por qué tenerle miedo a ese huargo; más le valía al huargo tenerle miedo a él. Kulpidru interroga a varios aldeanos que hablaron con Rovorbal antes de que muriera. Normalmente un huargo solo ataca humanos si está acorralado, o para defender a la cría. Sin embargo parecería que este huargo rondó la cabaña de Rovorbal y estuvo esperando antes de dar el golpe. Da la impresión de que fue premeditado. Casi una venganza.

Kulpidru despacha a la capital una solicitud de licencia para matar al huargo. Los etólogos de Asuntos Animales tienen que cerciorarse de que el ejemplar entra en el margen de conducta imprevisible. La respuesta va a tardar un tiempo que difícilmente alguien en la R.3 puede permitirse. Si bien el huargo ha saciado la necesidad de consumir una buena cantidad de carne cada pocos días, pronto va a tener hambre de nuevo y, como está herido, tal vez antes que una ástara o un jabalí, su dieta de costumbre, se incline por una presa fácil. Entre los lugareños el miedo se extiende como un hormigueo doloroso en un cuerpo entumecido. La imaginación se recalienta con rumores y teorías. La asesina es una huarga que está vengando la caza de un cachorro. Hay huargas locas que pierden el control de convivencia. Julampias, le dice Kulpidru a su gente: es un macho; basta ver el tamaño de las huellas. Si no fuera una huarga, dice un bataghul, Myorgal no la hubiera dejado huir.

Myorgal lo mima, dice la chica ulónaca, justamente porque es un huargo macho; cuando mueren, les gusta comerse las criadillas. Puede ser... Myorgal siente muchas cosas a la vez. Sí, puede ser. Myorgal aceptó que el huargo matara a Rovorbal pero también quiere que el huargo pague. La pena que va a darle es una forma de pagar también ella. Uh, como si los dioses fueran justos.

Apoyado en su arma, una vibradora de largo tubo helicoidal, Kulpidru escucha. Se diría que está pasando del gusto por su trabajo a una paciencia que es su modo de comunicación por defecto. Se oye ulular la brisa sobre los bordoneos de la banda sonora. Una bruma opalina desdibuja el paisaje cercano pero precisa detalles distantes, pájaros, un satélite, como si el ojo de la cámara tuviera presbicia.

A los dos días un matrimonio de aldeanos le confiesa a Kulpidru que no tenían nada en la mesa y presionaron tanto a su hijo que el muchacho ha salido a poner trampas. Pasan dos días más sin que el bracho vuelva. Una partida de vecinos sigue el rastro, que los lleva en una sola dirección a lo largo de una ribera. La senda es resbaladiza. El último signo de la existencia del muchacho es un poco de excremento. A diez metros está lo que queda del cuerpo: cabría en la mochila de un niño. Las huellas son enredadas ahí, pero evanescentes, como si el huargo hubiera dejado constancia de la prodigiosa levedad de las cien arrobas de físico especializado que lo ponen por encima de pumas y serpientes; y pudorosas como si hubiese preferido no hacer lo que ha hecho.

Furiosa de que la brigada no haya matado al huargo una semana antes, la comunidad quiere sangre, y cuando por fin llega el permiso de Asuntos Animales Kulpidru entra en el bosque con dos hombres, Zanawul y Suvirámam. Son gente avezada y resuelta. Durante cuatro días calientan al fuego viandas precocidas, se turnan para descansar y siguen la pista elíptica entre helechos, lianas y azumancos. Lilas y ginseng festonean los arroyos, y en el agua relucen lotos cargados de libélulas. Los hombres no se cansan; les gusta este trabajo; este es su modo de usar el tiempo de vida. Pero a veces se petrifican unos segundos, como si el aliento del huargo les robara el aliento, o se los robara el enigma de qué habrá convertido al huargo en asesino. En un punto las huellas entran casi en una aldea. Un doble surco de ruedas indica que el paso de un camionasto evitó por muy poco otra muerte.

Hay que volver a internarse en el bosque. Kulpidru no solo estudia las huellas: parte de su habilidad es leer el paisaje, distinguir los signos no muy evidentes de otras presencias. Se oye el tamborileo de los corazones y hasta el ruido de las mentes tensas, pero también frufrú de follaje, crepitaciones, ululatos que no son del viento, y gemidos, no de leños ni insectos ni cachorros, sino de bestia vieja, como si cerca del final ciertos animales lloraran porque tienen demasiada comprensión por el mundo, y pena; de este tipo son las reflexiones que Kulpidru suelta para fortalecer a sus compañeros. Pero también hay ruidos rugosos en la maleza, como si alguien volcara pedregullo, y también silbidos y hasta tonadas dulces que deleitan pero que si durasen mucho llegarían a lastimar; aunque esto es incierto, como si el trío hubiese entrado no tanto en el corazón del bosque como en un grado diferente de la realidad que manejan. Se fruncen las narices de Kulpidru y sus hombres; se desencajan las caras, asediadas por una turba de hedores y perfumes que podrían ocultar el olor del huargo.

Un amanecer, cuando el bosque se apacigua, al fogón de los brigadistas llegan siseos de machete y voces mal reprimidas. Zanawul dice que seguramente se acerca una batida de aldeanos. Desconfían de que encontremos al bicho, dice Suvirámam.

No; piensan que no lo queremos matar. A lo mejor tienen razón, dice Kulpidru.

Se ponen en marcha con tal resolución que uno piensa que están a punto de dar con el huargo. Pero lo que encuentran en un claro es uno de esos cuadriláteros de columnas de palo-baghul, no más altas que una mesa de té, que solo conocían por fotos; es un santuario de Myorgal, y bajo el techo de ramas ven la piel de un cachorro de huargo, medio quemada por el humo de una ofrenda, y dos penes humanos libres todavía de putrefacción o de larvas. Ni Zanawul ni Suvirámam vomitan, porque están pendientes de Kulpidru, y Kulpidru tampoco porque está atónito. O conmovido. Una brusca suma de ruidos los envuelve antes de disiparse. Otros, los de la batida, empiezan a crecer. Hay un aleteo de pájaros. Shh, musita Kulpidru, como para acallar la voz del miedo. Corta dos veces el aire bochornoso con un índice estirado, para enviar a los otros a derecha e izquierda, y él avanza por el medio separando bejucos. Doscientas varas más adelante hay otro claro, y ahí está el animal a la espera.

Se ha sentado sobre las formidables patitas de atrás; de las largas patas de adelante asoman las navajas no del todo erizadas. Pasan los tiempos interiores, pero nada del tiempo exterior, y en seguida a la inversa. Un gruñido bajo mece las copas de los pamaueles. El morro cónico se repliega, dejando por un instante las fauces abiertas, y los colmillos asoman como por dolor o curiosidad. En el pecho se adivinan cuatro pezones. Algo por arriba del lomo, un loro que cambia de rama parece diminuto. Bajo hilachas de sol, la blanca pelambre casi platinada y los ojos de coral de la huarga reverberan, como para desordenar la atroz simetría de ese cuerpo que pesa lo que cinco hombres. Parece una estatua enjoyada en el corazón del bosque. Pero Kulpidru también es un hombre hermoso, ahora que lo vemos plantado: moreno, flexible, de pelo fuerte y facciones anguladas. Se escrutan por un rato, y luego simplemente se miran. El mandato del trabajo impulsa a Kulpidru a subir la vibradora y disponerse a apuntar, respirando hondo, pero un clamor de pasos en la hojarasca lo disuade. Abstraídamente baja el arma. Está alelado. La huarga no tiene sistema facial para expresar ni siquiera ese estado de ánimo. Al tiempo que parpadea, por el codillo de la pata derecha suelta un borbotón de sangre que se encharca entre plantas rastreras. En seguida deja escapar un resuello y un chorro de sangre más. A Kulpidru se le abren las aletas de la nariz; está oliendo una fragancia sin par. De los ojos le caen lágrimas como gotas de aceite. Parece que hubiera perdido el alma humana, que viera y oyese pero no supiera ya nada, que lo hubiese raptado la eternidad. En esa situación, claro, no puede prever. Solo gira apenas la cabeza hacia el otro lado.

Algo le llama la atención, y es que detrás de la huarga, a la izquierda, de entre los troncos, ha aparecido un resplandor tembloroso, más bien una radiación que tiende a crecer en altura y plantarse. Es alta como los loternes. Para ser solo un muaré de luz, se impone muy rotundamente, sin dar lugar a respuesta y sin ninguna benevolencia. Kulpidru no le hace caso; podría estar pensando qué es lo que acaba de descubrir en ese claro, a qué lugar ha nacido. Vuelve rápidamente los ojos a la huarga; entre una y otro flota la promesa de que esa guerra se ha terminado. Pero también flota otra cosa.

Kulpidru se acuclilla, con esa actitud del que otea un horizonte raro y la especie de calma que da el entendimiento, quizás la colaboración. Entonces la huarga sacude la cabeza, desdobla las patas traseras y echa a andar hacia él, no demasiado despacio, sin deliberación ni alarde de majestuosidad, cojeando un poco. Deja una fina estela de sangre. Kulpidru oye un ruido a su espalda y se incorpora. Es Suvirámam, está apuntando a la huarga y se nota que le cuesta acatar el ademán con que, sin volverse, Kulpidru lo frena. Los ruidos del bosque se han agrupado en un solo zumbido. Mientras la huarga se acerca a Kulpidru, y él deja caer las manos, de la radiación amarilla se alza una vara de luz que podría ser un brazo; para los que no somos Kulpidru, esa luminiscencia podría estar dando una orden. En todo caso es eficaz para detener al grupo de lugareños frenéticos que acaban de irrumpir en el claro y sin desplegarse mucho apuntan a la huarga con varios riflens. Deben creer que la orden es para ellos porque ninguno dispara, aunque la huarga, a diez varas de Kulpidru, ha encorvado el lomo.

El que dispara es Suvirámam.

El rayo le entra a la huarga por las fauces, le dobla la cabeza hacia atrás y le desintegra los órganos internos con tal rapidez que el cuerpo se paraliza en el gesto y así se desploma, todavía arqueada. Pero el arco rompe la fusilería que descargan sobre ella los aldeanos, antes de abalanzarse a hacer aún no se sabe qué. El nimbo amarillo se aleja por el bosque, levantando chispas de las cortezas mojadas.

Kulpidru no duda ni se irrita; se balancea en su sitio, la cara entre la congoja y la entrega, como si volviera a dormirse después de un período de vigilia triste. Con una soltura de sonámbulo da media vuelta, se cuelga la vibradora al hombro y se va por donde había llegado. En ese rato se han abierto orquídeas blancas a los pies de los loternes; arrecia el cotorreo en las copas. Sin pararse, de pronto Kulpidru estira el cuello. Al instante se oye una serie de alaridos tremebundos, como si a alguien le hubieran clavado una pica, o arrancado el sexo. Se le acopla un rugido lastimero. Por fin suenan dos disparos. Nada más. Los alaridos se hacen sollozos. Kulpidru sigue volviendo, sin apurarse, y en eso aparece Zanawul a la carrera. Se seca el sudor de la frente; es una forma de interrogar a su jefe. Kulpidru se encoge de hombros, un gesto algo ajeno a él por lo que se vio hasta ahora, quizá la única forma de evitar que Zanawul se consterne. Creo que tendríamos que cedérselo a la gente, ¿no?, dice Zanawul, y mira a Suvirámam, que los está alcanzando. Cedérsela, aclara Kulpidru; era una huarga. Ah; pero eso no quita que se la dejemos; es un asunto interno de la comarca, insiste Zanawul; una obra que no entendemos. La cara de Suvirámam solo puede compararse con la del que ha visto lo que acaba de ver él. Ese pobre inútil de Rovorbal…, dice; ¿cómo se llamaba? Zanawul prefiere cambiar de tema: Por los huesos de una hembra les van a pagar bastante más, murmura. Caminan callados un centenar de varas, cada cabeza asintiendo a su propio caos, casi reverenciándolo. La naturaleza vegetal persevera en su indiferencia. En declive, destrozando el tul de vapores, por arriba de los árboles pasa una flaybulancia rumbo al claro. Ya no vamos a saber por qué ese animal mató, dice Zanawul. Para saber bien lo que pasa acá habría que tomarse por lo menos un año, dice Suvirámam. Kulpidru está cada vez menos despierto. Sin embargo se para y sin mirar a Zanawul le toca el codo para que vaya al claro. La cabeza no; los de Asuntos Animales guardan los cráneos para estudiar no sé qué.

LA OBSERVACIÓN
Una historia abierta

·

De Elón Tabliur Moran
Ciudad de Partlán

Nantú, el empleado de confianza, está ordenando los exhibidores cuando ve que al señor Ravipolu se le hunde la cabeza entre los hombros; es como si de golpe el tórax sorbiese un suspiro que desde hace años querría descargar. Los otros dos empleados ya se fueron, en la calle cae el sol entre faroles encendidos y ningún transeúnte ajetreado se detiene ante la vidriera del fiable negocio de suplementos visuales. No es que el señor Ravipolu se tambalee pero, como se ha encogido una pulgada o más, Nantú se acerca a sostenerlo y una vez que el jefe se ha estabilizado le ofrece ocuparse él de cerrar el local. El señor Ravipolu acepta, se pone la levita y va hacia la puerta; no le es fácil girarse para un último saludo. Sin arrastrar los pies pero despacio, como si cargara un aparato grande y frágil, camina un trecho por la avenida, se demora junto a una flaymoto que acaba de posarse, como si pudiera traerle indicaciones del cielo, y en la primera esquina, con un denuedo acongojado, opta por doblar a la izquierda. A cien varas de allí hay un parque, y entre los árboles artificiales y los pájaros naturales se alza una cabina de asistencia terapéutica. El encauzador H. Cari, nombre este que se lee en el dintel, termina de despachar a una mujer que ha llevado a sus nerviosos mellizos, le da un caramelo a cada niño, mira al hombre que está esperando y abre acogedoramente las manos. Obán Ravipolu se sienta bajo el palio de diafanex y, despojándose de toda la aflicción posible mientras se desabotona la levita, se presenta y respeta el umbral de silencio que el terapeuta impone antes de pedirle que hable. Entonces el señor Ravipolu dice: Esta tarde me di cuenta de que estoy empezando a morirme, encauzador. Los ojos atentos del terapeuta bizquean un poco. En respuesta a las templadas preguntas, el señor Ravipolu explica que no sufre de desajustes crónicos graves ni dolores más insoportables que los de cualquier hombre de setenta y siete años, pero que cada atardecer se le está yendo algo de energía, para siempre, y que hace un rato, esta misma tarde, el cuerpo produjo de golpe una cantidad tal que evidentemente no podía administrarla y en un santiamén la ha derrochado. Ese buen paquete de potencia no volverá más. Obán Ravipolu se está agotando, y él sabe que esto puede durar más o menos pero no va a parar, ni mucho menos revertirse. El encauzador Cari dice que no le gusta interpretar cuánto podría quedarle a un paciente como Obán de un deseo de vivir cuya medida tal vez está menospreciando o se oculta, adrede o sin saberlo; en cambio le propone que considere si tal vez un miedo muy lógico en un hombre viejo no lo está llevando a exagerar... Y además, ¿se ha preparado el señor Ravipolu aunque sea un poco para aceptar las penurias que acarrean implacablemente los años? Encauzador, hace tanto, tanto que no consulto a un terapeuta... Claro, desde luego, es que hoy en día solo los pobres se tratan el alma. En la mirada del encauzador Cari hay una firme compasión que desborda la esfera facultativa. Los ojos le tiemblan apenas; son graciosos. El señor Ravipolu se atreve a decirle que, si el encauzador quisiera pasar por su negocio de suplementos visuales, él le obsequiaría un par de optorrefractores minúsculos de lo más prácticos. El terapeuta asiente, pero le ordena: Obán, no se escabulla. Encauzador, no es que yo diga que quiero morirme pero en realidad no quiero; es que me estoy muriendo. Silencio provocador del médico. Encauzador, yo miedo no tengo. ¿Y qué tiene? Bueno, mis mejores amigos ya se murieron o están medio idiotas, a mi entender. ¿Pero qué tiene? Me angustia la soledad de mi mujer. ¿La soledad de ella ahora mismo, o que usted vaya a dejarla sola? Justamente porque esta pregunta deja al señor Ravipolu mudo, Cari da la consulta por terminada, de momento, con la propuesta de que lo piense para la próxima. Ravipolu paga.

No cavilará mucho en la distinción que le señaló el encauzador; no anda muy sobrado de vigor mental. Está inapetente, media copa de vino le sacia la sed y, aunque nunca será un viejo cadavérico, en cada una de las cenas que siguen en casa, según pasan las semanas, o los meses, se lo ve algo más enclenque, y tan propenso a encorvarse que le cuesta una barbaridad mantener la apostura que él mismo se exige, no tanto por orgullo social como por un pudor coqueto frente a su esposa. Lo único que no se altera es el amor por ella, que, como todo amor matrimonial que empezó con pasión, tuvo sus episodios de desquicio, sus tormentas de odio avieso y su riesgo de petrificación por la desgana, y sin embargo, cosa no tan insólita si uno se fija en cómo es la gente, mantuvo una vida conjunta, arraigada en la conversación incesante o la compañía silenciosa, en las afinidades y los disgustos compartidos y en el tacto y el calor del abrazo; un amor matrimonial que por su pura tenacidad es siempre una maravilla de ser visto, *como un caballo lustroso pastando contra un crepúsculo*, le dice Ravipolu al encauzador Cari, y, conmovido él mismo de durar tanto, conmueve el pensamiento.

En el tráfago de la avenida Donaciones, yendo hacia su negocio como un tractor cachuzo, Ravipolu despierta en quien lo mire el antiguo asombro de que una parte de los integrantes de la vida se extinga no sin sufrimiento en medio de otra parte que florece, despreocupada y ardiente. En el departamento, durante esas semanas Obán y Durma divergen con diligencia, cada uno rumbo a sus tareítas y aficiones, para reencontrarse en el sillón del pantallátor o la cocina o el dormitorio un poco ciegos, como dos topos que llegan a una cita después de haber cavado túneles en el tiempo. Salta a la vista que el amor entre estos dos rara vez necesitó de indagaciones en la interioridad, como si les hubiese bastado poblar juntos el espacio de alrededor y atender a lo que ofrece. Ahora, en esta cena, el señor Ravipolu ha dejado su rosbif por la mitad. Obán, Obán, estás muy flaco; tendrías que comer más, dice Durma, y le acaricia la nuca con una inquietud apenas burlona. Otras noches lo ve llegar con una bolsa de chocolatis Semiramis, o mandarse a bodega un botello más de Groselleta, o sacar sigilosamente de la despensa un nuevo paquete de peladillas La Igualada, como si tanto como las golosinas se desesperase por devorar las marcas. Te va a hacer mal, le dice, sin dureza y sin maternalismo. No hay pruebas de que él le cuente lo que le está pasando, ni con todas las letras ni con algunas. Tampoco de que ella no lo sepa o no lo intuya. Solo es visible, porque él lo ve, que últimamente Durma se priva de todo bocado de lujo, como si con su sobriedad neutralizara, no los excesos de él, sino eso que lo lleva a unos excesos que antes no se permitía casi nunca. Una mañana Obán, pijama y pecho desinflado, se mira en el espejo del toilete como si estuviera pensando en dejarse la barba; pero en eso asoma por el marco la cara de Durma, adormilada, airosa, y él se apura a untarse las mejillas de rasuratori; la espuma blanca recalca lo macilento que está, cómo se le han desleído los ojos. Ella le revuelve las canas; con un gesto de escepticismo se pasa alisador por las arrugas, los dedos por los bordes de los ojos negros; se perfuma los ajados pliegues del cuello todavía esbelto; sonríe, mirando cómo él se afeita, sin énfasis de dulzura ni signos ofensivos de pena, y cuando se retira del espejo la mirada de él la sigue con prudencia, lastrada por varios dolores y por la duda de cómo va a arreglárselas ella sola.

A continuación, otro día, Obán conversa en un bar con un hombre. Es el hermano menor de ella, Amusal; sabe que Obán se está muriendo. Toca el antebrazo del viejo con una mano afectuosa, aguanta la mirada acuciante y a media voz cuenta que, bueno, más de una vez, dos o tres veces, Durma le confesó que si él, Obán, se moría primero ella no iba a durar mucho, a eso podían ponerle la firma, porque se iba a matar. ¿Cómo?, salta Obán. De alguna manera, o dejándose morir, no sé, resopla Amusal; pero una cosa sí sé que dijo: Total para qué. Obán murmura que no puede estar seguro de que Durma dijese eso en serio. Pero tampoco está convencido de que no vaya a hacerlo, ¿verdad?, observa Amusal. No; sí, dice Obán, y calla. Qué va a argumentar él si una persona no quiere vivir más; lo que le duele es imaginarse a Durma teniendo que decidir cosas sin la compañía de él. Y no es incomprensible que Ravipolu ignore cómo va a reaccionar. Tal vez lo ignore ella misma, y hasta no sepa que lo ignora. Durma siempre fue optimista, tenaz o terca, y pese a los años guarda combustible, como si incluso hubiera recogido una parte del que ha ido perdiendo él.

Atardece otra vez. Escándalo de cotorras; meymuríes que no dejan que la brisa los balancee. La presión sanguínea de los conductores se convierte en energía cinética e impulsa la carrera de los coches sobre el asfalto. A vacilante paso de grulla, Ravipolu ha llegado a la cabina del encauzador Cari; hay grietas en las paredes de clodoperlonato; nada exhala tibieza. Al rato, con el cuello de la levita levantado, el señor Ravipolu está razonando así: Bien puede ser que ella deje al tiempo mitigar la falta y viva en paz, con el contento posible en una mujer de edad, yendo a conferencias, viendo películas de estreno en cines anticuados o películas de la antigüedad que siempre quiso ver, levantándose más tarde, viajando a visitar a los hijos. También puede ser, dice Cari, que a fuerza de desconcierto se consuma de pena en la casa vacía, o se tome un frasco de Apagámex. Quizás, quizás, tose Ravipolu, *qui-zás*, y con los ojos vidriosos admite que recién ahora toma conciencia de lo mal que conoce a su mujer. Lo repite. Dice que más le vale admitirse que no la conoce. Hay un silencio. Los ojos miopes de Cari no se desvían de los de Obán. Dice: La conciencia es rara; cuando uno la toma, toma una cosa con peso. Ravipolu no sonríe; desde el comienzo de la película no ha sonreído una sola vez. Ya que no encuentra dónde depositarla, en vez de resoplar bajo el peso de la conciencia se propone descubrir en qué condiciones es mejor para Durma que él la deje. Para eso tiene que conocerla.

Así que se pone a observar. Para hacerse idea de la actitud de Durma la observa en distintas circunstancias. Chaquetón y maletín en mano Durma besa a Obán, le detalla escrupulosamente que va a estar en el infanterio hasta las cinco y cuarto más menos y después comprando una tela para cortinas en cuartier Dovaselta, da dos pasos, vuelve a besarlo sucintamente y se va. Durma y las dos robotinas trasplantan a macetones más amplios las mamelias del balcón de la sala. Durma cocina, escribe un informe sobre las actividades del infanterio para los padres, acomoda botellos en el armario de la despensa, le recorta a Obán los pelos de las orejas, va al cinema con su amiga Margelú, al volver incita a Obán a que vea la película que ha visto, cierra la puerta del estudio de Obán mientras él le farphonea a Amusal. En la penumbra de un teatron, Durma, atraída por la respiración cavernosa de Obán, investiga de reojo si a Obán le disgusta la obra que ha elegido él. Habla por teléfono con la hija que es anestesista en un quirurbán de otra isla; habla con la hija que es gerente de un centro de reposo en el sur de esta isla, adonde le promete que intentará convencer a Obán de ir a visitarla, una vez al menos, no, ella sola no, no es el momento, tal vez más adelante; y habla con sus dos yernos, y persevera hasta localizar a cada uno de los tres nietos, dos chicas y un varón, todos pasantes del funcionariado público.

Durma arrastra a Obán a la primera clase de un curso sobre leyendas de la isla y logra postergar la invitación a cenar que les hace un matrimonio de amigos; Durma parte sola a la tercera clase del curso, avisando que vuelve para la cena; Durma le pregunta a Obán si le gustaría cenar en la fonda La Cortés o está cansado. Sentada un domingo en el balconil del departamento, Durma escucha un programa de media tarde en su radio interior, como siguen haciendo las mujeres de su edad, y se descose de risa. En la cama, Durma alarga la lectura de una novela hasta cerciorarse de que Obán duerme no muy espesamente, y una vez que apaga la luz no se percata de que Obán espera que ella cierre los ojos para acodarse a escrutar cómo duerme ella. Observar a Durma se ha vuelto el cometido militante, la faena laboriosa, el arte vocacional tardío, el entretenimiento sedante y la oración ferviente con que Obán puede apurar sin grandes quejas el lapso indefectible que le falta para morirse. Así parece que también ve la cosa el encauzador Cari. El resto del tiempo Obán pone los asuntos de su comercio más en orden aún de lo que estaban, procurando sin gran habilidad no alarmar a Nantú, y sin gran éxito.

Una mañana, antes de su horario de atención, el encauzador Cari pasa por el local de suplementos visuales. Dice que es para tener una charla extraprofesional, aunque no ajena a lo terapéutico. Si a Ravipolu no lo incomoda, él quisiera ayudarlo a observar a su mujer, no tanto con una mirada clínica como con un simple par de ojos más, y un poco menos obnubilados pero no más desafectos. Cari es un hombre de mediana edad, o relativamente joven comparado con los Ravipolu. Si por imitación del amor de Obán se ha enamorado de Durma (fea eventualidad para el crédito de un terapeuta), debe ser de una manera, no filial, pero fraternal quizás. Pero no. Cari más bien podría haber ideado una alianza entre él y su paciente para preparar mejor la protección de Durma cuando se quede sola, por el bien de ella y de la conciencia de su paciente. Y en parte se trata de esto. En parte.

También se trata de que, en sus épocas de joven inseguro, cuando se aferraba con uñas y dientes a los textos del mentalismo ortodoxo, una vez Cari decidió que debía alentar a una cliente joven, reprimida y deprimida a liberar el deseo, y sucedió que una noche, algo borracha para sus hábitos y excitada por el galán primerizo que llevaba en su coche, ella atropelló al minorco que hacía de lazarillo a un ciego; tres meses de inculpatorio dejaron en la conciencia de la chica un agujero que un aplicado colega de Cari no pudo zurcir, porque Cari se abstuvo de tratarla más, y una perpetua castidad envenenada.

Oyendo a Cari contarle la historia, el señor Ravipolu llora unas lágrimas casi imperceptibles, como una exudación de vida. Lo siento mucho. Ya lo sé, Obán; pero, Obán, de veras: déjeme traicionar los textos de terapéutica. Dado que ve la estrechez de medios del encauzador en la ropa que usa, Ravipolu fuerza embarazosamente un acuerdo monetario. Hecho.

Y allá va el encauzador Cari, animado, como a la huella de un acertijo. Observa: con un estrépito de vocecitas y el patio del infanterio de fondo, enmarcada en la ventana de una oficina, Durma presta una intermitente atención veterana a dos maestras que no paran de hablar. Durma, la cara alzada hacia un sol encubierto, camina junto al río más ágilmente que muchas mujeres de su edad. En la sala de espera de la terminal de flaybuses, Durma se enfrasca en las imágenes de un noticiesco, deja de mirar con un gesto de escepticismo, lee un rato, da vueltas, y cuando al fin recibe a su amiga Marpi, tiene que romper el largo abrazo para sonarse la nariz; camino a la calle, las dos compiten en silbar mal, y en Durma en particular no se discierne si gana la risa o el llanto. Frente a la reja de un geriátrico, Durma se detiene apenas un instante a pasarle un cigarrillo a un hombre no más viejo que ella pero tan gastado que indigna, se lo prende y prende uno para ella. En un antiguo templo modernizado, Durma va a lo que parece una clase de canto coral donde, si se juzga por el relieve de su voz en el conjunto, desafina bastante. Con el farphonín en la boca, una Durma exultante felicita por algo a uno de sus nietos: Pero qué noticia increíble, Gasán. Durma sale de un centro de análisis clínicos, abre cinco sobres, lee críticamente unos resultados y los guarda en el maletín; al cabo de un rato, en la mesa de una cafetería, pone los sobres frente a Obán, se reclina satisfecha y responde a la inquisidora preocupación de él con un arsenal de histriónicos gestos de fatiga; levanta la cabeza; debe estar preguntándole a su vez qué va a hacer él respecto a su salud, y él niega varias veces, como si dijera que lo suyo no es cosa de médicos; Obán procura sonreír; inclinándose sobre la mesa, ella le estira las comisuras para que le aparezca una sonrisa, sombría y satírica como la del vengador de la serie *Duble*, aunque de golpe deja caer las manos, se levanta y llevándose una a la cabeza corre hacia el toileto. Obán y Durma en un taxi, bromeando melancólicamente con toquetearse como los brachos con las frigatas.

De este momento de unión que ha observado el encauzador Cari se desprenden dos cintas narrativas que se van enlazando.

Durma con una bolsa de verduras, parándose en la calle a hurgar su alforja, encontrando un arrugado sachete de tabaco, encendiendo un cigarrillo para darle cinco pitadas pensativas y tirarlo. Obán en la penumbra, después de haberle insistido a Nantú en que se fuera a su casa, ordenando artículos ya ordenados para demorar el momento de cerrar el negocio. Durma probando varios perfumes, comprando uno de frasco chico y una colonia para Obán. Obán oliendo varios perfumes de mujer, comprando uno de frasco mediano y una colonia para él. Durma con un bolso de viaje en un muelle de tráfico fluvial, desistiendo a último momento de subir a una barca que lleva al sur de la isla, volviendo sobre sus pasos hasta la calle, parando un taxi. Un gorrión picoteando la hierba del parque Tansura sin que Obán, pese a estar sentado muy cerca, consiga contemplarlo dos minutos seguidos porque a cada minuto se le cierran los párpados y, por más que la levante, se le cae un poco más la cabeza. El bizcocho que de buena gana Durma acepta probar en un pastelero y la hace sacudir admirativamente la cabeza. El sorbo del botellín de agua que a Obán le cuesta tragar mientras jadeando, de pie ante una tienda de placas musicales, no encuentra ninguna que tenga ganas de escuchar. Durma sentándose en un banco de la calle a llorar uno o dos minutos, hasta calmarse y, sacudiendo la cabeza, levantarse para seguir camino al infanterio. Obán volviendo a subir a su departamento, cuando acababa de bajar a la calle, para salir de nuevo apretando un pañuelo de mujer que se lleva a la cara, huele largamente, dobla con cuidado y se mete bajo la camisa; y unas cuadras más adelante Obán ante un pastelero, aspirando el perfume a canela, secándose una lágrima que puede o no ser de frío. Durma haciendo lo posible por no tirar del brazo de Obán ni mirar cómo arrastra los pies por la avenida Península.

Así pasa el tiempo. El aire de la ciudad es una rejilla de mensajes, pero el señor Ravipolu no usa farphone ni cuadernaclo; no tiene nada que comunicar. Y unas escenas después el tiempo ha pasado ya. Esta tarde, cuando el encauzador Cari entra en el negocio, Nantú le cuenta que el señor Ravipolu se ha quedado en su casa pero ayer dejó para él un par de optorrefractores; Cari se los prueba y alza las cejas. Rato después, un Cari de mirada viva y corregida llama a la puerta del departamento de los Ravipolu, dentro del cual la voz tenue de Obán le dice a Durma que es para él, su terapeuta. Obán abre la puerta y a duras penas lo lleva hasta la sala. Entra luz a raudales, ahí, como para compensar la parvedad de las conclusiones del encauzador Cari. Hay menudos cabeceos de los dos en dirección al lugar de la casa donde está Durma. Cari no rinde un informe detallado de los movimientos de Durma, ni de sus estancamientos. Esa no es la cuestión. Lo que dice es que a su modo de ver Durma tiene una melancolía tan acentuada, y posiblemente propensa a acentuarse más, que acaso no le alcance la energía para encauzarla, o soportarla; pero, sinceramente, él no cree en absoluto que vaya a rendirse. A su modo de ver y en general Durma está en la vida tan a sus anchas que no tiene el deseo de abandonarla lo bastante intenso como para llevarla a hacer planes, no digamos ya consumarse.

La conversación se alarga; pero por mucho que también se profundice no encuentra ningún motivo nuevo. Por eso al fin paciente y terapeuta se quedan callados, cada uno solo con la presencia del otro, hasta que Durma entra, se disculpa por interrumpir, se presenta, anuncia que la cena está lista y le hace al encauzador Cari un ademán de duda, como dejando a su arbitrio si le gustaría cenar con ellos; le advierte que es una cena ligera: caldo y asuedoles hervidos con fiambre.

Cari chequea la tenue expectativa de Obán y acepta la invitación. Se levantan los dos. Durma abre el camino hacia la cocina. Obán se agarra del brazo del terapeuta. El tiempo se concentra algo más, como si el salto último que está dando lo llevara a la levedad del puro espacio. Rato después han cenado. Cari ya se fue. En la medialuz del dormitorio, Durma está ayudando a Obán a desvestirse. Después a ponerse el pijama. Como él no atina a estirarse una pernera que le molesta, ella se agacha a ayudarlo y en seguida nota que también le cuesta mucho enderezarse. No es una hernia ni un tropiezo del cuerpo, o es tan del cuerpo como todos los tropiezos. Contempla a su marido. Por muy quebradizo que esté, un día más se ha afeitado. Ella, por su parte, ayer fue a la peluquería a cortarse las puntas. Se miran como diciéndose que sería en balde tratar ahora de aprender a despedirse como se suele hacer, probablemente en palabras. Después de todo ya se están despidiendo. Las despedidas de todas las demás cosas que a Obán deben agolpársele en la memoria, junto con los malestares de la carne, las rabias del entendimiento y los sinsabores de la sensación, caben en esta despedida libre de palabras. Él se acuesta. Ella se sienta al lado, en su lado de la cama, con la espalda en el cabezal. Él acerca la mejilla a la cintura de ella. Se han tomado la mano y así están, como una recreación nupcial de las viejas pinturas de la piedad. No son gente que espere encontrarse en otro mundo; tal vez conciban la idea de otras vidas, pero no la ilusión de que sin duda se reconocerían. Se ha hecho un vacío. No inmenso. Una sola frase podría atenuarlo, y pensando en la frase a Obán se le cierran los párpados. Como el aliento de él, todo en la habitación se está desvaneciendo. Y no porque Obán ya duerma. Se desvanece todo, y con todo un poco ellos dos.

Tenues palpitaciones de la luz de la calle no alcanzan a indicar cuánto tiempo pasa. Durma parece preguntarse por qué no está tensa. Tampoco parece notar a ese ser leve, aplomado, con la cara de Obán pero casi eterno de tan viejo, que ahora se proyecta desde una pared, cruza el cuarto a zancadas y al pasar junto a la cama se detiene un instante y clara, intensa, severamente descarga un mensaje: *¡Obán Ravipolu!* Nada más. En seguida desaparece por la pared opuesta.

Un rato después Obán abre los ojos con esfuerzo, cautela e impavidez. Todavía no, dice. ¿No, qué?, pregunta Durma y le aprieta la mano. No, todavía no. Él trata de sentarse en la cama; ella lo ayuda. ¿Querés comer algo? Obán piensa. Bueno, algo; un poco; tostadas con paté de gualto. Up, ¿y eso por qué? Es una comida que a vos te gusta mucho, ¿no?, dice él, procurando no derrumbarse de nuevo. De momento lo consigue. Durma lucha por sostenerle la cabeza; lo consigue, también de momento, y le acomoda la almohada. Él se adormece. Ella se calza las pantuflas. Obán, Obán, murmura, sin mirarlo; qué cosa, cómo nos conocemos.

TORRENTES
DE FRANQUEZA
Un filme sobre la violencia social

.

De Sémborson Virickaen, basado en un episodio
de las memorias del regente Oratio Vúdondren
Isla Ushoda

En el comedor de la pomposa Mansión de Relaciones de una isla de rango medio continúa el VI Encuentro del Grupo de Convivencialidad Interpanorámica. Por apetecibles que sean los platos y balsámicas las bebidas, tres docenas de gobernantes de varios colores no dejan de estrujarse el cerebro con los puntos de un temario elaborado por especialistas en derecho interisleño y cooperación. En este momento se centran en el diferendo por la construcción de un megaport de flaybuses, que perjudicará a la atmósfera de una isla de punta y los oídos de los habitantes pero beneficiará a la rezagada economía de todo un archipiélago. El Regente de la isla anfitriona, un orador maduro de levita discreta, ojeras de desvelo y tez parda con una leve soriasis, propone llevar a cabo la obra con fondos del GCI pero destinando una parte para instalar protenuadores de ruido en la isla afectada. Los otros mandatarios cuchichean; empiezan a asentir. Entusiasmados con la eficacia del diálogo, viendo posible el acuerdo, muchos se desbordan en gestos de alborozo, como repantigarse en la silla o agitar las manos sin soltar la copa o la cuchara del postre. Caen creminas al suelo. Goterones de limonada y Savián colorean el mantel. Entre risas, una prefecta de voluminoso rodete gris perdona a un colega por haberle derramado licorvino en la saya. En la fila de servidores hay uno de tez encerada y ojos atentos que ya tiene a punto un dispositivo limpiador. Un chambelán señala a la dama con un pulgar y el hombre se apresura a pedir permiso para evanecerle las manchitas. En seguida retrocede, busca una bandeja y vuelve a la mesa para cambiar las copas enchastradas por otras relucientes; en algunas sirve líquidos. Se retira del salón.

Minutos después el Regente de la isla anfitriona está exponiendo unas precisiones que cree necesario añadir al acuerdo cuando algo como una turbina de despegue lo propulsa del asiento. Con las facciones anudadas busca la puerta a un trotecito urgente y contraído. Un custodio enorme y una edecana se precipitan a asistirlo pero el Regente les ordena que vuelvan al comedor y se abalanza hacia el toileto. A duras penas logra embocarse en un retrete, dar un portazo, bajarse los pantalones y desplomarse en el tazón, que se adapta a la postura del ocupante con un zumbido ahogado por una descarga ventral atronadora. Con un fragor de rápidos de montaña se suceden otras descargas, sin parar, caudalosas y líquidas a juzgar por las salpicaduras que, brotando por los resquicios entre las nalgas y el morbidiur del inodoro, dejan motas alazanas en la ropa del Regente y los mosaicos.

En esto se cuela el servidor que limpió la saya de la prefecta. Es excesivamente atildado, como si tuviera que dar un examen perpetuo. Grave y alerta de cara al Regente, cierra, dobla una pierna hacia atrás, apoya la suela en la puerta y se reclina. Los ojos saltones parecen amplificados por lentes de aumento. En la mirada que el Regente levanta desde su creciente pequeñez se mezclan disculpas por el olor, perplejidad, inquina, dolor y súplica. El servidor lo estudia. Antes que nada le explica que lo que le está pasando es efecto de un preparado catártico que él le echó en la copa; si sigue así se le van a licuar hasta las entrañas. El Regente atina a balbucear un "por qué".

Porque usted será un gobernante considerado pero no tiene la más pungra idea, y no tener idea es de gobernante choto. Idea de qué, tartamudea el Regente. El hombre cuenta que su padre se partió el lomo trabajando de lacayo en la cuadra de la mansión, que el pobre nunca pudo montar los palafrenos que adoraba, había domado, alimentaba y cepillaba cada mañana porque tenía el cuerpo hecho fefé de tanto esfuerzo; que esta tarde, cuando los invitados salgan de cabalgata, el Regente no va a ser de la partida, porque, perdónele la crudeza, le van a salir las hemorroides por el ano. Yo soy de abajo, dice el sirviente, conozco de primera mano las penalidades de nuestra existencia; a usted se las mumulgan los consejeros; se las resumen en informes, si acaso. El Regente barbota que él no tuvo una vida regalada; empezó desde muy abajo. No logra erguirse. Fui bracho de carga en el transporte de metales al asteroide 24 D, consigue articular, pero una nueva erupción le quiebra la frase y la dignidad. Parampios, señor, replica el sirviente; así como usted se está doblando en dos, así consume su existencia el setenta por ciento de los quinotos de esta isla; su mierdosa existencia.

El Regente alza las cejas, azorado por esa facundia. El hombre añade que, yendo al grano, toda su vida ha visto a la gente obligada a hacer sin descanso, a producir sin descanso, solo para poder seguir viviendo y hacer más; sea lo que sea, alfombras, cocheciños, muebles, minerales sin escoria, platos de comida, palafrenos amansados y lustrosos, ropa, limpieza de casas, obligaciones cívicas, trámites para operarse la napia, atender enfermos, tratarse los huesos molidos, todo, todo, para el que lo hace es producir; cosa linda o fea, da lo mismo mientras se produzca; producir todo el rato es como estar siempre en el retrete; uno evacúa y evacúa, y si come es para volver a cagar, hasta que anda por ahí siempre con la entraña vacía, incluso cuando está con la familia o va a votar o cuando está con los amigos, que también se lo pasan cagando, y con el estómago hecho un buste y el culo como un cuajo de rata muerta que un gato dejó tirado y es festín de las hormigas.

El Regente se deshidrata a ojos vista; el semblante le vira del blanco sucio al verde lima; se le borran los signos de pensamiento; por más que el cuello se le anude de esfuerzo por cerrar el esfínter, el Regente se está perdiendo a sí mismo por abajo.

Y el cansancio, señor, retoma el hombre; el cansancio de la coacción, del trabajo de dar el vientre; un cansancio tan grande que aunque uno quiera la vida le da ganas de acelerar el final. El Regente se aferra los tobillos como para seguir siendo. No logra ni balbucear su pregunta. Pero el hombre la adivina y contesta: Cut, cut; vea, un gobernante bueno no debe ser ignorante en esta cuestión; acá se trata de que usted sepa febón lo que es una colitis perpetua; ¿ahora lo va sabiendo?; séame franco, eh. El Regente solo titubea un momento antes de que un temblor del alma lo haga asentir varias veces.

Pese a la tensión, el vengador cavila, y entonces los dedos crispados del Regente reptan hacia la alarma que tiene implantada en la muñeca. El hombre chista. Eh, eh, no le recomiendo llamar, señor; porque esto, dice, y esgrime un vial lleno de un líquido blancuzco, esto es lo único que puede cortarle el escape; y le prometo que lo corta al instante, porque es receta de mi madrina. El Regente entiende de sobra que sería en balde estirar la mano, pero dentro de lo que permiten sus estertores manifiesta disposición. En ese momento llega desde los lavamanos un rumor de fregafori; parece que podría haber entrado un operario de limpieza mal programado. El hombre no baja la voz. Cut, señor; lo que yo preciso no es que usted me diga que ahora sabe; tengo que oír que va a gobernarnos acordándose. ¿Ddde...? Hágame el favor; de lo fungro que es agotar la vida por el culo, dice el hombre con una sonrisa más rápida que la tristeza. El Regente encoge los hombros como sugiriendo que va a ser complicado dar una prueba. No, señor, no; créame que si usted se acuerda se va a notar. Durante la pausa que sigue la evacuación no cesa. El Regente deja escapar un ronquido prologal; toma aire y dice: Le doy mi palabra. El hombre contempla el vial que tiene en la palma. Mientras tanto el Regente se ha pasado una mano por la frente sudorosa. Y ya está empezando a extender el brazo cuando alguien empuja la puerta y el hombre sale despedido hacia el inodoro, manotea la pared para esquivar al Regente y, mientras resbala de lado, el frasquito vuela.

La puerta se ha abierto del todo. Un irrisorio uniforme de limpiador no disfraza la corpulencia de una anticuada ciborgue de asalto. A la vez irguiéndose y expulsando, el Regente logra atajar el frasquito pero sudado como está se le resbala. La ciborgue agarra al hombre por el gañote, lo endereza, le clava una shokur en la oreja y de tres patadas lo derrumba en el suelo. Como en realidad no cabe en el retrete, y menos así atravesado, lo gira con la bota para arrastrarlo afuera tirando de los hombros. Sin que el Regente consiga incorporarse, el ruedo de la casaca del hombre echa a rodar el frasquito, y la bota del ciborgue amenaza pisarlo, pero el hombre no usa la mano casi exánime para alejarlo ni lo agarra; de un manotazo terminal lo desvía hacia los pies del Regente. Entonces la ciborgue descubre el frasquito, lo recoge y se lo guarda en un bolsillo. Se asoma al pasillo y lanza un chiflido. Con una sola pinza termina de sacar al hombre y al instante vuelve al retrete seguida de tres custodios humanos que se esfuerzan vanamente por entrar todos; olisquea, resopla, enfoca en el

Regente una mirada de calma y solo cuando un custodio le toca el hombro ve la mano suplicante con la palma hacia arriba. Pone ahí el vial. El Regente lo destapa. No bien apura el contenido el cuerpo se le endereza y una claridad le despunta en el arenal oscuro de la cara; se soliviantan un poco las mejillas; las comisuras de la boca se estiran; el torso se expande a la vez que se apaga el rumor de lluvia que subía desde el tazón.

El Regente pide que lo dejen solo. Se incorpora, a punto de masajearse las costillas decide que no y, asombrado de estar de pie, aunque los pantalones caídos le dificultan un poco desplazarse, sin atender a otra cosa aprieta un botón que abre el cubículo contiguo, donde un higienile tarda pocos minutos en limpiarlo. Ya bastante compuesto, va hasta un lavatorio y termina de adecentarse. Evita volverse hacia la ciborgue que le ofrece un vaso de aguanela, pero lo acepta y se lo bebe de un trago. Una película de bienestar le emulsiona la frente.

Por el espejo ve que un custodio ha esposado al hombre y lo está reanimando a cachetazos. Le ordena a ese bruto que se limite a sus funciones. Se inspecciona una vez más la cara. La ciborgue espera. El Regente dice que ya está en condiciones; solo le falta recomponer un aire de simpatía. Rodea el cuerpo del hombre con prudencia pero, como no puede mirarlo a los ojos porque los tiene cerrados, le apoya un momento la mano en el hombro. Le abren la puerta. Él tuerce la boca y encorva el cuerpo, sin duda por una punzada y no ya por una urgencia. Una secretaria le sale al paso preguntando para qué hora debe programar la cabalgata. Para mitad de la tarde, dice él; pero anuncie que algunas obligaciones imprevistas me van a impedir ser de la partida. Después enfila al pasillo. Aunque está débil, algo chupado y jadea de cansancio no se detiene.

No es el mismo Regente de hace veinte minutos, pero el filme termina y no se alcanza a medir el carácter de la diferencia, o el grado.

UNA PUERTA
A LA IGUALDAD

Un filme sobre el espíritu de reparación

·

De Magar Linvi Sarlene y Tico Linvi Sarlene
Isla Magano

Habiendo disfrutado del desayuno, Ror se coloreó las mejillas, se abrigó, se colgó el zurrón con la vianda del almuerzo, bajó a la calle y a paso vivo caminó unas veinte cuadras hasta el Instituto de Ciencias de la Flora. En el quinto piso, Aplicaciones Forestales, pasó la mañana trabajando con una continuidad rigurosa que no indicaba nada excepcional. En algunos laboratorios varios vegetalistas trabajaban en grupo; en el de Ror, Ror sola, con esmero y positividad, confianza en sus hipótesis y severidad crítica con las de los colegas, todo puesto a la vista: cuando entraron unos aprendices, Ror desarrolló hipótesis ajenas para refutarlas con fundamento; más que exponer sus propios avances, los paladeó. Explicó que observando la energía no asimilada que disipaban las especies de una zona se podía determinar cómo estaban de salud; los globos sensores que ella había anclado al suelo de un sotobosque captaban cada nanómetro de la región de luz que reflejaba la vegetación (verde intensa la luz si sana, roja si enferma) y los aromas que emitía en caso de sufrir falta o exceso de agua. Se oyeron varios ahás. Al mediodía Ror salió a almorzar. Sentada en los jardines del Instituto con su vianda, se estiró el dedo medio de la mano derecha. En el acto, como si el crujido de la falange la hubiese alumbrado, contra el fragor de la avenida lateral se manifestó la imagen de un hombre septuagenario de

85

cara exhausta, abrillantada de estupor; el corbatín anudado al cuello por poco no lo estrangulaba. Echado adelante en una butaca, con un vaso de agua en la mano, se desabotonó el chaleco y habló de esta suerte:

Hola, queridos míos. Hola. ¿Cómo están? Me gustaría visitarlos a los dos juntos y que tuviéramos una reunión familiar, pero la gente que me proporcionó esta vía de acceso no aseguró que de entrada vayan a verme los dos a la vez; más bien es difícil. Claro que ustedes se lo van a contar mutuamente y yo, yo confío en que más adelante sea posible juntarnos los tres. Tenemos mucho tiempo; bueh, yo no mucho pero voy a tener la eternidad. Pero como iñoro si podré despedirme cuando llegue la hora, les pido que, ahora que ustedes me están viendo y esa hora ya fue, venzan los resquemores y me presten atención. Hijos: yo no llegué a ser lo que la mayoría de los hijos esperan que sea un padre. No digo egoísta; lo peor que hice fue darles a demasiadas cosas la misma importancia: proveer nuestra alacena, conservar nuestro techo en condiciones, progresar en mi posición, comprar nutrición saludable, hacer las compras, pagar los estudios, llevarlos al médico, renovar los aparatis de casa y hablar con ustedes en la mesa. No supe organizar mi agenda para prestarles verdadera atención. Un hombre más eficiente que yo habría podido arreglárselas con las exigencias, minimizar los contratiempos, redireccionar hacia ustedes el mulgazo o el purlín de bienestar que obtenía según las vicisitudes. Pero no encontré los huecos; me dediqué mucho a reponerme de un golpe artero. Ustedes no van a acordarse porque yo me tragué yo solo toda la amarga historia... Ehm... Me explico. Antes de conocer a su madre yo era un gurijo humano: fumaba fraghe, tomaba aguagrís y negligía mi propia empresa de artículos de cama. Pero con la luz de la mamá de ustedes reencontré el camino. En ese entonces yo dormía mal y no entendía por qué;

hasta que pensando pensando me di cuenta de que la mayoría de las almohadas del mercado se achataban, se recalentaban y uno se pasaba la noche abultándolas y poniéndolas del lado fresco. Ninguna sostenía las cervicales en línea ni absorbía el calor de la cabeza. Yo, hijos, inventé la primera que brindaba apoyo perfecto a los nervios cervicales y las arterias vertebrales. Con la almohada Memor se dormía sano y se despertaba mejor. ¿Ven esto?: es un diplom de la Fundación Panorámica para el Sueño; es el galardón a la Almohada Más Cómoda del Mundo. El que ven en este recorte soy yo con bigote. Esta es la almohada que había inventado y este mi escritorio de presidente de mi humilde empresa. Aquí, estos son ustedes durmiendo sobre almohadas Memor; así aparecían en la propaganda. Total, que con el premio y el blablay, muchas personas frustradas por el mal dormir empezaron a comprarlas y recomendarlas, y nuestro nido vivió una época de muy buen pasar. Resultó ser culinca, empero. Nuestras Memor tenían despertador masajero y una década de garantía; no eran caras pero tampoco una ganga. Y como el mundo es tan gocón, no pasó mucho sin que aparecieran copias tolunchas, engañifas que se chafaban en apenas un año pero eran baratitas. A ustedes pude brindarles educación y alegría, pero no llegaron a disfrutar de los réditos del prestigio. Un consorcio hizo una opción agresiva por la patente de mi creación y yo, por mi aprensión económica, se la vendí. La gran torcedura de mi trayectoria fue esa, hijos; y creo que la desazón de perder la propiedad de mi invento fue la causa de que, si bien quise darles cariño, no pude enfocarme en diferenciarlos en sus respectivas formas de ser, en sus distintas cualidades, como para repartir equitativamente el cariño entre los dos. Yo no sé a cuál le di más y a cuál le di menos; pero sé que yo estaba absorbido en otros trabajos, en el mejoramiento de artilugios como el policurador, en un órdago de colaboraciones, todo para reconstruir nuestra subsistencia. Y eso lo conseguí, cut. Pero a un gran costo; y sé que cometí un desequilibrio del cariño. Lo hubo. Lo sé. Probablemente de ahí vino la mala sangre de su madre, que terminó enrareciendo el clima del hogar y por poco no la deja morir en paz. Menos mal que los tres lo evitamos dándole todos las mismas medidas de amor durante la enfermedad que al fin nos la arrebató tempranamente. De ahí en más mi sometimiento a la tiranía del trabajo no cejó. Vivimos un pasar más que pasable, ¿verdad? Ustedes se educaron febón. Yo tuve mis momentos de mérito. Fui incluso felicitado por mis patrones. Pero nunca llegué a estar igual de capaz en mi producción y entiendo que sospechar que el éxito no regresaría me volvió prisco y entrovertido. ¿De qué me servía saber que sobre almohadas inventadas por mí, ahora fabricadas por quinotos clasistas y codiciosos, dormían aquellos semejantes que podían pagárselas? Yo ya no me veía muy creativo. Qué fardo ser un quinoto que tuvo ideas pero ya no va a conocer de nuevo el ardor de la imaginación, la energía de la acción; qué ráncido sentirse escrupuloso, corto de vista, ambicioso pero tímido. Y aparte, hijos... un padre no es una mamá. Un hombre tarde o temprano busca compañías pasajeras, y ese es un tipo de consuelo que chupa tiempo. Pero no era ese el metigulis. La cosa... bueno, tan distraído estuve en mi vinagre que no supe poner en la balanza mi conducta para con ustedes.

El hombre bebió un trago de agua y en la pausa se colaron voces de otros bancos, el ruido del tráfico más allá de la cerca, un canto de abuveros, una racha de viento.

Hice diferencias. Me duele, hijos, haber sido injusto, quizás. Por eso me decidí a dejarles esta comunicación. Es para pedirles que me recuerden sin inquina, para que me valoren en lo real, si quieren, y para alentarlos a que, aunque les parezca que yo no aprecié correctamente sus diferencias mentales, morales, espirituales, ustedes las mumulguen, las valoren, y persistan en lo que lo hace a cada cual distinguible, incomparable, indiviso. Es que con los años empecé a notar que mi vida, normal como al fin y al cabo parece, es un símbolo de la diferencia. Por eso debe ser que me reconcentré. Qué fungro, por usar una palabrita tan cara a ustedes, es que su madre no haya tenido la oportunidad técnica de comunicarse de este modo. Hoy sabríamos más cosas de ella; no sé si yo, pero al menos ustedes. En fin... El universo se expande sin razón ni sentido, pero se expande y los planetas y los soles se diferencian, en tamaño, en brillo, en duración. Yo les pido que atiendan a esa distinción, hijos. Constélense, como las estrellas, cada cual con su magnitud. Lo digo así porque siento que a medida que pasan los años mi amor por ustedes se expande en el espacio; aunque sabemos que el espacio no existe antes de que haya algo, como planetas o polvo cósmico; más bien el espacio es creado por lo que se expande. Y ojalá mi cariño por ustedes cree un espacio para los tres.

El hombre lagrimeaba. Le dio un sorbo al vaso. Con el paso del agua por la garganta la imagen entera onduló como un mar espeso de algas. Partes de la cara se hundieron, otras se alzaron, y en las comisuras de la boca destellaron sendos grumos blancos. Nadie en el parque se había enterado; era una confidencia sellada para los destinatarios. Ror apoyó los codos en las rodillas y la cara en las manos. Soltó un bufido inquisitivo. Iba a sujetarse los rizos con una hebilla cuando el hombre siguió hablando.

Puninis míos: los operadores de este posible encuentro me solicitaron algunos detalles que suelen facilitar el funcionamiento. Para mis deseos ese pedido resultó providencial. Como prueba de que no fui un padre desnaturalizado les proporcioné a los operadores varios gestos, tics, minímulus que yo los vi hacer desde que eran pupurlines, algunas palabras que les gustaba usar y todo cuanto mi memoria atesoró en materia de rasgos entrañables. Entre algunos de esos gestos y mi mapa neural tal como los operadores lo grabaron ayer, hay una resonancia que enciende el mensaje. Yo sé... es decir... Cierto que la gente cambia de ademanes con el correr de la vida; pero no tanto. No del todo. Me palpito que van a verme. Siento que ya me están viendo. Hola, hijos. Hasta siempre. Hola.

Ror se levantó sin esperar a que se apagara. No respondió al saludo de la mano libre del padre, como si temiera que el cartelama volviese al comienzo. Tampoco enderezó los hombros en el laboratorio, aunque había quedado algo agobiada. Trabajó en los sensores y los tests de salud de las plantas, muy enfocada, como para proteger del trato corrosivo con el pasado las metas útiles de su pasión científica. Tal como se la ve en esas secuencias, pasó la tarde absorta en la delicia de sus experimentos. Pero antes de volverse a casa tomó el tranviliano. Al rato llamaba a la puerta de una oficina en el décimo piso de un edificio venido a menos, y contra el fondo de una ventana con vista estrecha a otros bloques la recibía un muchacho igual a ella, misma edad, misma altura, misma nariz, mismos ojos color glicina, pero algo más robusto, no tan fogoso, más hospitalario tal vez, con el pelo negro revuelto y un antojo en la frente.

Jai Vusco, dijo Ror. Jai, hermana, dijo Vusco. Acto seguido, despidió a un ornamentado trío de mujeres, sin duda tres artistas del espectáculo visto que acaparaban uno de los afiches publicitarios colgados de las paredes. Las mujeres cerraron la puerta. Vusco sacó de un armario una botella de licorvino y, como si completara un díptico, se sentó en una punta del sofá en cuya otra punta Ror trataba de aflojarse. Dijo que no lo sorprendía que hubiese ido a verlo; se imaginaba lo que le había pasado, porque a él le había pasado el día anterior. Ella no le preguntó por qué no se lo había contado, quizás porque notó que una alteración, si no una emoción, le dificultaba a Vusco descorchar el licorvino. Solo dijo que era un abuso de ese hombre ir ahora a inmiscuirse en la vida de ellos nada más que para purgarse; siempre había sido un egoísta, a lo sumo un mamandurria bonachón; bocaza y pasto de engañifas comerciales. Vusco argumentó que la simple bondad de raíz podía hacer a una persona inteligente, ¿o no? Ror no iba a cavilar si el padre había sido bueno; le reventaban las presiones de la moral. A Vusco en cambio no lo disgustaban las convenciones. Bueno, si la cosa eran las convenciones, Ror no le habría hecho eso a los demás. Es que vos no tenés hijos, hermana, dijo Vusco. Y qué voy a hacer si todavía no encontré con quién, dijo ella en voz un poco más baja. Aunque los dos habían palidecido por razones distintas, la palidez los unía como un pegamento sensible. Para Vusco, el padre había pedido perdón sin saber si iba a obtenerlo; era un acto gratuito; felicitable, ¿o no? Ror contestó que ella ya lo había perdonado; incluso lo quería. Según Vusco, no había nada que perdonar. Cut, cierto, dijo Ror, razón de más para no andar interrumpiendo.

Para Vusco no era una pérdida de tiempo tratar de entender a un padre. Ella cerró los puños, tal vez para no hacer crujir una falange; por las dudas. Pero en eso Vusco se rascó la oreja izquierda pasando la mano derecha por detrás de la nuca y en el medio de la sala el padre se presentó con el vaso de agua en la mano, tan consistente que tapaba los afiches de la pared. *Hola, queridos míos. Hola. ¿Cómo están? Me gustaría visitarlos a los dos juntos y que tuviéramos una reunión familiar, pero la gente que me proporcionó esta vía de acceso no aseguró que de entrada vayan a verme los dos a la vez.* Arriba, abajo y a los lados del padre las paredes se habían cansado de pedir una mano de pintura. Vusco dijo que esta vez lo notaba como más afligido; o más opaco. Para Ror era efecto del atardecer. Le preguntó qué había hecho. Esto, dijo él, y volvió a rascarse la oreja izquierda con la mano derecha. El cartelama parpadeó; quizás la repetición rápida lo afectaba. Pero logró estabilizarse y ellos bebieron licorvino mirando al padre, Ror de reojo, Vusco de lleno. *Un hombre tarde o temprano busca compañías pasajeras, y ese es un tipo de consuelo que chupa tiempo. Pero no era ese el metigulis. La cosa... bueno, tan distraído estuve en mi vinagre que no supe poner en la balanza mi conducta para con ustedes. Hice diferencias. Me duele, hijos, haber sido injusto, quizás. Por eso me decidí dejarles esta comunicación. Es para pedirles...*

Cuánta infelicidad acumuló el pobre, eh, y ahora nos la viene a endosar, dijo Ror. Vusco dijo que él se sentía capaz de embolsar un poco de la tristeza que desbordaba del padre. Ella opinó que más que capaz se estaba sintiendo obligado. Nanay, no: para Vusco asimilar la tristeza de los padres era una tarea de todos los hijos. Y después de una pausa: ¿Y no es una delicadeza decir que no sabe a cuál de los dos mimó más? Ror se hizo un buche con el licorvino: Yo nunca sentí que tuviera debilidad especial por ninguno.

Sonó el campanil de la puerta. Vusco fue a abrir y entraron la cuñada y los sobrinitos de Ror, chispeantes dentro de todo para el variable éxito de los artistas que representaba el padre. Eran dos varones de distintas edades pero los dos parecidísimos al padre y la tía. Ror y la cuñada hablaron de vacaciones y de películas, y los niños pidieron visitar las plantas que estudiaba su tía, mientras el padre de Vusco y Ror seguía comunicando solamente percibido por ellos, que por otra parte consiguieron ignorarlo sin ponerse tiesos. Sin embargo Ror no se colgó el zurrón ni Vusco guardó su cuadernaclo hasta que el padre se hubo desvanecido. Salieron todos juntos, bajaron a la calle y se despidieron con besos.

Ror se acostó temprano con el cuerpo envuelto en precauciones. A la mañana siguiente, frente al espejo, ni la mascarilla antisequedad ocultó la fastidiosa evidencia: el que tomaba precauciones tenía expectativas. Pero Ror no era muy de esperar los acontecimientos; les salía al encuentro produciendo otros. En la pantalla de seguimiento del laboratorio, deshojados por el invierno, los lopanes y los magestos de la foresta de Táter no emitían reflejos que permitieran hacerles un diagnóstico, pero los buxos de hoja perenne estaban tiñendo la luz de morado. El informe de los sensores sobre los aromas apuntaba a que el agente del mal era una toxina en las aguas. Ror llenó un formulario de logística, cargó en un flayfurgón las garrafas con los neutralizadores y reconstituyentes que había sintetizado y voló hacia Táter al frente de una cuadrilla de terapia intensiva.

Bajaron en un claro del bosque. No se descuenta que trabajar en grupo de tanto en tanto la divirtiese; pero si algo le encantaba, va quedando claro, era usar la inteligencia para un objetivo valioso. Como otras filantropías, la variedad científica tiene un aspecto de satisfacción privada. Al atardecer, mientras la cuadrilla cargaba equipo en el flay, ahí estaba ella algo lejos, acuclillada detrás de un tebuco para el placer simultáneo de orinar y oler en el aire la incipiente curación del follaje. Los globos sensores oscilaban en sus cabos. Ror se levantó el pantalón con un meneo femenino del pampu y escupió de colmillo, una de esas guapezas que en su infancia había copiado de los varones. El salivazo estaba aterrizando cuando el cartelama de su padre se desplegó dócilmente entre unas cañas. *Hola, queridos míos. Hola. ¿Cómo están? Me gustaría visitarlos a los dos juntos y que tuviéramos una reunión familiar, pero la gente que me proporcionó esta vía de acceso no aseguró que de entrada vayan a verme los dos a la vez; más bien es difícil.*

93

Claro que ustedes se lo van a contar mutuamente y yo, yo confío en que más adelante sea posible juntarnos los tres. Tenemos mucho tiempo; bueh, yo no mucho pero voy a tener la eternidad. Pero como iñoro si podré despedirme cuando llegue la hora, les pido que, ahora que ustedes me están viendo y esa hora ya fue, venzan los resquemores y me presten atención. Hijos: yo no llegué a ser lo que la mayoría de los hijos esperan que sea un padre. No digo egoísta; lo peor que hice fue darles a demasiadas cosas la misma importancia: proveer nuestra alacena, conservar nuestro techo en...

El llamado del piloto del flay arrancó a Ror de la impotencia. Gruñó como una perra, y se largó a correr. El padre la siguió, se encogió para entrar en la cabina y volvió a ensancharse frente a Ror, velando a los operarios sentados en la fila del otro lado. *... torcedura de mi trayectoria fue esa, hijos; y creo que la desazón de perder la propiedad de mi invento fue la causa de que, si bien quise darles cariño, no pude diferenciarlos en sus respectivas formas de ser, en sus distintas cualidades, para repartir equitativamente el cariño entre los dos. Yo no sé a cuál le di más y a cuál le di menos; pero sé que yo estaba absorbido en otros trabajos, mejoramiento de artilugios como el policurador, un órdago de colaboraciones, todo para reconstruir nuestra subsistencia...* Una mujer de la cuadrilla le preguntó a Ror si estaba preocupada; un muchacho, si no habrían actuado tarde. A Ror le parecía que no; pero en la interacción de la química con la voluntad de las plantas había algo imprevisible. Se giró hacia la ventanilla; el cartelama apareció contra el cielo, delante de la ventanilla.

Volvió a presentársele unos días después, cuando un pasaje de un musidrama protagonizado por un bailarín gordo que representaba Vusco la hizo morderse un mechón de pelo. En la media luz de la platea del teatriton la pesadumbre de los ojos del padre se ahondaba. *...qué me servía saber que sobre almohadas inventadas por mí, ahora fabricadas por quinotos clasistas y codiciosos, dormían aquellos semejantes que podían pagárselas?* Le estaba impidiendo escuchar lo que un corrillo de personajes cuchicheaba en el proscenio. *Yo ya no me veía muy creativo. Qué fardo ser un quinoto que tuvo ideas pero ya no va a conocer de nuevo el ardor de la imaginación, la energía de la acción; qué ráncido sentirse escrupuloso, corto de vista, ambicioso pero tímido...* Ror farfulló que a ella le gustaba lo que hacía. Solo cuando hacía lo que hacía estaba contenta. Ella era... era... investigadora y estaba en el mundo para hacer eso. El bracho de la butac de al lado le susurró que dejase de tararear. Otro día, se supone que en realidad para tener noticias, Ror fue a agradecerle a Vusco que le hubiese regalado un tiquete; lindo que alguien superase las desgracias bailando, y el gordo bailaba chuchú. Vusco le contó que el padre se le había aparecido cinco veces, una mientras cenaba con la mujer y los chicos, pero como buen papamoscas él no había anotado los disparadores. En cambio Ror, aunque no se acordaba de la primera vez, ya tenía archivados tres gestos que iba a eliminar de su lenguaje corporal; y esperaba que el padre no tuviera un álbum mental muy grande. Pero yo digo, ¿por qué no voy a aceptar la situación?, saltó Vusco; de cuantos más mimichis se acuerde papá será que mejor nos observaba. ¿Y eso es amor de padre? Es una forma de amor, dijo Vusco. O es que no tenía gran cosa que hacer, dijo Ror. Vusco sacó un pastillero: Hermana, ahora ayudémonos con una de estas. El Todolvide da sueño y desgasta los cartílagos, dijo ella. Poco precio, dijo él, por un rato de liberación del pasado. También te borra el presente, dijo ella. Por un rato, dijo él. Eso es lo peor, hermano.

Vusco le pellizcó la mejilla. En vano esperó unos segundos a que el cartelama se encendiera, y dedujo que no se había encendido porque de chico solo pellizcaba a Ror cuando los grandes no lo veían. Ella meditó. Él volvió a pellizcarla. Por un momento los dos perdieron varios centímetros de altura y dos docenas de años. Ror le sacó la lengua y, confiada en que el cartelama no se encendiese, la mantuvo afuera como un banderín de victoria hasta que unas lágrimas rodaron hasta gotear junto con la saliva. Muy curioso que los demás no lo vean, ¿no?, dijo Vusco. Hace rato que hay experimentos de comunicación a distancia entre cerebros, hermano; este mulguis es neural, Vusco; supongo que te instalan un caligrafte en la cisura de Silvio, y pasan la información a un sensívulo del cartelama mismo. Pero está muerto, dijo Vusco. Ror no sabía más; no iba a divagar fuera de su especialidad. Se sentaron a mirarse desde sillas alejadas. El aire de la oficina se había vuelto muy nítido, como si lo hubieran vaciado de cualquier partícula. Lo vemos solamente nosotros porque tenemos cerebros iguales, razonó Vusco. Voy a hacerme un mapa de espacios encéfalos, dijo Ror. Vusco ahuecó una mano y se rascó el pecho de abajo arriba, un gesto de mono que rompió la paridad. No te creo, dijo.

Ya ni sé cuánto hace que se murió, dijo Ror: ¿año y medio? Vusco revisó unas páginas de su cuadernaclo: Año y ocho meses; diez meses después de la última vez que lo invitamos a cenar. Esos especialistas se tomaron su tiempo para ponerlo en el aire, ¿no?, dijo Ror. Él siempre tuvo dificultades para aparecer, dijo Vusco.

Otro día, con una jeringa en la mano, Ror compartía con tres pasantes la duda de inyectar una solución muy baja de arseniuro y betange en la tierra de los arbustos de yecle que esperaban bajo una campana vinílica. Varias poblaciones del Delta se consolaban de faenas y agitaciones bebiendo infusión de yecle; popularizaban recetas para mezclarla con otras yerbas, y del cultivo del yecle dependían no pocas economías locales. Ror enrojecía de responsabilidad. Para darse un tiempo entrecerró los ojos; seguramente se había enchufado a la Panconciencia y por la expresión hueca ya debía estar vagando por el espacio heterogéneo de motivos geometrizantes, viscosas estampas flotantes, poliedros giratorios y rumores del multiverso interior. No había pasado el lapso estándar de aterrizaje en una conciencia ajena cuando los párpados se le abrieron como vainas reventadas. ... *más adelante sea posible juntarnos los tres. Tenemos mucho tiempo; bueh, yo no mucho pero voy a tener la eternidad. Pero como iñoro si podré despedirme cuando llegue la hora, les pido que, ahora que ustedes me están viendo y esa hora ya fue, venzan los resquemores y me presten atención. Hijos: yo no llegué a ser lo que la mayoría de los hijos esperan que sea un padre. No digo egoísta; lo peor que hice...* Ror se interrogó las manos. ¿No olés el tufo a quina? El padre flotaba impertérrito ante parte del instrumental. Intentando apartarlo, por poco Ror tira al suelo una pantalla de seguimiento; la imagen de las plantas tembló. Salió al pasillo, lo recorrió hasta el nicho del cafetorio y simulando calma esperó a que el padre terminara de hablarle por la espalda, en el primer puesto de una cola incipiente de personal del Instituto.

Llamó a Vusco. Esto es una opresión, le dijo; ahora hasta inhibe la Panconciencia. Vusco ya lo había notado; pero tenía algo mejor que contarle.

La *eclipsa*, siguió Ror. ¿Cómo lo harán?, dijo él bastante alegre. Es una red aparte, ¿no ves?; más premeditada que la Pan; burda pero más material, más. Te estoy diciendo que hay una novedad, la interrumpió Vusco. Me resbala, hermano, perdoname, dijo ella, y después de cortar agregó: No quiero saber nada.

Esa noche o la siguiente cenó con su amigo Marrel en un cantinet de iluminación tenue. Regados con tres copas de Savián, Ror devoró todos los conceptos de Marrel sobre el procedimiento que estaba desarrollando y permitía aplicar la estadística de curvas no pronunciadas no solo al cambio de patrones en el tráfico fluvial o la eficacia de los cangrejos recolectores sino también a la temperatura, el ruido, la frecuencia horaria de enchufes locales a la Panconciencia, las repeticiones en la información de los noticiescos o el recurso a tropos de poesía en el discurso de grupos específicos muy diversos, como jugadores de balompo o tripulación de catamaranes. Con dificultades para mantener la recta, pero sostenidos por el intercambio de saberes, caminaron hasta la casa de Ror e hicieron el amor amorosamente, al principio, y al final simplemente pechularon. Marrel no tardó en adormecerse. Ror, laxa de espaldas, abrió los brazos como dispuesta para el suplicio rutinario. Las cosas de la habitación eran el reflejo límpido de una asimetría mental equilibrada. En la pared opuesta a la cama un ramo de curvos filamentos multicolores, fucsia, ultraturquí, lavanda fosforescente, parecía inclinarse sin fin hacia la izquierda sobre un plano negro. Marrel se incorporó un momento para preguntar de quién era ese cuadro. De nadie, dijo Ror: es el tejido de un pleurosigma; una diatomea de laguna. Él la ungió con un beso, volvió a derrumbarse y elogió la comodidad de las almohadas. Son de no sé qué marca, dijo ella, pero las inventó mi padre. Él ya roncaba quedo.

Ror se volvió del lado izquierdo y antes de apoyar la cabeza le dio un soplido a su almohada. Una titilación le anunció que su padre acababa de desenrollarse frente a la cama como un telón para el pleurosigma. *Jai de nuevo, hijos. Cómo están. Acá vuelvo a convocarlos, pero quizás esta vez no vuelva demasiadas* veces y por el bien de los tres les encarezco que presten atención. Ror deslizó el pumpi hacia atrás y apoyó la espalda en el cabezal. El padre ya no tenía botello de agua; dio un sorbo a una copita de algo como aguagrís. *Les hablo desde un lugar cercano adonde ustedes nacieron, su madre los amamantó como a cachorros y yo procuré cuidarlos cuando nos quedamos solos. Tiendo a dar por cierto que todavía viven en nuestra isla, pero, como cuando se prenda este mensaje yo no voy a estar en ningún lugar, ustedes quién sabe dónde, sigo valiéndome de este medio. Bien... Yo, hijos, yo siempre creí que había tenido una vida bastante plena, que había carburado, trabajado en una bulela de empleos, co- nocido lugares y sus gentes, que me había esforzado por mantener más que a flote nuestro hogar, uf... que había hecho muchas cosas. Debo haberlas hecho, cut, pero ahora miro hacia atrás y no veo nada. Ahora que estoy en la sala de tránsito miro atrás y veo un desierto. Sobre esta cuestión de tener tantas experiencias me trilga que habremos oído decir que para qué, si al final... Pero yo quiero decirles, hijos: si entonces para qué, también para qué nos lo vamos a preguntar. Al final este asunto da risa; primero de nervios, después nada más risa. La cuestión, cucunis, es que yo caigo en que en esa nada algo hay, alguito que queda y va a quedar, y en ese quedamento hay un... un plustro de lo que yo recibí de mis padres, aunque transformado, y lo queramos o no ese plustro tiene que ir a parar a ustedes. Es una fatalidad, cucunis. El problema es que uno no conoce todas las minuchas del paquete que deja, por lo cual me disculpo si alguna de mi paquetito les molesta. Ahora bien, una la conocen, es una cosa que se toca, se cuenta, se puede llevar encima o dejar guardada, y para ir abreviando mi deseo es que la tengan. Se imaginan a qué me refiero, ¿no? Vaya por delante que no está guardada lejos del que fuera nuestro hogar. Pero pienso que en encuentros como este es fungro traer a colación lo más material, y por suerte aquí los operadores de este servicio proporcionan una vía más delicada, más entretenida y, último pero no menos importante, más a salvo de la codicia de los abogatis y las zarpas del fisco. Escuchen, hijos: yo en la tierra ya no existo, ni en los días, pero en la noche brillo como una estrella. A todos efectos soy una estrella. Me la han adjudicado; la han puesto ahí para que me vean, cuando lo necesiten. En el mapa que saldrá después de este mensaje se indica mi posición en el cielo de nuestra isla. LIH 7-SO. No la busquen para mi vanidad. La primera indicación es un madroño de la arboleda de...* Ror se levantó de la cama, se taponó los oídos con bolitas de papelio y salió al balconet con el cartelama a la zaga. Prendió uno de los canutos de fraghe que tenía guardados en un cofrecito. Al resplandor de las luminarias de la calle las plantas mostraban una módica variedad de verdores. Estampado en el vidrio de la puertaventana como un reflejo, el padre se apagó. Ror vertió en cada tiesto una cantidad diferente de gotas de un regadorio. Frente a una vara alta, quebradiza, con hojas minúsculas y sufridos frutitos pardos consultó un cuadernaclo y preparó un inyector. No la sorprendió que Marrel se hubiese acercado. Se dejó besar los hombros. Es una muoridopsis guliana, dijo sin girarse hacia él; una especie aguantadora y laboriosa; la tengo como modelo para examinar unas células. Él preguntó cuáles. Los pelos radiculares, dijo Ror; son las que toman el agua y absorben los nutrientes; tienen muchos transportadores en la membrana; cuanto más pelos desarrolla la plantucha, mayor es la superficie de la raíz; esta guliana tiene treinta mil genes, todos mutantes; le introduzco una proteína para ver cómo impacta en el desarrollo de las raíces. Marrel la invitó a volver a la cama. Como ella se demoraba le sacó el canuto y después de una pitada alzó inquisitivamente las cejas hacia los tiestos. Bueno, dijo Ror; no sé dónde trabajaba mi madre; creo que en una agencia de viajes; lo que sí, en casa estaban los cuadros de jardines que pintaba de noche que no sé adónde fueron a parar. Es fundamental ocuparse de las raíces, dijo Marrel. Ella se dejó llevar adentro, pero dijo: Nosotros no somos plantas. No llamó a Vusco. A los tres días, cuando iba a incorporar los últimos índices de la jornada, él irrumpió en el laboratorio y la arrastró hasta un bar. No tenía la menor duda de que ella ya estaba enterada; a él se le había encendido cuatro veces, dos sin permiso y dos más porque desde la segunda tenía registradísimo qué gesto había hecho. Yo también tengo el quiñole, dijo Ror. A él le pareció un buen augurio; le pidió que lo hiciera, pero ella le aclaró que se había desentendido. Cuándo fue, insistió él. Ella dijo que le importaba un bledo.

Una melodía se empezó a deslizar en la historia como el amanecer nuboso de un día con pronóstico de transparencia y temperatura variables. Ror sacó un palillo y se hurgó un resquicio entre dos molares. El padre se alzó contra la entrada del bar como un anuncio de restauración de fachada. ... *es una estrella fija, la mía. Me dicen que para evitar errores de paralaje la proyección al suelo la hagan los dos desde el mismo lugar. Desde el madroño de Trabes hasta donde cae la perpendicular hay una serie de señales por un itinerario rico en detalles naturales que pueden admirarse como obras de arte. Son señales invisibles para los julinfos cegados por la codicia y los empecinados en encontrar cosas ajenas. Para ustedes, con todo lo que leyeron, van a ser pan comido. Esta aventura que los operadores ofrecen a quien quiera amenizar la comunicación visual es el único regalo que les dejo. Lo otro era suyo desde antes y ustedes sabrán muy bien cómo repartirlo.* Ror se levantó sin terminar su naranjina, besó a Vusco en la frente y salió. Paralizado por la disyuntiva, el cartelama no abandonó el área visual de Vusco hasta que él corrió a la calle a parar a la hermana.

Últimamente me pregunto cuánto tenemos de él, dijo. Si es que tenemos los dos lo mismo, dijo Ror. Esto al menos lo dejó para los dos, ¿no? Es un lastre, dijo ella; si tengo algo de él, más me vale desprenderme. Aunque empezó a caminar, no se negó a que él la tomara del brazo. Imposible, Ror; sería como matar lo que hay en uno de naturaleza. No somos plantas, dijo Ror. Claro, por eso mejor que también tengamos lo de él que no es natural. Detrás de Vusco el cartelama se había ido atenuando y ahora se extinguía. Ror apretó el paso como huyendo de un perfume dulzón. Creo que nos están fotografiando el morlojo, dijo; de veras. Yo no, dijo él, y se quedó desconcertado; qué raro, ¿no?, con lo simétricos que nos hicieron. Es que somos una forma modular, dijo ella; tenemos simetría infinita. ¿Me hacés un dibujo de eso, si no te finga? Mmm, difícil, hermano: las modulares tienen dos ejes, como todas las formas simétricas, pero cada eje tiene una parte real y una imaginaria; existen en cuatro dimensiones; espacio hiperbólico. No lo veo, dijo él. Más bien que no; en el espacio que mumulgamos todos, dimensiones hay tres, nada más. Ancho, largo, profundo, eso lo sé. Pero la dimensión adicional les da un nivel de simetría fabuloso. Un sueño, dijo Vusco. Psé, dijo Ror: los matemáticos son muy literatis.

Detenidos en una esquina por un atasco de cocheciños, oteaban el barullo buscando un pasaje.

Yo no le pienso negar un deseo a un muerto, dijo Vusco. Y qué, dijo ella; si lo que quería era un propulsi para la vida, de todos modos ya no le va a servir. Puede haber un intercambio, dijo él, y agregó: ya ubiqué el sector del cielo que indica; está bastante superpoblado. Ella dijo: Suerte, brachín. Después de abrazarse, cada uno atravesó la riada del tráfico por un vado diferente.

Las plantas mutaban. El cartelama no. En el muelle de la

logia de pescadores, en el probador de una gran barata de sombreros, en la ferrugería donde Ror estaba comprando tarugos para fijar a la pared un muñequito de cañas regalo de una discípula: con cada retorno del padre Ror se apuraba a anotar qué lo había encendido: ademanes, muecas, posturas, señas, mohines, palabritas. También Vusco hacía una lista, pero no se esforzaba por erradicarlos. Ror sí, y bien que le costaba sudores; no tanto si lo tomaba como trabajo espiritual. Como cuando la ciencia choca con un muro, algunos gestos no iba a descubrirlos nunca. Una noche le contó a Marrel todo lo que había pasado hasta este punto de la historia. Eso que se resiste es lo indestructible, dijo él sin gravedad. De modo que cuando Ror habló, toda la gravedad quedó para ella. La memoria tenía sus turbiedades, sus avaricias, y ocuparse de lo que la memoria escatimaba podía insumir más tiempo que escuchar un testamento.

No iba a poder contra su cerebro. En una red neural, como una píldora en un botiquín de viaje, tenía a resguardo un tipo especial de guiño de ojo para encender el cartelama a voluntad. No le prestaba atención. A veces lo usaba para subir el volumen de un murmullo que le salía de adentro aun sin tener el cartelama enfrente. ¿Qué hay de vos en mí?, le salió una vez, a oscuras, con Marrel al lado. Él no se confundía; no pensó que la pregunta hubiese sido para él. Nada que entre por las raíces, le dijo de todos modos.

Un fin de semana, no poco ni mucho después, Ror se cortó el pelo hasta ocultar casi los rizos, amontonó la ropa buena en un baúl, dejó en el armario solo las prendas de papelhule y los zapatos de fabrilato y vestida con una sencillez suficiente recibió a Vusco, y de Vusco la tercera parte del dinero que él se había encargado de rescatar siguiendo las indicaciones, aunque hubiera establecido el paralaje él solo. Ror no le preguntó dónde lo había escondido pero Vusco se lo dijo igual. Era un sachete del tamaño de una hogaza de pan. Había entrado perfectamente en la caja vacía de un motor de succión de un campo abandonado. Ror entreabrió el sachete para echar un vistazo a los fajos; eran seis; Vusco chifló por ella, para evitárselo o porque ella no sabía chiflar.

Esfuerzos de diferentes clases disimularon en cada uno sentimientos de distinta índole. De las copas del brindis cayeron gotas iguales. Gracias, hermano, dijo Ror. Cuando Vusco se fue, sin contar el dinero lo embutió al fondo del baúl, postergado bajo varias capas de ropa buena.

INVITADA A UNA FIESTA
Un filme sobre las realidades de la existencia

.

De Alenco Iorosavin
Isla Dielpi

Sobre la cómoda del dormitorio un gato manchado se relame en una foto, pero en este limpio módulo habitacional no hay gato. No hay perro, no hay minorco ni pajarito. No hay nadie más que esta mujer de edad que se despega las lagañas.

Se ha despertado sola. El espejo del toileto no refleja a nadie más que ella. Con una bata sobre el camisón, va sola a la cocina. Enciende sola un mini pantallátor. Prepara infusión de yecle y bizcochos y media naranja entre un revuelo de voces que depositan noticias del mundo para que las escuche ella sola. Desayuna sola. Mastica con tolerable incomodidad. Distraídamente se tapa la boca para comentar una noticia.

Tiene un autómata cocineril que solo la ayuda a ella, una enfriadora inconsecuente, una vajilla individual completa y un aparador cerrado donde podría haber un juego para cuatro comensales.

Tiene esta cocina pulcra donde solo cabría media persona más que ella; una ventanita que admite sol por unos cuarenta minutos del día, una mesa redonda y un hule estampado con caras de actores de cinema. Tiene una salita aletargada donde se aprietan una mesa, cuatro sillas y un sofá, y un balconil de tres varas de ancho que da al segundo piso de otros módulos habitacionales como este.

Tiene tres pares de zapatos, uno de chancletos, un dentilustre gastado y uno flamante; un vaso con cinco dientes enroscables en remojo; se reprocha ella sola no habérselos colocado antes del desayuno. Se los enrosca y se pone ropa de calle. En una repisa tiene una colección de ninfas y monstruos fluviales de cristaleina. Tiene un distribuidor semanal de comprimidos que en cada compartimento guarda tres de diferentes colores. Se guarda uno en el bolsillo.

Se acoda sola en el balconil. Felicita a la diplodenia por la rapidez con que trepa por la guía que le ha hecho ella. Solo para ella murmura el agua con que riega los tiestos de geranios carmesíes y las ivelinas blancas. Solo ella cuestiona en voz alta la seriedad de una voz que dice que hace veintidós grados de temperatura.

Estira ella sola las sábanas de la cama algo grande para una habitación tan estrecha. Sopapea la almohada donde había un solo hueco; no hay nadie en la casa que escuche lo que puede haber soñado.

Hace una lista de compras para ella sola. Pone a remojar garbanzos y pica tocino y hojas de keche y purascón negro para ella sola.

De un perchero junto a la puerta cuelgan un capote ligero, un abrigo de cuasilán y un impermeable.

Llama sola varias veces a averiguar por qué le han pospuesto el turno para hacerse una fotoviv de estómago. Reprime sola el reflujo que le provoca el disgusto.

Está sola.

A menudo chasquea la lengua; menos a menudo amaga reírse de algo que ha pensado.

Nadie oye la maldición que farfulla cuando se pone los zapatos. Ella sola se masajea escépticamente los riñones y se recuerda que debería volver a teñirse las canas, y juzga la plumeta con que se adorna la permanente correcta pero achatada de un lado. Nadie le ruega que pare de quejarse. Nadie le advierte que se lleve ese bastón que la despide desde el paragüero.

Con una precaución avinagrada, pero decidida para la edad que aparenta, baja sola por la rodadera del edificio, la cartera contra el pecho y un robotín changador colgado a la espalda. Camino al provisionario un cartero la saluda al pasar. Un autobús le cede el paso; otro por un pelo no se la lleva puesta, y ella, aunque queda algo escorada, se endereza aprovechando la propulsión del insulto que grita.

Hace las compras para ella sola. Vuelve por calles de edificios más viejos, al fondo de las cuales se ve el río, dejándose guiar despacio por el robotín cargado con un paquete de cuasicarn, verduras y unas conservas. Mira con inquina el agéndor que lleva implantado en la muñeca, como si no alcanzase a ver bien la hora. A cincuenta varas de su casa se detiene para tragar una tercera pastilla. Se está masajeando las caderas cuando de pronto se lleva la mano a la cabeza, contrariada, sin duda porque de un portal acaba de irrumpir una vecina tan de edad como ella.

Se saludan con recelosa diplomacia: la otra, Elmara; ella, Nolenda. Hablan a un volumen muy alto. La desgreñada Elmara explica que si lleva el capote blanco enchastrado de colores es porque, como una boba, se acercó a mirar lo que estaba pintando su sobrino el artista y él estaba tan extasiado que la salpicó toda. Nolenda parece preguntarse de dónde habrá sacado la palabra *extasiado*. Dice, con una voz gruesa y porosa, que su sobrino es un oftalmólogo reconocido. Elmara le pregunta si siempre habla de ese sobrino porque no tiene a nadie más. Nolenda dice que ya le contó que tiene una hija. Elmara pregunta si es la hija esa que hace tantos años se ofendió con ella y no le deja ver a los nietos. Fui yo la que la ofendí, corrige Nolenda.

Elmara le aconseja que no se sienta culpable; hace daño; si una quiere vivir en paz, más vale no tratarse con personas susceptibles. Nolenda cuenta que su sobrino tiene dos hijos pupurlines; cada vez que los ve comprueba que las criaturas la aburren. Elmara se descose de risa. Nolenda consigue reírse. Intercambian información barrial, con cara de entretenerse de mala gana, hasta que Nolenda anuncia que tiene mucho que hacer y Elmara que se va a escribir la página diaria de sus memorias. ¿De qué? De mi vida; yo era relacionista pública; ¿y usted? Nolenda le cuenta que trabajó en la licorería de su ex marido y después fue jefa de vendedoras de ropa para el hogar en una multitienda. Elmara se excusa sinceramente, porque tenía esos datos pero se había olvidado. Nolenda confiesa que lo mismo ella. Yo hay cosas que nada más me acuerdo cuando acaricio a mi minorco; se llama Pedro; ¿usted por qué no se compra una mascota? Tuve gata, dice Nolenda; son un culastro; llenan todo de pelos; se suben a la cama; se van por ahí y las embarazan; mi sobrino se llevó tres gatitos pero uno no lo quiso nadie; era tuerto y hubo que ahogarlo. Qué decisiones hay que tomar, acota Elmara. Sí, dice Nolenda. Se besan someramente. Cada una se va por su lado.

Pff, resopla Nolenda para ella sola; ¿no se habrá manchado el capote a propósito para esconder la mugre? Entra a una peluquería, mira los precios de los cortes, acepta la magazina que le muestra un ofertor y se va.

La rodadera del edificio no funciona. Nolenda agradece sin énfasis a la vecinita que de un suave puntapié repara la avería que había atascado al robotín porteador en plena subida.

Ordena sola las provisiones entre un caivén de voces de pantallátor. Lee la magazina que se llevó de la peluquería. Guisa y come sola un medallón de cuasicarn con tomate. Ayuda al robot a fregar el suelo. Tiene que apoyarse en la mesa para que el dolor de cintura no la derrumbe. Se tiende en la cama a leer un librátor pero termina masajeándose los pies. Aaaay, aay. Se le caen los anteojos al suelo y tiene que gatear cinco minutos para encontrarlos. Duerme sola una siestita.

La misma tarde u otra recorre sola los ofertores de baratijas de una zona de canales animada por quioscos de pescado frito y bebidas de recreo. Ajusta el visal de los anteojos para leer los precios de unas cuantas cosas; deposita unos bits en pago de un fajín antiinflamatorio con motivos florales lindísimos y se lo lleva puesto sobre el blusón. Cuenta dinero. Se compra un botellín de licor de yecle y dos ardillitas de mazapán.

Camina sola por el paseo de la ribera. Está anocheciendo. Por un momento se dobla sobre el vientre para mitigar una puntada. Una pareja con un bebé le cierra el paso exhibiéndose en pleno; le refrescan la memoria: ¿cómo no los reconoce?; ellos eran amigos de Teri. A Nolenda le despiertan una simpatía tan desesperada, da la impresión, que para frenarla argumenta que la esperan en una casa y sigue paseando. Sobre el morse de las luces en el río, prudentes hologramas de propaganda política, típicos de una democracia gentil, ofrecen alternativas al partido del gobierno o subrayan las virtudes del gobierno. Algunos se acercan a interpelar al público. Nolenda se apremia por rechazarlos, pero parece que cada rechazo le diese pena y tal vez le provocara remordimientos.

Un señor barrigudo, de crenchas color diario antiguo y grandes ojos irritados, avanza hacia ella desplazando paseantes. Nolenda gruñe, echa un vistazo al reloj y se clava en la impotencia. El hombre la aborda con un elogio a las casualidades. Se tratan por los nombres; él se llama Casiriano. No es una charla que vaya a prolongarse, dada la evidente falta de temas que no sean el atardecer agradable, pero Casiriano le promete efusivamente que ya irán surgiendo afinidades.

111

No estorba mucho. Al cabo de un rato se disculpa porque lo esperan en una fiesta. ¿Ah, sí? Sí, con una gente hacemos; casi regularmente; ¿no quiere venir? ¿Cuándo?, pregunta Nolenda aterrorizada. Bueno, alguna vez; yo la invito. Veremos, dice Nolenda desviando la mirada. Casiriano se despide con una reverencia y, mientras se aleja, imponiendo su alma alegre a un cuerpo pesado, Nolenda arranca demasiado rápido, algo aturdida, como si le hubiera fallado el regulador de intensidad. Cena sola y lava el plato, los cubiertos y el vaso. Guarda el botello de licorvino. Toma dos pastillas. Se acuesta sola. No ronca nadie que le perturbe el sueño.

Desayuna sola. Se reprocha dignamente por quejarse de unas puntadas. No habla sola salvo para denunciar que ciertas voces del pantallátor mienten.

El véndor de una farmacia le asegura que le han hecho mal una prescripción. Hace con el papel un bollo que tira al suelo, pero antes de salir lo recoge y se lo guarda.

Suspira antes de entrar en una Asociación DemoGentil para los Mayores. Se sienta en el tercer anillo de un saloncito circular lleno a medias. Una señorita orienta un debate puntuado de carrasperas entusiastas, pesadumbres moqueantes y arrugas altivas. Hablan de cómo interpretar la inconstancia y la velocidad de los nietos. Se llaman a no confundir merma física con hastío y decadencia. Hay furiosas peloteras, risueños cambios de posición, acuerdos fugaces. Cuando la orientadora les propone tomar un refrigerio antes del juego teatral de la tarde, Nolenda se va. Sin desprecio pero sin disimulo.

Después de cenar sola abre el aparador de la salita. De los dos retratos que saca, uno es una fotoviv donde una Nolenda embarazada y un hombre en sus cuarenta, de espaldas a un faro erguido en un peñasco, agitan la mano sin que el movimiento incesante cuaje en sonrisas; el otro es una fotito fija de un hombre de edad mediana o madurez incipiente en uniforme de la Guardia. Después de varios intentos, Nolenda consigue romperla y la tira a un basuri. Limpia el otro con la manga de la blusa, mientras repite: Quién sabe.

En el aparador hay un sobre blanco que lleva escrito: *Para Nolenda*. Cuando parece que va a abrirlo, Nolenda lo mete en una caja y cierra.

Se come una de las dos ardillas de mazapán. Bebe sola un tercio de un botellín de licor de yecle. Se acuesta sola. A medianoche se despierta sola para tambalearse hasta el baño. Se sostiene la frente, como se hace con otro que va a vomitar, pero no vomita. Se pregunta qué porquería habrá sido.

A la mañana siguiente u otra la despierta el farphone. Luchando con el jadeo, Nolenda le asegura a un tal Ganés que no, en absoluto, nada más tiene la garganta tomada. Detalla algunos asuntos y le agradece que Ganés se interese por algunos más, todo característico de una llamada de control de un pariente joven. Después de escuchar un minuto, bostezando en serie, contesta que no, que de la Asociación está harta y no piensa ir más; que bue, ya sabe que no debería quejarse. Se le dispara el volumen de la voz. Se disculpa agriamente. Se disculpa por la acritud. Aunque asiente a lo que Ganés razona, dice, con un chillido lento, que cómo va a manejar una situación difícil con sensatez si la situación no existe. Dice que no sabe a qué otras situaciones puede aplicar el consejo. Recuerda que la madre de Ganés siempre convencía a Teri de no cortar el lazo con ella. Dice que entre tías y sobrinos no hay tantas culincas como entre madre e hija. Reconoce que es cierto, la madre de Ganés está muerta. Que de todos modos no podría hacer nada porque Teri ya dejó hace rato de quererla; que sí va a decirlo, Ganés la perdone, porque es la verdad. Que desde lo del padre ya nunca la quiso. Después escucha un minuto más y chasquea la lengua y agradece, quedamente, y se calma interesándose por cómo andan las cosas de Ganés y por los pupurlines. No se diría que le disgusta desayunar sola. Se separa el camisón de la piel y lo agita como si hubiera sudado. Rebate afirmaciones de las voces del pantallátor. Cocina para ella sola. Dirige los artilugios con la facilidad práctica del que ha manejado subalternos.

En el mostrador de una repartición pública pregunta por qué cuerno el gobierno le ha rebajado el estipendio mensual. Un cajero gentil le precisa que en realidad ha dejado de recibir el suplemento que se le concedió por seis meses en premio a la salud no onerosa para el estado.

Elmara le sale al paso y la fuerza a desahogarse. Presta atención. Opina que las dos tienen que estar orgullosas de su fortaleza física. A Nolenda la mortifica no haber sabido defenderse bien de una posible estafa. La nariz se le arruga como un higo. Elmara reconoce que últimamente la esgunfia ducharse. Me lo sospechaba, dice Nolenda. Son muchas sospechas las suyas para una sola mujer. Vea, nadie sabe bien cómo se enfrentan los otros con lo que le pasa, ¿no?, replica Nolenda. Y claro, dice Elmara, cómo va a saberlo; yo, lo que me pasa no lo sé ni yo misma. Nolenda mira el cielo dando a entender que a ella le ha enseñado la vida. Corre de vuelta a su soledad.

Pero cuando está accionando el apertor de la puerta, una mano que le toca el hombro la estremece, no mucho, como un shock de chocolate altísimo en cacao. Casiriano ha disimulado sus rollos con una limpia camisola de lino verde; la pelambre amarillenta peinada al agua no le sienta con las ojeras. Nolenda se quita los anteojos para olisquear a sus anchas. Qué perfumado, observa, insegura de que el perfume encante o apeste.

A Casiriano no lo amilana la mirada que lo urge a decir qué se le ofrece. Tampoco es desubicado. Simplemente dice que ayer estuvo en una fiesta, una reunión muy emotiva. Como si se hiciera a sí misma a un lado, una Nolenda ingenua irrumpe para preguntarle quién lo invita a tanta farra. Él cuenta que durante veintitrés años fue mecánico en una línea de bajeles interpanorámicos; estuvo en el Delta del Recodo y en Isla Fel 8, entre los témpanos de Isla Tondeya y en el museón de Isla Gala; como siempre ha sido conversador y a veces lo dejaban subir a cubierta, trabó amistad con gente de toda especie: con concertistas de musicaja y cracks del balompo, con poetisas y falsificadores, con hematólogos, astrónomas, bailarines y magnates del caucho, y hasta con esa pequeña celebridad local, maga Briancula, la mejor consejera que ha conocido en lo que concierne al mantenimiento de relaciones. La mayoría de esa gente no tengo idea de quiénes son, dice Nolenda con una sequedad tibia. Ya habrá oportunidad de que conozca a algunos, asegura Casiriano; vivo allá. Nolenda dice que eso lo sabía y se despide. Ya empezó a caminar cuando Casiriano agrega: Usted debería tener una mascota. Tuve, dice Nolenda sin mirar hacia atrás.

Se para un rato a apoyarse sola en la pared. Piensa. Mira hacia donde se fue Casiriano. Apura el paso.

Come sola. Mira en el pantallátor un programa de consejos para evitar la personalidad múltiple. Después un filme sobre la búsqueda de un huargo feroz, que pasa en la selva y la angustia o la aburre. Va a sentarse en el retrete, sin cerrar la puerta porque está sola, y hace mucha fuerza pero no evacúa. Practica ejercicios de ojos; mira a un lado y a otro, lejos y cerca, los mueve en círculos. Le entra un mareo vertiginoso que la tumba en la cama hasta la noche. El cuerpo se le mueve por su cuenta, abrumado por la cantidad de reclamos que debe atender.

¿Cuántas noches?, susurra Nolenda. En el techo, una cara parecida a la suya se rompe en multitudes que se dispersan hasta que a cada una la rodea un silencio inclemente. A la luz de la calle, de la indirecta luz de la luna, la habitación revela una aspereza que ocultaba. Las patas de la cómoda no tocan el suelo. Las cortinas no tocan la ventana. Cada cosa se encierra en un mundo individual. Nolenda estira la mano sin atreverse a agarrar nada.

Se despierta sola. Desayuna sola.

Va a que la atienda una pedicura, que divaga sobre alternativas para sus vacaciones. Nolenda la ve ajustar la lupa de trabajo, y comenta que ella consigue los mejores anteojos por medio de un sobrino oftalmólogo.

La orientadora de la Asociación para los Mayores la cita en un parque para decirle que la entristece que haya abandonado al grupo. Como Nolenda dice que no está bien de salud, la orientadora le explica que la alegría física y la apertura del alma se potencian mutuamente. Nolenda ha perdido la mirada en un nido de cotorras. Yo tengo mi vida interior pero el alma no la sentí nunca, dice. La orientadora la emplaza: Nolenda, estamos organizando una excursión para ver los ídolos de las Islas del Recodo; y usted va a venir. Aunque en este momento ha chasqueado la lengua, dos días después Nolenda asiste a una sesión del grupo. Pero no abre la boca. La orientadora la regaña por no entretenerse nunca enchufándose a la Panconciencia. Nolenda dice que siempre le pareció una insolencia meterse en la cabeza de gente desconocida. Hay gente que también curiosea en la suya, sin que lo sepa; usted hace mal; hay que probar cosas. ¿Y no hay cosas más humanas?, bufa Nolenda; a mí por ejemplo van a invitarme a una fiesta. ¿Y va a ir?, se esperanza la orientadora. Nolenda mira para otro lado: Y yo qué sé.

Esa noche u otra se enchufa a la Panconciencia. Todavía está derivando por el espacio abstracto cuando en el exterior se desata un vendaval que la devuelve de golpe a su conciencia particular. La pieza se ha puesto inhóspita. Oblicuos cadenazos de lluvia golpean la ventana al fulgor de los relámpagos. Cuando la lluvia se hace granizo, Nolenda se sienta al borde de la cama al lado de otro cuerpo erguido que lentamente empieza a ceder. Antes de verlo desmoronarse, corre a la puerta, se echa el capote sobre el camisón y baja a tocar el timbre de la vecinita del primer piso. Se sientan las dos en un sofá de raseta bermeja, la mano de ella sobre la de la chica, que se duerme mientras ella vela. A la mañana la chica despierta a Nolenda: ha escampado y se va a trabajar. Casi no han dicho palabra; se despiden con un abrazo embarazoso.

Nolenda desayuna sola. Toma un comprimido. En el aire amarillento de la cocinita hay caras aisladas, remotas, flotando a los tirones de un instante a otro, y la cabeza de un huargo o un gatito. Ella deja caer la mejilla en la mesa y se duerme, y en sueños gime, y cuando al despertarse quiere ponerse en pie la sacuden unas arcadas. Se sienta, eructa y agarra el farphonito. Qué tal, Ganés, cómo andás, dice; no... nada, algo que comí me cayó mal; tuve sueños; no, no tengo ganas; con una mujer de la cuadra y una vecinita; bue, hay un vecino cargoso que anda invitándome a reuniones; a mí me la rempimpla conocer más gente; gracias, gracias; besos a la familia.

Al volver del trabajo la vecinita le golpea la puerta. En la cara de la Nolenda que abre, las arrugas parecen arroyos secos en un campo tenso; está chupada y gangosa.

La vecinita pide una ambulancia. Internan a Nolenda en un hospitalio para mayores. Separada de otros viejos por tabiques de vidrolato, Nolenda soporta el asedio de varios aparatis y repetidas incursiones de sondas, agujas y catéteres. La anestesian;

cuando despierta, igual de ajada, le explican que ha tenido un episodio de gastrofalgia de Bettur, una acumulación de fidaminas probablemente debida a un alto consumo de cuasicarn. Le han extraído dos agallejas del intestino y se va a sentir como nueva. ¿Tiene a alguien a quien poner al corriente? Nolenda da el número de un sobrino oftalmólogo.

Un sueño más y al despabilarse encuentra a Ganés sentado al borde de la cama. Le aprieta la mano, con una incertidumbre paciente, hasta que decide regañarla por no haberlo llamado antes. El parpadeo de Nolenda es una declaración del deseo de no molestar. Se zafa coquetamente de la mano de Ganés, y la mano que se ha soltado cae inerte sobre la colcha. Veo cabezas, sobrino, dice. ¿Cabezas cómo? No sé, no las reconozco. Ganés consigue tocarle la apelmazada permanente. Es la gastrofalgia, tía: un reflujo de la memoria. No, dice ella. ¿Querés dibujar una? Nunca supe, dice ella, y recalca que ya se siente mejor. Lo dice suficientes veces como para ahorrarle a Ganés la menor demostración de que ya quiere irse.

La vecinita no va a visitarla. Lemara no da signos de haberse enterado. En cambio aparece Casiriano. Trae un ramito de afolias, pero no hay ninguna impertinencia en la cara mofletuda, ni visos de otra intención que saturar el insípido ambiente con su perfumada afición a las relaciones. Nolenda se apoya en los codos. ¿Usted cómo llegó acá? Es que si uno conoce mucha gente, dice él, siempre termina habiendo un nexo. A mí los nexos se me terminaron del todo, murmura ella. Oyendo esto, Casiriano abre el morro como un perro al borde de aullar; en el mismo gesto alza las puntas de las cejas con una preocupación divertida. Nolenda entorna los ojos; parece un esfuerzo por distinguir un bullicio. Chasquea la lengua suficientes veces para que Casiriano sepa que no es imprescindible. Usted lo que quiere es irse de acá, dice él.

Con autorización de Ganés, una tarde de sol la despachan a su casa en un furgonet repartidor. Una eficiente, joven y musculosa acompañátrix le habla del paso de las estaciones; le señala que las ruinas del antiguo estadio se han plagado de flores silvestres; le dice que vea, que las grullas ya están empollando en la torre del Consistorio. Nolenda mira. Toda la solapada naturaleza viviente se entrega a la sucesión de las generaciones; vista al pasar, parece que la gente la tomara como una escenografía para repetir su indiscutida obra sobre el afán constante y las eventuales realizaciones. Nolenda se enjuga una lágrima, pero podría no ser tristeza sino el viento que entra por la ventanilla. La acompañátrix dice que un animalito suele ser una enorme compañía. La deja en su casa con un consejo tajante: tiene que buscarse un entretenimiento.

Al cabo de una buena hora Nolenda se anima a abrir las cortinas. El modulito habitacional parece más angosto. En la luz declinante reluce el polvo acumulado. La vecinita golpea y le deja unas bolsas con pan y provisiones. Nolenda consigue despedirla con un beso. No da la impresión de que haya quedado como nueva, pero la tarea de cocerse un caldo le da energía, no muchísima, como si la rutina fuese un tónico de acción moderada.

Come sola. Se administra sola un preparado marrón. Riega las leales plantas. Torciendo la cabeza alcanza a ver unas estrellas que destacan sin brillar, como migas de bizcocho en un vestido de gala. Duerme sola. Se queja en sueños.

Se despierta frotándose las orejas, alargando la cabeza en busca de sonidos claros.

Esta u otra mañana le vuelve la espalda al espejo del toileto, formalmente, como una renuncia a la obligación de mirarse.

Ahora ya baja la rodadera con apreciable elasticidad, con el robotín portador colgado a la espalda, pero en la calle redobla la precaución porque el mero paso de un autobús la deja tambaleándose. En una de estas alguien la agarra por detrás para equilibrarla. Es Lemara. Una hirsuta peluca azabache le acentúa el sorprendente filo de la cara, la desaparición de dos dientes de arriba. Se interesa franca y sucintamente por lo que le pasó a Nolenda y aclara que no pudo averiguarlo porque ella tuvo una descrosis renal. Hay una breve justa de sufrimientos. Lemara se honra en dar a entender que empatan. En las viejas no se puede confiar, dice; siempre que a una amiga le pasa algo resulta que nos pasa algo peor. La abraza. Si algo expresa la cara de Nolenda es un interrogante sobre las condiciones de la amistad. Se desprende, porque al parecer a Lemara la sigue aburriendo ducharse. Como la conversación decae, se acercan a un expendedor y compran dos cigarretes. Los fuman de pie, sujetándolos con dedo medio y pulgar y haciendo caer la ceniza con golpecitos del índice, un gesto probablemente tomado de una moda de antaño. Se despiden.

Nolenda va a rehacerse la permanente. El peluquero le dice que le conviene conocer personas. Duerme sola, boca arriba, no para mantener el peinado sino porque por lo que se ve el cuerpo rechaza con saña otras posturas. Desayuna sola con las voces del pantallátor y el esbozo de algunas cabezas en los azulejos. Ronda el barrio, como si no supiera adónde huir de los fastidios del calor, y se deja caer por la Asociación de los Mayores. Aunque durante la charla se duerme, o quizás justamente porque la sesión la aburre, se anota en una excursión al atraccionario para gente de edad. Poco y nada conversa durante el viaje en lancha. El atraccionario es una ancha, sinuosa galería tubular con suelo blando y luz natural donde los viejos pueden practicar las diversiones de varias etapas de la vida, según elijan, en cada caso con la protección adecuada. Nolenda se deja columpiar por un joven de aplomo muy fiable; estira las piernas, echa la cabeza atrás, respira hondo, grita huy huy y cuando parece que se está mareando el joven la deposita en el suelo. Ocupa un puesto vacante en una mesa de marbelé, acaricia el tapete con un asombro fugaz, y apuesta unos bits y gana, y cuando empieza a perder el protector le aconseja que se levante. Cuando la enganchan para una partida de Invitación al Libro, a Nolenda se le hace cuesta arriba leer para el círculo dos o tres páginas de *La batalla secreta*, la novela que dice que la animó durante su embarazo. Y le cuesta digerir una comida que no es como la que se prepara ella.

De vuelta en la ciudad, la orientadora le pregunta por qué tiene esa carucha tan mustia. Nolenda le dice que a ella esas cosas no la entretienen; la hacen pensar más en lo que les pasa a los viejos. Lo mismo le dice al barrigudo Casiriano. Él le pregunta qué percance tiene miedo que pueda pasarle ahora: ¿quebrarse la cadera?

No, qué bobada, dice Nolenda con una mueca que ya no controla, y es como si estuviese a punto de decir que la mayoría de las cosas pueden no suceder nunca, pero hay una que va a suceder seguro. Casiriano dice que él lo que hace es divertirse. La deja.

Así que cena sola. Se duerme con el librátor sobre el pecho. La despierta una llamada de control de Ganés. Desayuna sola, frotándose la panza, torciendo los dedos de los pies. Entre un bocado y otro se desenrosca dos piezas dentales y las examina con rabia. Entonces repara en que le han pasado un sobrecito por debajo de la puerta, como en las películas antiguas. Adentro hay un círculo de cartulina: *Hoy tarde de infusiones y pasteles en el salón de Casiriano.* Al dorso, hora y dirección. Luchando con sus lumbares, Nolenda plancha.

En casa de Casiriano se ha sentado con la cartera sobre la falda. La salita es igual de sofocante que la de ella pero en vez de mesa y sillas hay siete butacones, cinco vacíos, y como está en un tercer piso la luz de la tarde es más generosa. Las nalgas de Casiriano se han contraído para caber, la columna tiene que estirarse y las carnosidades se derraman sobre el slopcuer de los brazos de su asiento. Es sorprendente que en esa tensión se lo vea tan desenvuelto. Tal vez sea la influencia de la camisola celeste, el corbatín, la calidad de los viejos pantalones de lino. Las paredes de la salita están cubiertas de fotovivs. Mujeres de ojos ibesios en traje de cóctel, hombres altos como los guampoles con bata de científico y otras muchas y muy surtidas personas gesticulan despacio, limitadamente, entre camareros con bandejas o en mesas hogareñas o públicas. Algunos están solos, ofreciéndose a la cámara, en circunstancias indiscernibles, otros agrupados. Son fotovivs de una generación algo obsoleta. El conjunto de los murmullos que emiten no podría competir con el de una colmena. Tal vez esa moderación contribuya al buen clima ambiente. Nolenda deja la cartera en el suelo, cerca de una de las bandejas con jarras de infusión y platos con hojaldritos de higo. Casiriano se frota las manos rechonchas, y abre una cara hospitalaria sin llegar a la sonrisa, como invitándola a integrarse.

¿Qué ve?, le pregunta.

Nolenda dice que ve cabezas; las está viendo siempre. Él no duda en entender que son los invitados de ella, claro, y dice que ha hecho muy bien en traerlos.

Como si los suyos se hubieran dividido en corrillos, él los va presentando al azar.

¿Usted se acuerda de Boldún *Roble* Coneku, el millonario que a los noventa años se acostaba cada noche con una amante distinta?, pregunta; y, viendo que Nolenda opta por asentir, alza la mano hacia un punto de la pared. Bueno, Nolenda, esta dama tuvo que afrontar una serie de infundios de prensa porque declinó fornicar con él, y eso que era mucho dinero; lógico; en ese entonces Yona tenía diecinueve años; ahora no le vamos a preguntar cuántos tiene, ¿no? Sin embargo Yona declara cuarenta y tres primaveras y confiesa que el tipo era un vejete vulgar. Nolenda se ha frotado las orejas; así es como parece que consigue oír a Yona y decidirse a murmurar un Mucho gusto, pero de pronto Casiriano echa la espalda atrás como si alguien le hubiera puesto un dedo en el pecho. Le presenta a Nolenda al dueño del dedo, su amigo el periodista Otero, de Isla Ushoda, que lo acusa de estar pesando unos noventa y cinco kilos, cosa nada buena para la salud de un hombre de su edad; Casiriano calla, aunque con una sonrisa pueril; Otero les informa a los dos que, puesta sobre una báscula, la humanidad del Delta pesaría unos 280 millones de toneladas, de las cuales 15 millones son de sobrepeso; es como si hubiera 240 millones más de personas en el Delta. Nolenda está tensa, tal vez por el esfuerzo de disimular el sarcasmo; pero si lo que está haciendo es un esfuerzo para entregarse tal vez no se aburra. Mientras, la charla se alarga al tiempo que el alegato de Otero se vuelve cada vez más grave. La obesidad no es solo el quinto factor de muerte en el Delta, sino una cuestión social; los individuos con sobrepeso necesitan más cantidad de energía para moverse; por eso comen más; de modo que todo el arroz, los cereales o la carne que una isla grande emplea en alimentar de más a sus gordos podría sustentar a millones de personas al día. No bien Otero se retira rumbo al toileto, eso parece, Casiriano saca un pastillero y convida a Nolenda a tomar una grajea. ¿Qué es?, pregunta ella. Reidol, dice él; ayuda mucho a ver todo con otros ojos; incluso a los pesados. Dicen que hace mal al esófago, se previene ella. Parampios, amiga; inventos de amargados; va a ver cómo segrega endorfinas.

123

Nolenda traga el Reidol. Con falsa modestia de señora inapetente, después muerde un bizcocho, lo baja con un trago de una infusión rojiza y, aunque intimidada, logra comentar que Múrmora no tiene que alimentar tantos gordos; no es una isla muy grande. Pero Casiriano se ha anticipado a reconocer que lo que dice el acreditado periodista es cierto, vivir es fácil pero sobrevivir a lo vivido es muy arduo, y avergonzadamente promete que va a hacer dieta. Nolenda le pregunta si será capaz. Casiriano no atina a responder; en cambio le presenta al matrimonio Nodut-uoma, que se balancea tenuemente en su fotoviv; irradian una consecuencia escéptica los Nodut-uoma, comprensible en personas de edad que se han tomado apenas una licencia de su voluntariado médico en la guerra civil de las gélidas Islas de la Ustara; han amputado miembros de ustaros y neoldos, han reparado ciborgues averiados de la infantería interisleña de paz; han conseguido salvar fetos de seis meses de vientres de madres moribundas y perdido otros por falta de condiciones; han peleado por conseguir suministros contra las torpezas del Consejo Panorámico de Socorro, y han desperdiciado en vela noches de respiro preguntándose por qué, si ya casi no existen enfermedades incurables, no existe nada contra el endémico deseo humano de conquista. Nolenda pregunta si van a volver. Sí, dice Casiriano, han llegado a una edad en que solo les importa ser útiles.

Nolenda sigue esperando que los Nodut-uoma ofrezcan un agregado; quizá lo están ofreciendo y a ella le falla el oído. Ha visto pasar un gato cabezón.

Sin duda es esto, porque ahora le muestran al ingeniero que asentó los doscientos acres que la ciudad le ganó al río en Bolbahía y, cuando ella comenta que justamente allí se fue a vivir una señora de su grupo de Mayores, Casiriano responde algo que tampoco capta, visto que se frota el oído otra vez, y mucho. Solo deja de restregárselo cuando Casiriano le presenta a una mujer bajita con un hermoso abrigo de piel de mirvo y pestañas negras largas como minas de lápiz: es Melu Regue. ¿Quién?, dice Nolenda, y se le escapa una voluta de risa suspirada. Me-lu Re-gue, la cocinera asundeña que creó la cadena alimenticia La Simpleza y el menú de platos que inducen en cada uno el estado mental que el cliente elija. Nolenda, risueña, intenta seguir el hilo. Como si la simpatía de Regue repercutiera en Casiriano, el menú que se despliega da risa, y los secretos de la preparación de Croquetitas de Armadillo para extraviarse en los recuerdos, de Caqui al Jazmín Negro para la perspicacia fina, dan risa y hambre.

Pero quién va a imaginarse el sabor de esas delicias si no hay tiempo: Casiriano ya está charlando, y hace a Nolenda partícipe de la charla, con el acompañante de Regue, un corajudo militante contra la matanza de huargos en Isla Uthuaplu, donde cazadores furtivos trabajan para industriales que usan los huesos de uno de los sextúpedos más poderosos, bellos y raros del bosque tropical para fabricar ungüentos curativos que solo pueden comprar los millonarios; y después con Masilia Usneichit, la atleta bruyense que batió varias marcas de viaje por árboles y hace caso omiso de la incredulidad de Nolenda, y con Varai Melhondi el ejecutivo estelar que, con el temerario anuncio público de que dejaba la corporación financiera M.U.L.C. porque a los directivos les importaban más sus ganancias que las de los clientes, y el ambiente era tóxico, hizo caer en un diecisiete por ciento las acciones de la naviera Aspol, subsidiaria de M.U.LC.; pero mientras Nolenda se pasa la mano por el pelo, tratando de localizar en su memoria informativa las facciones arrebatadoras de Varai, la risa que le brota llama la atención de Jadiuna No'staúd, la autora de *Queremos más orgías*, una novela basada en la historia de una rebelión de mujeres de Isla Ajania contra los traficantes de sal. Jadiuna le pide a Casiriano que le presente a esa señora tan alegre.

Nolenda entra en contacto con algunos conocidos más, si bien no muchos. Como si alguno le rozara el codo, se le derraman unas gotas de infusión; el gato cabezón se acerca a lamerlas y a medida que lame se va agrandando, hasta que se escabulle y al pasar entre piernas recupera el tamaño gato. Una voz le pregunta a Nolenda si se siente mal. No, ¿por qué? No sé, la veo mucho tiempo sentada.

Que Casiriano pase por alto varias fotovivs indica que esa tarde no ha recibido tanta gente. De todos modos relacionar invitados es cansador, así que ahora los deja un poco a sus anchas. Se comprende que esté contento, pero a Nolenda tamaña riqueza de experiencias la tiene abrumada. Se ríe jadeando. Los ojos se le mueven entre la inopia y la consternación, como peleando con la evidencia de que para ella ya es muy tarde, no esa tarde sino tarde para siempre, y vuelve a reírse.

Con un despliegue de redondeces, Casiriano se inclina hacia ella y en voz baja le pregunta qué opinión le merecen sus conocidos. Ah, muy interesantes, dice Nolenda, y, como él insiste en saber cómo los calificaría, termina aduciendo que no sabría compararlos con los invitados que podría tener ella, más que nada porque serían clientes de la licorería de su marido o compañeras de cuando trabajaba en unas grandes tiendas, y como todo eso fue hace años no se acuerda bien de ninguno, ni guarda fotos; aparte de que su hija y sus nietos… en fin.

Se detiene como si hubiera visto en Casiriano un atisbo de pena. Sin embargo la mirada de Casiriano es más bien sagaz. Y plena. Nolenda la estudia como una detective que va tras la pista de la demencia, pero él se le escapa. ¿No serán esas cabezas que vinieron con usted?, pregunta él. Nolenda mira alrededor aprensivamente, conteniendo risitas como hipo. Asegura que no, que a ella le hace mal ver gente que no está. ¡Ay, amiga!, exclama Casiriano; por favor escúcheme. Pero en vez de hablarle se excusa un momento, riendo él también pícaramente, porque algunos huéspedes se están yendo. Murmura palabras hacia otro lado, sin obcecación ni condescendencia. Nolenda bebe un último traguito de infusión.

Es el crepúsculo. Cuando él vuelve a atenderla, un temporal de vejez le ha devastado desde la frente hasta la papada, como si la risa también agotase. Bueno, Casiriano, yo también me voy, dice ella. Sin necesidad de encender la luz, con la misma rapidez con que había envejecido, él rejuvenece. Claro, claro, vecina y amiga. La toma por el brazo. La acompaña hasta la puerta. Le dice que, si quiere ir con él, la próxima vez se reúnen en la casa de Vori, no todos los mismos, pero tal vez varios que ya conoce y algunos otros, y desde luego, se ríe, está invitada. Le ruega que no se exija; a la edad de ellos hay que empezar a cuidarse, ¿no? Nolenda le pregunta qué edad tiene. Casiriano se ufana: eso prefiere guardárselo.

Camina sola la media cuadra hasta su casa con la vista puesta en la línea de ventanas del tercer piso de los edificios de enfrente. Son iguales al suyo pero la gente no. Un hombre con el torso desnudo se enrosca una toalla al cuello. Un niño mira de reojo a la madre, que mira el pantallátor, dudando de descargar un martillazo sobre un robotín inerte. Nolenda sube la rodadera sola, disparando un suave jajá cada seis o siete escalones. Cena sola un filete de telujo a la plancha con papitas, un bocado con deleite, otro con indiferencia, y piensa, aunque se nos ocurre que no demasiado porque de a ratos se le cierran los ojos. Solo los abre del todo para responder el farphone. Es Ganés. Nolenda escucha, golpeteando el suelo con el talón del zapato, y dice que no, que estuvo en una reunión en la casa de un señor del barrio. Escucha y contesta que sí, un buen grupo, que lo pasó bien pero no en grande. Se ríe un poquito. Pregunta si el Reidol hace mal al esófago. Escucha y se enoja: claro que tomó, si no por qué va a preguntarle. Escucha, dice que sí, vuelve a escuchar y contesta que psé, que a lo mejor vuelve a ir, que más entretenido que la Panconciencia es, eso sí; es más compañía; que ya verá cuando la inviten de nuevo, si la invitan. Se desenrosca las piezas dentales, las cepilla y las deja en un vaso. Cepilla los dientes buenos. Se acuesta. No apaga la luz, todavía, y como si esperase librarse de las últimas risitas vuelve a ponerse los lentes para pasear la vista por el techo; es una tenaz tarea de avistamiento de siluetas que a juzgar por las apariencias no la decepciona pero la vence. Apaga el velador. La noche pasa al galope como una purasangre negra. Le brilla el lomo de chispas rosadas. Parece que Nolenda acabara de dormirse cuando ya amanece de nuevo.

EL REPARTO
Un filme excéntrico

·

De Sajin Ganderott
Isla Brunica

No somos gente de hacer pactos;
la noche de nuestro primer encuentro no necesitamos palabras
para acordar que íbamos a contarnos lo menos
posible de nuestros pasados. Teníamos suficientes años
para que los recuerdos amenazasen con transformar
las horas de un amor que nos regeneraba en
un dúo de ególatras del recuerdo. Ninguno quería sentir celos
de las vidas anteriores del otro, ni la tentación de juzgarlas.
¿Y cómo funcionaba eso?
Miren, ahí nos tienen en Sierra de los Retos. Ahí en Diagonal Talíbur,
cerca de mi trabajo. Caras serenas, ¿no?
Se hablaba de lo que veíamos en un paseo,
de lo que mirábamos en salas iluminadas u oscuras;
y después de ver una película, en vez de recordar
que había visto otra con esa actriz,
una preguntaba: "¿No te dejó pensando?",
como en un viaje se prohibía decir: "Cuánto hace que no venía a este hotel".
Los temas eran lo que escuchábamos, leíamos y comíamos,
lo que hacía cada uno por su cuenta o hacíamos juntos,
a veces las sensaciones y cortiunes de nuestros días
o los amigos que nos íbamos presentando, pocos y de a poco,

con apéndice de chismes, porque ya sabíamos que
despellejar a terceros es muy útil para sofocar discusiones de dos.
Dormíamos abrazados, hasta que a la madrugada
cada cual se giraba hacia su lado, como hacia el desierto.
    Los hechos... Sí, noticias, anécdotas, la gente... Las visitas
a los pocos parientes resumidas como títulos de noticiesco.
Estábamos tan enlazados que era como si a los dos
nos pasasen casi las mismas cosas. Y, la verdad,
nuestra intimidad iba expulsando al mundo a empujoncitos distraídos.
    Vean nuestra casa. Irson podía alquilarla
    porque el dueño se había ido a vivir a Isla Osusai,
    y yo acepté encantada porque desde que me llevó a mirarla
    lo vi moverse a Irson por las habitaciones, estas
    como si las conociera desde pupurlín.
El frente da a un brazo del río Primerizo y el muelle
donde amarramos nuestra esquífela.
    Esta es la ventana de atrás, la de la cocina.
Cuando no la cubre la productora de paisajes, mira
a unas dunas marrones asentadas con ceibas; por encima, a lo lejos,
los edificios de Melguenburgo apuntan al cielo como dedos manicurados.
En este momento ustedes no los ven.
Esto que ven y van a seguir viendo por un rato
es algo que mi cabeza se emperra en repetir siempre a esta hora
desde aquel día.
Aquel día...
    Sí, a la mañana,
muy temprano, habíamos remoloneado abrazaditos y después Irson,
que tiene una disciplina, había estado en su covachuela

preparando sus tareas. Dicho más o menos, Irson diseña analizadores
de cristales para un laboratorio de enzimas regeneradoras.
Después habíamos desayunado huevecijo con pan y cafeto. Yo
estaba acá, lavando los platos antes de irme a la empresa de
detección de objetos perdidos donde trabajo. Aunque solo
estaba atenta al robotín que me ayudaba a fregar,
supe que Irson se había asomado
a los escalones del fondo a probar cómo estaba el aire.
Iba llegando la primavera. De la tierra brotaban olores
como por una herida sin importancia.
De golpe sentí la soledad rodeándonos tanto como las dunas.
Un montón de preguntas me hicieron levantar la vista.
Lo que vino nunca quise olvidarlo.
Ahí cerca, a la izquierda, en mangas de camisola,
Irson tiritaba un poco; pero no se frotaba los brazos.
Visto de perfil, parecía que le hubieran sacado media vida
y estuviese duro tratando de conservar la otra mitad. Pero no. Era que
todo el paisaje se había vuelto un solo blanco no completamente iluminado.
Todo un blanco no liso, no tan parejo. Burbujeaba en partes,
Se hinchaba en zonas de azul pálido, en morados,
en pardos viejos, y todos los colores se confundían
a veces en un moaré palpitante, más difuso y más neutro
que una fosca, pero más consistente.
Tan consistente que Irson estiró una mano
para tocarlo, y la fosca se la tragó y él la encogió para recuperarla.
Yo me defendí, porque fue una defensa,
bajando los ojos a una pompa de detergente
que había en el fregadero, los restos de huevo en un tenedor, una taza.

133

Cuando los alcé de nuevo, en el moaré que cubría el paisaje
había... no sé... un bulbo, que crecía
y se alargaba hacia arriba y hacia abajo,
como si algo estuviera presionando desde dentro
e incluso raspando, hasta que la superficie cedió,
así, como ustedes están viendo, y se abrió una raja,
sin violencia, más bien con gentileza,
y, a medida que surgía esa figura, a los lados
y detrás aparecía el paisaje nevado, lomas suaves
de un blanco superblanco titilando en la densidad opaca.
Vuelve a suceder ahora; voy a tratar de describírselo,
como si mi mente pudiera proyectarlo para ustedes.
Contra el fondo entrevisto de una cadena de sierras
en un aire duro se empieza a distinguir una silueta. Podría ser un poste
envuelto en trapos, pero según se acerca resulta
que es un cuerpo humano. Un hombre. Cada pierna que adelanta
se le hunde hasta el tobillo y la otra, que le queda atrás,
tiene que sacarla tratando de mantener el equilibrio
contra un viento capaz de arrancar la carne de los huesos.
Lleva un tabardo azul abotonado hasta el cuello
y rociado de copos de nieve como caspa,
pantalones azules con una cinta fluorescente en cada bocamanga,
guantes, borceguíes y una gorra plana con una insignia que parece una palomba.
De la cara medio gacha solo resalta el bigote negro...
Qué me dicen:
        bigote.
    En la bruma se esbozan ramas negras surgiendo de la nieve,
una torre puntiaguda, construcciones anchas con techo a dos aguas,

grúas, penachos de humo de chimenea, todo
sin constancia, lo mismo que ese ronroneo de motores,
repiques de carrillón, un berrido lastimero, un ladrido alegre,
silbido de turbinas, cosas que, ya me entienden, no vi ni oí en mi vida,
y si además la niebla las difumina, no puedo asegurar
que identifico.
  Pero el hombre viene.
   Viene desde la luz opaca
apretando con un brazo el morral que lleva terciado. Está
gordo el morral, debe pesarle lo suyo,
    y sin embargo
avanza a pasos aclimatados, con una curtida perseverancia,
mientras a espaldas de él la bruma se cierra,
   así que en un rato
    ya está frente a Irson, acá en nuestro porche.
   Buenos días, dice, Correo.
    Se levanta la visera de la gorra.
     Resopla de frío.
¿Cómo?, murmura Irson.
Correo, señor; traigo una carta para F.T. Palamata.
En la campana acústica que nos ha aislado
algo nos sobrevuela y de pronto nos atraviesa, sin herirnos,
sin dejarse agarrar. Veo a Irson ahí en el escalón,
no inmóvil pero para siempre, como si de golpe
se hubiera apagado un pantallátor y lo que queda
fuese la eternidad. El hombre no tiene tanto tiempo. Se quita
los guantes, abre el morral y saca una cosa blanca, plana y apaisada
con algo escrito arriba y en un ángulo tres rectangulitos, esos,

con figuras de colores. *Yo no alcanzo a verlos bien ni creo*
que sabría decir qué son.
El hombre le pregunta si el destinatario es él. *Irson dice que él es*
Palamata pero no F.T. Le muestra el idénticot de la muñeca; el hombre
frunce los labios pero acepta seguir con el trámite.
Una carta de quién, de dónde, murmura Irson.
Eso, amigo, yo no sabría decírselo, se disculpa
el hombre y le pone en la mano la cosa, que del lado de abajo
tiene una solapa pegada. *Irson la aprieta un poco entre las*
palmas; prueba sentirla al tacto y pregunta por qué.
¿Por qué qué, amigo? *Digo por qué no sabe de quién.*
El hombre se muerde unos pelitos del bigote; en el cansancio de la cara
despunta una sonrisa escarchada. *Pues, vea, yo las cartas nada más*
las reparto... ¿Y son muchas? El hombre se apoya en la columna del porche.
La verdad verdadera, señor Palamata, cada vez hay menos personas
que escriben misivas a mano y quieren que se entreguen a mano.
Con tantas formas de contar las nuevas como tenemos hoy
y no requieren que usted vaya a la estafeta a sellar el sobre,
y ni que sepa saber escribir bastante, y menos con buena letra,
el tráfico se ha reducido mucho
el precio de los envíos está por las nubes,
el negocio es magro,
hay empresas de correo que cierran y mucha gente del ramo
tiene que cambiar de trabajo; es una fúntina, porque este oficio da
sus satisfacciones. ¿Ah, sí? *Hombre, sí: algunos se alegran*
de que les traigan carta; los hay que derraman lágrimas;
uno se hace la ilusión de que lo estaban esperando.

Pero a usted se lo ve muy cansado, dice Irson.
Lógico; es que ahora somos pocos pero la isla
es igual de grande y el tiempo más largo.
Irson le echa una ojeada a lo que tiene en la mano.
Un sobre.
Se llama sobre. Creo. Qué par de boldoquis; cómo nos olvidamos.
¿Y para dónde va ahora?, pregunta Irson. El hombre abarca
buena porción de la bruma con un giro de la cabeza.
Para allá, dice, estirándose el tabardo. Suerte, amigo, dice Irson.
Gracias, pero necesito que firme, advierte el hombre. Saca del morral
una tablita de madera con unas hojas pautadas sujetas con un clip y
señala un recuadro: aquí, si es tan amable. Irson saca del bolsillo
su rubricao. El hombre estira los labios. No, no; preciso que sea con esto.
Pese a lo mal que empuña el lapicer que el hombre le pasa,
ya ven, y lo aterido que está y lo torpe que es para las cosas manuales,
Irson estampa la rúbrica, despacio, y la mira
como quien estudia el dibujo que ha dejado un suspiro en un cristal.
El hombre
    guarda la tablita,
        se baja la visera de la gorra,
           se pone los guantes
y se despide. Al mismo paso constante se aleja, no por donde vino
pero no se sabe hacia qué lado porque a las pocas varas se desvanece
en la fosca. Todo es palpitación de un azul perlado, como agua de alibur
en un hervor que no termina de romper.
    Y visto que ahora
ese telón natural esconde lo que pasó en seguida, si quieren saberlo
no tienen más remedio que seguir conmigo.

Detrás del hombre la niebla se disipaba; reaparecía el paisaje
de este lugar donde nunca nieva, que yo sepa. Botones de ceiba ya
con asomos de rojo, dunas marrones como una amnesia,
los sauces de la orilla, más lejos
los edificios de Melguenburgo nublados por el polvillo
de los anticontaminantes ambientales. Irson no lo miraba,
como si temiese reconocerlo. Hacía tiempo dando vueltas el sobre
con cautela y con delicadeza, porque no era de clodoperlonato
sino de papel. ¡De papel! Sin embargo cuando se cansó de no entender
cómo se despegaba la solapa, cortó un triángulo en una esquina,
metió el meñique en la abertura y rasgó todo el borde. Adentro había un
par de hojas de papel, muy queconas, color crema, con la carta escrita
sobre unas rayas finitas. Las alisó y se puso a leer siguiendo las palabras
con un dedo, con un aire descifrador de paleógrafo. En lo que aún persistía
de la campana acústica de la bruma alcancé a oírlo:

> *"Mi muy querido Febúltor: espero que al arribo de la presente*
> *tú y los tuyos os encontréis sanos y contentos*
> *dentro de lo que cabe esperar de la existencia humana.*
> *En las últimas semanas he pensado mucho en vosotros*
> *y no solamente porque para mí, he dudado mucho en*
> *decíroslo, estas semanas sean…".*

Pero algo sofocó la voz. Al cabo de un rato, sin doblar las hojas,
Irson giró hacia el umbral. Subió un peldaño. Afuera el sol aclaraba las dunas,
y era lindo de ver, pero no esperé a que Irson entrara en la cocina.
Casi me lo llevo por delante cuando venía por el pasillo.
Estaba desarmado, él que es tan

férreo, como cuando uno entra en una casa que huele toda
a nardos, o a mamelias un purlín mustias, pero no encuentra
las flores por ningún lado. Le acaricié la cara, se despabiló y
alzando las cejas me mostró las hojas, pero no las soltaba.
Me dijo
    que un amigo de los Palamata que había resuelto morirse
le había escrito al jefe de la familia anunciando que iba a legarle la casa
que les alquilaba desde hacía tantos años.
¿Qué Palamata, Irson? Le pregunté yo. No sé, cuti, dijo; no está fechada;
el primer Palamata que vivió acá fue el abuelo de mi abuelo.
Le recordé que nuestra casa no era tan vieja. No, dijo él, no.
Entonces
    me di cuenta
        de que no quería, yo, estropear nuestra vida
sonsacándolo, así que me callé. Pero él no aguantó. Dijo que su padre
se la había cedido al hijo mayor, el hermano de Irson, y no a los dos.
Me privé de averiguar cuándo, ni por qué legarla a uno de los hijos y no a la mujer,
pero él mismo agregó que la madre había muerto antes. Y reconoció que él
se había enfurecido tanto que por dos años
había dejado de visitar al padre, y solo había vuelto a verlo
cuando ya estaba en el cajón. ¿Pero y tu hermano, Irson?,
se me escapó, y él no llegó a fulminarme, no es su carácter, pero casi.
Tuve que mirarlo de reojo.
    Irson,
        Irson y su nariz de tordo, su
            sombra de barba con canas prematuras,
      sus camisas que solamente lava él,
          su dulce ceño de cavernícola.

Lo abracé sin abrir más la boca. Y aunque él me abrazó también,
no pudo con su inventiva. Uf, dijo apretándome;
siento como si me hubiera alcanzado un remanente
de ondas gravitatorias del origen del universo.
Pero el sobre te lo dio un hombre que
trabaja de eso, ¿no?; un cartero.
    Sí, dijo él; trabaja de radiación de fondo.
No sé si lo que yo sentía era pena, frío o rabia de que hablara así.
No le ofreciste ni una taza de yecle caliente, Irson. No, dijo él,
y aunque me alargó la carta, le dije
que prefería no leerla, que a lo mejor si nos traen otra.
Y entonces volvimos a abrazarnos, pero solamente porque
era hora de que yo me fuese al trabajo y él a su tallerolo.
    Me imagino
que ustedes descontarán que si vieran cómo es nuestra vida hoy
no notarían nada muy diferente
de lo que describí al comienzo: no a la tentación
de regodearnos en nuestros pasados.
    Cut: si el mundo se pone cargoso
lo echamos de la casa a empujoncitos distraídos.
    Cada mañana,
    cuando después del desayuno miro por este vidrio,
    hay solamente una bruma vibrátil, que ahí donde se quiebra
    deja entrever lomas nevadas.
    Si está al lado mío, Irson me señala la bandada
de urraguitas que llegan desde el norte en busca del buen tiempo,
o las dunas, o las remigias escarlatas en la maceta del alféizar.
Yo apenas veo nieve y bruma densa e inquieta.

No voy a dorarles la píldora
disculpándome de que en tanto rato de escucharme
ustedes hayan visto poco más que bruma.
Lo que puedo contar trata de esto. Mucho más no sé.

INTOLERABLE
Una leyenda

·

Del colectivo fílmico LaRosa
Isla Jala

No olvides nunca que vos, le dice el hombre a su imagen del espejo, sos solo un agente de la reparación. Apunta a la imagen con un índice. Se alisa el vello del pecho y se masajea la frente, el cuero cabelludo, los pómulos pedregosos, el cuello y los hombros de respetar. Un aletazo de cuervo ensombrece apenas los verdes ojos saltones.

No sonríe, no alardea ni decreta. Según se verá pronto, lo que dijo es su forma de empezar el día. Como cualquiera que va a partir hacia el trabajo, el hombre se lava, se rasura, desayuna y evacúa. A diferencia de otros, se demora ante un baúl lleno de prendas, se aplasta el pelo con una redecilla y se aplica un camuflaje que lo traviste de moreno de edad madura y estampa de estibador en pulcro asesor financiero medio calvo. El traje, ordinario por fuera, tiene un forro de perennesa elástica; el maletín que se cuelga terciado contiene herramientas.

Vive en una lancha tucana que ahora está fondeada detrás de unos islotes de marga. Enciende el grifo energético, acerca la lancha a la orilla, la despega un poco del agua y la arrastra hasta un escondite de ramas entre ceibas y totoras. Con una rapidez súbita atraviesa la espesura sin casi desaliñarse. Salta una cerca que divide la vegetación silvestre de un bosque urbano y surge a una carretera, donde toma un autobús. Se baja en un barrio residencial no especialmente llamativo de una ciudad de aire provinciano pero urbanidad modélica: la geometría de las casas es variada pero armónica, el silencio no exagerado, la limpieza indefectible, los vehículos públicos y privados sobrios y agilísimos, la gente de una amabilidad comprometida; del buen humor se desprende incluso una preocupación por el bien común, y una reticencia en juzgar al malhumorado. De vez en cuando, solos o no, pasan por la calle unos ciudadanos no harapientos pero de ropa fea, mirada opaca, piel oleosa y dientes tétricos, como si ninguna pujanza hubiera podido con la inevitable parte de pobreza que es el reaseguro de la sociedad contra su desintegración. Son poco numerosos, y más apacibles incluso que los pudientes, como si una privación invariable les hubiera agotado el deseo.

De una casa estándar acaba de salir en cocheciño un padre con dos niños. Nadie vigila. El agente de la reparación espera que se alejen, rodea la cerca, la salta para colarse en el jardín trasero, viola una puerta, inyecta a la criada una sustancia que la duerme y va hasta el umbral de una pieza a esperar que una mujer termine de vestirse para dormirla a ella también. El hombre chasquea la lengua de disgusto al descubrir que en esa pieza no hay tesorato, ni en toda la casa. Expertamente la recorre, elige medicinas, gemas, tarritos de delicadezas, sachetes de licor concentrado, indumentaria infantil, dos levitas impermeables, documentos personales y unos diez tárbits, y lo mete todo en un bolso expansible que saca del maletín y se carga al hombro. En un tris se escurre de la casa como si fuera agua y a paso aplomado va hasta una parada donde toma un autobús. Camino hacia otro barrio se baja al pie de la colina de un parque. Sube la cuesta y desciende por el otro lado hasta la linde del bosque. A poco de internarse divisa a dos cazadores. Deja en el suelo el expansible y el maletín, trepa como una ardilla a una catarida y espera a que los cazadores se acerquen al bolso para caerles encima, agarrarlos por los pescuezos y desmayarlos de un cocazo mutuo. Los despoja de cuchillos, riflacos, petacas, salchichones, queso fino y dinero de calle. Se aleja a saltos largos, en zigzag, hasta que llega a un arroyo. Se descalza y lo vadea. Del otro lado, doscientas varas más allá, hay un camino de asfalto, pero antes de llegar el hombre abre una trampa oculta con maleza. Se cambia el traje por pantalones cortos y una camisola playera y en vez de los dos bagayos se cuelga una mochila.

El resto del día roba tres apartamentos de un edificio y en uno logra violar el tesorato, asalta una estación de fluido tumbando a dos operarios de un pellizco en el gañote, asalta una tienda de indumentaria deportiva y un farmaticio, vacía tres faltriqueras en un tranviliano repleto y consigue que un mandatario de empresa le dé las llaves de su turbóvil amenazándolo con desnucar al chofer que lo esperaba en la terraza; todo esto alternado con cambios de disfraz y sucesivos depósitos del botín en escondrijos. En un breve collage fílmico de su día de agencia, vemos que el hombre es sumamente eficaz. Ha desencajado portones con palanca y tenaza. Ha entrado en casas engañando al porterecko con un adaptador de registro vocal. Ha dormido monitorios con una mirada fija. Ha causado unas cuantas lesiones. Mucho más que artículos suntuarios, ha robado dinero y cosas usables o consumibles. Ahora se cuela en un garaje, desactiva al roboto guardián, descodifica un código y al amparo de dos noches reúne todo en el furgonete que se llevará. Hacia la madrugada de la segunda noche estaciona el furgonete en medio de un caserío y duerme en la caja como si hibernara hasta que empieza a bajar el sol. Esta maqueta del desamparo en donde despierta el hombre es el cuartier de la vida estrecha. Ni siquiera está superpoblado. Las calles pastosas y los módulos triplantas de ladrillita son de una regularidad formal que desanima. Reina una dejadez crónica en la vestimenta y las casas: los pobres no pueden costearse renovaciones ni tienen la menor habilidad manual en un mundo de enlaces y servicios infoneurales para los cuales tampoco pudieron educarse. En cuanto ve al hombre, la gente se repliega con un nerviosismo inexpresivo, como si dudara de sentir temores, y finge torpemente dedicarse a otra cosa. De la atonía general se desprende una comisión que recibe y almacena lo que el hombre va descargando. Signos de simpatía estallan en las caras como burbujas en agua estancada. Los delegados llaman al hombre Darec. No parece que entiendan en qué anda ni tengan idea de cómo unirse a su actividad, pero un reflejo congénito los lleva a agradecerle usando parte de lo que les dio para ofrecerle una cena en el traspatio de un módulo. En la mesa, una frigata y un bracho de unos veinte años destacan del resto por un excedente de atención, incluso de ansiedad. Después de haber pernoctado en el barrio, Darec espera a esos chicos en la calle para llevárselos a una cancha de balompo abandonada. Durante unas horas, esa mañana y se sobreentiende que desde hace un tiempo, los instruye en el manejo de las herramientas, el cuerpo y las armas de ondas, de fuego y blancas, los entrena en la carrera, el sigilo, la acometida, la fuerza, el golpe, la finta, la lucha, la llave, los modos de caer y la resistencia. En un cobertizo les da clases de química, medicina elemental y electrónica. Les explica cómo reventar códigos. Los especializa en electrónica, dirección y enfoque de la mirada, en apertura de tesoratos, y es sobre todo inflexible durante el tiempo que los tres dedican a la meditación atenta. Para terminar les lee poemas y les pide que para la vez siguiente elijan otros ellos mismos y se los aprendan de memoria. Por lo visto los chicos ya están en fase avanzada de aprendizaje; son rápidos, dispuestos y musitar los poemas les templa el ansia. Son novios; cada vez que pueden se besan y toquetean, y Darec los deja; ha encontrado a dos pobres con reservas de deseo y los está incitando a irradiarse. Claro que si a los chicos les gusta la acción, no le vislumbran el sentido. Hoy la frigata no puede reprimir la pregunta. ¿Pero usted por qué hace esto, Darec? Él la mira de reojo, no muy torvamente, como si no desestimara la duda, y dice con una voz que raspa: Porque no aguanto cómo vivimos, nena.

¿Y cómo?

En la ilusión y el desajuste.

¡La desajustión!

¿Pero usted...?

Yo soy un mero agente de la reparación.

Ya les llegará el momento, debe pensar Darec. Así que por ahora sigue operando solo. Sustrae, saltea, invade, maniata, engorma, inutiliza, jurreta, merodea, vuela tabiques, pilla, escrucha, hurta, noquea, de tanto en tanto desvalija una casa del todo y hasta depreda, sin inmutarse mucho, aunque a veces, guarecido en su tucana, tiene que sacarse astillas de vidrio de un tajo en la cabeza, cauterizarse, emplastarse un hematoma o entablillarse un dedo y hasta tomar un doloricida. Las denuncias de los perjudicados cunden tanto que la Guardia se despega de sus métodos de indagación mental y le encarga al detective Bamarnot que investigue en la realidad concreta. Bamarnot, un flaco desgarbado que gasta camisetes de sedosa y sombrero de paja, es flexible y tenaz y se formó en los laboratorios del Cuerpo (de aplicación de la ley) especializados en situación urbana. Pero está desconcertado, y no solamente porque es joven y académico; como le dice a su jefe, quién no va a desconcertarse con ese reguero de una clase de crímenes que desde hace un buen tiempo está relegada a las notas al pie de los manuales. Hoy se roban datos, depósitos financieros, reflexiones, memorias, ideas, planes estratégicos, formas de sentimiento y todo lo que puede haber en las cabezas, y la ciencia de la seguridad se concentra en defender eso. Nadie sabe qué significan las palabras *malhechor, bandido* o *facineroso*.

Las víctimas están consternadas; no entienden qué razón puede tener alguien para hacer eso, y encima no aciertan a contar bien lo que les pasó. Las distintas descripciones del caco no cuadran, y aunque tampoco cuadran las listas de lo que roba, ni los modos de neutralizar a las víctimas, algunas de las cuales dicen haber pispeado el ruedo de una falda u olido un perfume de mujer, no se puede asegurar que los ladrones sean varios, una banda o una plaga. No hay rastros de los botines. No hay modo de encontrar el hilo del dinero. Bamarnot se alza el sombrero. Se seca el sudor. Le dice a su jefe que a lo mejor el Cuerpo no solo ha olvidado cómo seguir rastros materiales, sino incluso la noción de rastreo. Una lógica tomada de la teoría de probabilidades le permite prever dos veces el área en que va a haber un asalto, pero las dos veces llega tarde. Los interrogatorios se vuelven tediosos. Bamarnot se resigna al trámite de escanear a las víctimas en busca de huellas de intervención mental, pero los cerebros están como salas ya limpiadas al día siguiente de un mitin con trifulcas.

Con el sigilo del que infringe una regla, al fin Bamarnot recurre a una mujer de edad llamada Raesa. Durante el encuentro, en el apartamento de muebles más bien prácticos donde ella vive, el trato que le da a Bamarnot es de maestra a alumno dilecto pero desencaminado. Dentro del peso de los años, es una linda señora, de finísimas arrugas enceradas, caderas grandes y pechos que infla una respiración costosa; anda despacio, con una leve renguera, cimbreando en un halo de sensualidad y hasta de sexualidad. En unas fotovivs de grupo alineadas en una repisa se la ve en uniforme de gala de la Guardia, pero las caras de algunos altos cargos están tachadas; otras cortadas. Con un vestido azul de glapén abotonado hasta el cuello y una cofia en el pelo que resalta el fulgor de los ojos negros, Raesa se mueve por su casa con bravura pero en cuanto puede se sienta y se masajea las rodillas. Escucha a Bamarnot con mucha atención. Los bufidos que se le escapan son de disgusto con el alumno. Raesa debe haber sido uno de esos detectives con método personal, independencia de criterio y resultados llamativos que una alianza entre jóvenes oficiales trepadores y jefes tramposos logra apartar del Cuerpo, o que renuncian al Cuerpo y las responsabilidades de la docencia hartos de desengaños, cortapisas, advertencias, zancadillas y julinfadas. Pero si toda la visión del mundo de Raesa está inundada de escepticismo, la mente inquisitiva sigue a flote, y con ella la perspicacia, el razonamiento inductivo y la presunción y la melancolía. A medida que escucha los detalles del caso, el fastidio arrogante se le transforma en agitación. Está turbada, como cuando alguien se da cuenta de que lo ha flechado una persona que creía despreciar.

Cavila. Se echa hacia adelante.

Es uno solo, concluye; no una banda ni varios distintos. No es mujer.

Bamarnot le pregunta si está segura. Ella le repite que hay un solo bandolero: las suertes que domina y la obstinación con que tiene que haberse entrenado son cosa de varones. El malhechor sabe de electrónica, de cerrajería, de explosivos, de borramiento súbito de la presencia y manifestación repentina, de lucha cuerpo a cuerpo y manejo de implementos; puede montar y desmontar guaridas, pilotar y manejar, nadar, correr, saltar; conoce formas de promoverse la calma y entiende cómo una calma interiorizada redunda en más eficiencia física. Y se disfraza tan bien que no solo parece que fuera varios; es realmente muchos y muchas. Bamarnot se quita el sombrero con una sonrisa de admiración y agradecimiento. Dice que habrá que hacer el diagrama de intenciones y esperar a que el vector indique el momento preciso en que el tipo dará un golpe. No sin esfuerzo, Raesa levanta una mano preventora y dice: Ese hombre no solo es hábil; no solo es temerario; es implacable porque tiene ideas, y no son ideas fijas; le gusta la acción, y le gusta que la acción se divida en muchas acciones; le importa un pulche que lo juzguen, pero no porque sea un enfermo; es un fanático de lo positivo; siempre agrega, siempre está generando; está loco por desobedecer, por eso se mueve tanto; toda la preparación, todo lo que hace, es para sentir más fuerte, para que le aumenten las ganas, y con más ganas poder pensar más.

Con ademanes y cabezazos de elogio Bamarnot sugiere que bueno, ya está, suficiente, pero la vieja ha caído en el soplo de las palabras; no para; a medida que la transporta el soplo la yergue y la insufla. Ese vorlacún, hijo, es uno solo pero se desplaza y cambia de combinaciones constantemente porque lo que más quiere en la vida es ser muchos; a un sujeto así le repugnan los jefes y los subordinados; y es difícil agarrarlo porque no pretende poder ni tener nada; me juego esta cofia a que casi todo lo que roba lo suelta, lo da, incluso lo tira, salvo lo que necesita para seguir con su... no sé cómo llamarlo. Bamarnot dice que entonces hay que husmear entre los pobres. Esta vez ella le sonríe con cariño: No, no, hijo. La idea de que los pobres se desquitan de la injusticia robando es de la época en que los pobres tenían deseo.

Boquiabierto, Bamarnot resplandece. Observa que tal vez del repertorio de lo que el quinoto roba pueda deducirse qué desea su mente. Ya está amasando un plan y amaga levantarse. Como al parecer no se entera de que, detective hasta el fin,

Raesa ha hablado con admiración, furia y cálculo, ella se obliga a decir: Es una lástima. Qué cosa, pregunta él. Que con la metodología neurolística solo podamos agarrarlo por una remota casualidad, hijo; ese hombre es un especialista en la vida material. Bamarnot le pregunta si no entiende hasta qué profundidad las técnicas neurolísticas han penetrado en la materia. Ella duda de que sea importante entender esas vulgaridades. Bamarnot decide combinar la persecución de huellas con el sondeo digital por cómputo de intenciones. Consigue incluso que le asignen minorcos olfateadores. Sin embargo no da en el clavo. En la escuela de la vida material, Darec aprobó hace mucho la asignatura Sabuesos. Después de escuchar a su discípulo otras dos veces, Raesa termina de entender. Ese hombre es un destructor, pero no tan pesimista como para querer destruir todo, o destruir el mundo del todo; es un descreído incompleto; como descreído es incompleto, le dice; un destructor con pruritos de amor; seguro que piensa que todavía se puede reparar. ¿La isla? No, hijo: reparar... a las personas, darles compensación. En los oscuros ojos de Raesa, pulsaciones de ardor rompen el velo de la edad y titilan como un cartel de neón tras la ventana de un cuarto donde alguien sueña. Bamarnot no entiende. Hijo, ese hombre se ha dado una misión, le dice Raesa.

El espectador tampoco entiende bien. Dejo constancia casi literal de este diálogo confuso como anticipo de un misterio que los directores del filme quisieron que el drama subsiguiente solo aclarase en parte.

Sin embargo algo se aclara, y es que Raesa también se ha dado una misión. Al día siguiente se viste con pantalones y botas de media caña; se quita la cofia, se suelta el pelo color de estaño, se colorea las mejillas y con un chal sobre los hombros y un collar de gobrinos azules se pone en marcha. Despacio: la prisa no solo es ajena a su noción de profesionalidad; a estas alturas está fuera de su alcance. Pero tampoco conoce ya la pausa. De recorrida por la ciudad ve en pocas jornadas un boquete en el portón de un garaje, una familia atontada frente a una casa con una tabla tendida entre el alacio del jardín y un balcón, tres denunciantes haciendo cola en la recepción de un puesto de la Guardia. Ve una flaymoto chamuscada en una acera. Ve al dueño de un local de lotería, la cabeza vendada, maldiciendo a un ciborgue con muleta. Por casualidad ve a la Guardia liberar del sótano en donde estaba encerrado al gestor de una reventa de cocheciños. Una sucursal de banca cerrada por accidente. Un mancebo histérico que no encuentra algo en su alforja. La gesticulación irritada del personal de una fábrica de luminarias. Un abandonado furgón de productos lácteos. Un equipo de técnicos intentando reanimar la inteligencia del edificio de una corporación minera. En un parque ve el ofértor de comida al paso vacío y la unidad central destripada, y en un muelle ve que en la cola de un catamarán de línea los que van a subir miran con aprensión a un hombre con un parche en un ojo y se debaten tratando de blindar maletines y mochilas. Por si hay suerte en la pesca, Raesa lleva la cartera a la vista, tentadora pero sin exagerar.

Un día de estos Darec empieza al mediodía y alarga hasta el anochecer la sesión de entrenamiento con sus dos discípulos del pobrerío, como si quisiera terminar de formarlos cuanto antes. Después los mira alejarse, meneando la cabeza como reconociendo que les falta, pero a la vez asintiendo de satisfacción. Se acuesta pero, si bien duerme a pata suelta, antes de la madrugada se despierta con un respingo. Algo lo empujó sueño afuera, una púa colada por la realidad, y aunque no ha dormido casi nada está muy despabilado. Monta un sangróvil hasta una linde del bosque, se calza avanzátores de resorte, a los saltos llega a una cala, se mete en el río con sus bártulos en la cabeza, sube a su tucana, le activa el blindaje, la sumerge y la traslada hasta que la batería subacuática se agota. No demasiado cerca, en realidad algo lejos, a esas horas Raesa está dando una vuelta por otra zona del bosque. Revisa sumariamente montones de hojas, murmura, huele, pasa la mano por el suelo, abre una trampa y no encuentra nada de nada, chasquea la lengua, se sienta a descansar y suspira de cansancio, de anhelo o de pena. Mientras observa las copas de los meymuríes, el parpadeo de la luz le vuelve la mirada unas veces aviesa, otras ávida.

Darec ha vuelto ya a sus tareas. Aunque no roba más de lo que suele, lo que ha reunido lo entrega a los pobres esa misma noche. Y a la mañana siguiente retoma la enseñanza, y observa cómo los chicos han desarrollado musculatura, potencia, inventiva para desaparecer y confianza en los poemas que recitan, y desde esa tarde las andanzas entran en aceleración paulatina, en una economía más ceñida y por lo tanto a veces más violenta, como si descargando un golpe más dañino a un cuerpo o una propiedad, estuviera expulsando un impulso por romperse a sí mismo.

Darec roba, expropia, se transforma, se escabulle, esplende en la acción, entrega taciturnamente lo que ha robado, supervisa discretamente que los jefes repartan bien, y cuando duerme sueña mucho y el filme se encarga de que el espectador vea aflorar los sueños en el temblor de los párpados cerrados. Los sueños de Darec se han vuelto tan incansables como él.

Por la actitud de Raesa se nota que es de esos investigadores que van tramando en una figura los indicios que creen obtener de las escenas pero no rumian hipótesis, como si ya se palpitaran dónde va a terminar, con poco margen de error, y solo tuvieran que regular el avance para llegar en un momento oportuno. Antes de que le serrucharan el suelo Raesa debió de ser una detective condecorada; puede que ahora ande con chal y cartera, pero está curtida en esperas al raso, rastros equívocos, persecuciones vanamente agotadoras; en recoger frutos de la paciencia. La prisa de Darec es inversamente proporcional a la flema de ella. Tal como se ve en el filme, entre la ominosa, renqueante obstinación del avance de Raesa y la velocidad repetitiva de los deslizamientos de Darec, la fatalidad va tendiendo un cable que en las zonas de sombra brilla y con las horas se va poniendo al rojo vivo. Solo el espectador ve el cable, desde luego, pero Darec no puede no sentir el calor que despide. De hecho una vez, dando un paso atrás, tropieza con no sabe qué cosa, cae de espaldas y se quema la pantorrilla y una mano. En las operaciones que lleva a cabo después de eso tiene momentos de distracción, y hasta suda. Una vez, mientras desmonta una bomba de riego, se ríe, y pareciera que oírse reír lo aterroriza.

El espectador podría pensar que el nerviosismo lo va a debilitar. Es al contrario: la proximidad, la inminencia, la realidad de un sentimiento que todavía no acusa pero lo penetra le duplica la energía. También podría pensar que la energía proviene de esa clase de plenitud que algunos alcanzan o se imponen alcanzar cuando ven acercarse la muerte, o, yendo más lejos, alguna de las formas de muerte que trae el amor. Pero lo que se ve es sobre todo una manifestación de empatía.

Ya están tan cerca de enfrentarse que las señales les llegan a los dos sin interferencia. Aunque vieja, Raesa es terca como una enamorada; se diría que la vida de detective le enseñó que la pasión obcecada por alguien puede despertar al cabo del tiempo una pasión recíproca. Y al parecer no le preocupa que su terquedad raye en la psicopatía, porque entiende, o entendemos por ella, que lo que ha tenido a Darec en ascuas, quizá desde que empezó a practicar la reparación de las injusticias, es la necesidad de un antagonista. Así que empieza a dejarle evidencias de que se le está acercando: una cinta en un árbol, un caramelo al borde de un camino. Él los tira, es decir que antes los recoge.

En fin: se masca una escena culminante. Pasan algunas cosas más, nada nuevo, y pronto sucede.

Salida de un laberinto de calles industriales, medio oculta por la columna de un anticuado relojio vocero, Raesa espera en una esquina del caserío. Anochece. El aparato canta las siete y media. Una tímida actividad precede a la llegada de un furgonet. Darec se baja, masculla un saludo y empieza a descargar. Renqueando, tranquila, y sin precauciones, Raesa se le acerca por detrás. Amigo, le anuncia cuando está a diez varas, esto se terminó. Él se gira no muy asombrado. ¿Amigo?, dice, y no suena a ironía.

¿Me vas a obligar a explicarte?

En ese escenario desgraciado, callado como un hueso seco, dos ojos penetrantes se encuentran con dos ojos penetrantes. Algunos vecinos se han apretado en las ventanas, en los quicios de las puertas, entre bidones con plantas que medran usando el aire sano del resto de la isla. Darec no abre la boca. Raesa lo acusa de haber abusado del candor de una población que desconocía la violencia. Darec ladea la cabeza hacia los módulos. Dice:

Tan candorosos que tampoco se enteran de cómo viven. Les parece que acá no se necesita un arreglo.

¿Y vos?

Yo igualo lo que debería estar igualado de entrada.

No hay dos humanos iguales. Empezando por los genes.

Bueno, pero yo trabajo por la equivalencia.

Raesa replica que capta de qué se trata pero no lo ve del todo así, y que en realidad él también lo ve un poco diferente. Él le pregunta qué ve entonces.

¿Yo? Veo que va a suceder esto: a los que viven bien, la vida buena los está aburriendo; con la sorpresa de presenciar crímenes les van a entrar sensaciones nuevas, imaginaciones, ganas de depravarse; va a haber morbo, agresión, delitos retorcidos. Pero estos de acá, pobres de ellos, van a ser víctimas. Se les avecinan feos momentos. Usted la embromó. Este no era el camino.

Usted es tolerante, dama, yo no; si hay guerra, se hará la guerra.

Pero no es esto lo que queríamos; usted tenía una idea de amor, ¿no? Cierto que en el fondo nunca creyó que iba a realizarse.

Y usted qué es, ¿la delegada de la bondad?

Yo lo quiero a usted y no a un soldado; batallar es fungro; se empieza conquistando y se termina podrido.

La melena de estaño enmarca la barbilla neta, un lunar con un pelito, los dientes parejos, la nariz aguda, la mirada radiante entre arrugas enceradas. Darec casi no respira en el cautiverio de esa belleza añeja. Cuando con un esfuerzo de resolución da un paso adelante, se distrae lo suficiente para que ella saque de la cartera una vibradora con empuñadura de macarel. Le indica con un gesto que se desarme. Aparta de un puntapié el puñalco que él tira al suelo.

Usted no entiende la, la... el entusiasmo de... La tarea.

No se imagina cuánto lo entiendo.

Darec mueve la cabeza apurándola a que dé un ejemplo. Ella menea la suya.

¿No se da cuenta, pedazo de vloqui, que esta gente ni siquiera lo defiende?

No están obligados a defenderme.

Por supuesto. Incluso votan por gente que a usted lo mandaría a una mazmorra.

Los tipos que me encerrarían ni siquiera entienden qué les está pasando.

Usted tendría que haber robado porque sí, para su gusto, por el placer de despojar; por amor al robo mismo, como yo tendría que haberlo perseguido para estar acá con usted, no por la ley. La ley es una creencia.

¿Entonces?

Entonces, ahora me lo llevo o lo mato, dice Raesa y se muerde el labio de arriba; pero no se mata a un ladrón, sigue; así que si no consigo llevarlo vamos a morir los dos.

¿Porque se trata de creer o morir? Ese cuento, dama...

También puede tratarse del amor o la muerte; de querer lo que se hace; pero lo que hacemos nosotros no es para este mundo.

Entre dientes, él contesta que no hacen los dos lo mismo.

En el instante en que Raesa sonríe, bajando los párpados burlones, el pelo se le arremolina con la misma brisa que Darec parece esquivar encorvándose. Los pómulos relucientes de ella reflejan los cachetes hundidos de él, como si le estuviera absorbiendo energía de la fuente de vida.

Quizás porque no soporta ese desequilibrio, Raesa dispara. La vibración desprende un girón chamuscado de la hombrera del chaquetón de Darec. Él resuella.

Te adjudicaste una tarea, amigo; un deber; es mejor que hacer el deber que a una le mandan, pero no resulta; no se puede salvar algo cuando lo que querrías es destruir todo; es agotador.

No es cuestión de deber; es de cómo se vive.

¿Y no da lo mismo? El mundo es un equívoco cada vez

más grosero; ni la Guardia tiene noción de cómo acercarse a un cuerpo; preguntarse todo el tiempo cuál es la vida justa cansa mucho, y el cansancio es un asco; no deja amar el deber ni la vida.

Él sacude la cabeza, lenta, un poco trágicamente.

Uno no se enamora de su deber, dama; el deber de cada uno es un destino.

Soñadora, Raesa se acuclilla. Huele el aire:

Perfume a azahares.

Psé; viene de otro lado. En este barrio no hay perfume.

O somos nosotros, amigo. El deber, el perfume del deber. Si te llevo detenido, podrías descansar; si no consigo llevarte vas a morir; pero yo tampoco voy a soportar el cansancio; vos querés reparar, pero esto es irreparable.

¿Y usted prefiere…?, dice Darec, y se interrumpe, pero hunde la cabeza en los sabiendos que se ha pisado.

Tocándose el corazón con el turbo de la vibradora, Raesa dice:

Hay una sola manera digna de evitar el cansancio.

Vuelve la hélice de la vibradora hacia Darec. Él se agazapa. Parece un huargo a punto de propulsarse pero no lo logra. Está influido, casi falto de sí, como si ignorase que va a ceder. El mismo estupor la embarga a ella, tal vez porque está provocando un final demasiado brusco. Puede que todavía tuviera otras opciones, pero no da la impresión de que se lo pregunte.

Levanta el arma poco a poco, con una convicción triste, como quien va a besar porque no besará muchas veces más, y está empezando a cerrar el dedo sobre el pulsador cuando de los primeros módulos del barrio se desgajan unas personas que se acercan unos pasos, menos interesadas en la situación que en otra cosa. Raesa espera; deja que al menos una vez en la vida vean bien un arma, eso que tanto puede aniquilar un cuerpo como salvar a otro de morir. Así se distrae, y entonces, por rápido que vuelva a apuntar, alguien capaz de atacarla sin hacer ruido y alzar la bota en una milésima le da una patada en la muñeca. Raesa alcanzó a disparar. La vibradora gira en el aire. Aunque Raesa ya está lista para atajarla, dos manos enguantadas la aferran por detrás y le aplican un pellizco en el esplendo. Se desploma mirando de reojo una figura ceñida en un enterizo de perennesa astringente como los de las atletas anfibias. Seguramente por un respeto entre mujeres, es la discípula de Darec la que la dejó fuera de combate. El bracho, vestido de discoteque, se ha agachado a atender a su maestro, que está herido en el muslo. Entre cuajos de sangre achicharrada hay una pulgada de húmero expuesta. Tiene que doler mucho, eso, pero Darec no está muy consciente. No se sabe si se ríe o solloza. El bracho se lo carga al hombro. La frigata se cuelga dos bolsos terciados. A zancadas sutiles, casi invisibles de tan rápidos, cruzan el barrio hasta la otra punta, repechan una loma terrosa y se pierden por la otra falda bajo el cielo abovedado.

Bamarnot debe haberlos visto escapar, porque ya está ahí, aunque algo tarde: ni podría alcanzarlos ni quiere dejar sola a Raesa. De modo que la abanica con el ala del sombrero. Le vierte en la boca el contenido de una ampolleta. Ella abre rabiosamente los ojos; se le notan más las arrugas. Huele a azahares, acá, dice. ¿Azahares? Ella asiente con un parpadeo. Sí, alguien debe tener plantado un limonero, dice Bamarnot. No, se esfuerza por murmurar ella: viene de otro lado. Mientras le aparta el pelo para masajearle el cuello amoratado, Bamarnot le pregunta qué pasó. Nada que haya terminado, hijo, dice ella, y cierra los ojos como si quisiera desmayarse un rato más.

EL SEXTO DEDO
Un musical

.

*Producido por Estudios Nemerik
con dirección colegiada anónima
Isla Agmola*

Esta es la historia del legendario Olu Crama,
el músico que dividía al público,
se lee en un cartel que preludia este filme controvertido.
Tras el cartón viene un compendio de los antecedentes de
la historia que se nos va a contar. Son imágenes del pasado en
un opaco pueblo de Isla Agmola.

En tiempos de adolescencia y juventud, en las aulas y pasillos de un educatorio, poniendo las mismas objeciones al
profesor de artes, aliándose para fanfarronear frente al profesor de comercio, Galomen Dedi-Nate y Oluman Cramamato
descubrían un montón de gustos en común, y en caminatas
por calles anodinas, borracheras en playas desiertas, robos
de librátors y escapadas a musiclubes encuevados afinaban
la sintonía mutua con el diapasón de la amistad. Pero como
cada uno tenía sus propias capacidades, y metas o deseos no
negociables, después de un paso conjunto por una escuela de
comunicadores mediáticos tuvieron que resignarse a tomar
caminos diferentes. Galomen se dejó subsidiar por su madre,
una laboriosa criadora de pollos con un capitalito acumulado, para montar una distribuidora de mercancías de campo.
A Olu, por su parte, la encarnizada batalla contra la rigidez
de su padre, un acomodado agente de lotería que detestaba el
arte, solo le procuró el dinerito para comprarse un eufonión,

el instrumento que condensaba su pasión por la música, y un año de adiestramiento; y encima acabó en ruptura. Así que Olu tuvo que trabajar de amarrador de catamaranes para pagarse las muchas horas de práctica solitaria y, más adelante, las gozosas noches de actuación con los ensambles que, como sucede cada tanto en todas las islas del mundo, se empeñaban en renovar los ritmos vernáculos. Cierto que prontísimo Olu quedó solo por delante de cuanto grupo joven existía, porque en la cabeza ya le despuntaba un sonido plural, desconocido, y del archivo de lambiños agmolenses que su audacia fue fundiendo con otros folklores, con ritmos festivos y divertidos de todo tipo, con un lirismo mecedor, terminó por surgir un género no extraordinario pero literalmente inaudito. Olu llamó a ese ritmo el cramamí, y se lo llevó con él a la ciudad.

Las letras de los cramamíes eran vagas: *¿Te acuerdas?/ Primero vivimos/ y después elegimos vivir./ Sangre de piedra preciosa./ Hoy tu casa tiene/ el color de nuestros momentos,/ la marca de la luz del sol...* La música, nítida pero inquietante como la superficie de un lago profundo. Por supuesto, el público de entendidos pedantes que iba a escucharlo fue el mejor canal de difusión posible; se encargaron muy bien de publicitar que habían descubierto algo nuevo y excitante y sin esfuerzo, porque el algo excitaba de veras, desataron un torrente de fanatoides. Cuando los ecos de los cramamíes se hubieron expandido por la Panconciencia, y volcado en pantallaclos y farphones de todo el Delta Panorámico, una empresa global produjo dos placas de Olu Crama, y por si fuera poco las vendió muy bien: Olu se interpretaba con tal júbilo que las grabaciones transmitían una presencia; era como tenerlo al lado. A la sazón, un crítico dijo que "Olu Crama era una máquina convectora de sí mismo: se transportaba a la situación de cada oyente".

A nadie habría debido sorprender que tal promiscuidad con el público irritase a un artista maniático de la aventura. De modo que, por así decir, Olu Crama pisó el acelerador del eufonión alternante que él mismo había diseñado. Como una moto potente, el arranque de su ideal lo llevó en un abrir y cerrar de ojos a plantarse muy lejos de donde estaba, dejando en el aire al público, a una novia medrosa y al éxito, todos los cuales casi en seguida cayeron plácidamente en brazos de otros cantantes no tan desmedidos; y al frente de todos, de hecho muy por delante, Olu se plantó solo, agitado, a distraer su diluvio de ideas contradictorias con conciertos en clubes diminutos. Únicamente lo acompañaban su fiel manía experimentadora y una culpa infantil por haberse gastado el dinero para consentírsela. Los lujos no los echaba de menos, para nada; lo que extrañaba era la fuerza que habían dado a su música las vibraciones de una audiencia cautiva. Esa merma fue lo primero que por entonces notó Galomen, que también seguía la carrera de su amigo, aunque desde lejos.

Es que Gal había estado muy atareado, primero ampliando la flota de camionetes y flayfurgones para transporte y distribución de productos de campo y después sucesivamente, presionando a los gobiernos con paros y desabastecimientos, obteniendo mediante chantaje concesiones preferenciales para un sistema de depósitos de mercancías, invirtiendo las ganancias en una flota fluvial de cruceros de placer, poniendo a su madre al mando de la cadena de casinos comprada con los réditos de la flota, montando la red Trasluz de burdeles polisex, utilizando los burdeles como puntos de acopio y enlace para el tráfico de órganos, especulando en el mercado de la sal-moneda y creando una emisora de mensajes corticales dedicados a la información turística y otra a la venta de seguridad neural. En pleno auge de sus negocios, la madre le había entablado un pleito por malversación de fondos familiares; casi a la vez, un consorcio informativo lo había denunciado por ultraje a yurnalistas y Galen había cobrado una notoriedad mediática halagüeña para su vanidad pero inconveniente para sus planes. El juicio por el descalabro de su trimonio con una terapeuta y una brigadiera le había enflaquecido los bienes. De vez en cuando decía que nunca iba a perdonarse ese descuido infantil, con una sinceridad actoral que por poco le cuesta hacerse más notorio; de modo que había dado unos pasos atrás, o hacia los bastidores.

La última secuencia del resumen de vidas paralelas muestra a Gal Dedi-Nate, negra celebridad, detrás de una columna de pan de oro, observando el apático jolgorio de la sala de fiestas de uno de sus paquebotes de lujo, copa de Savián con hielo en una mano, la otra mano en el bolsillo, un negro mechón abrillantado sobre la frente morena, en los ojos la bruñida familiaridad con la muerte que fomenta el delito; y ese chispazo de nostalgia, de desengaño, con que es fácil fabular cuando, entre la juventud ya pretérita y la madurez no cercana, la falta de novedades parece un estancamiento.

Resueltamente Gal deja la copa en una mesita.

En el filme siguen unos segundos de oscuridad como un espasmo de tiempo.

La luz vuelve a las cosas por la ventana de un estricto apartamentito en un piso lo menos treinta y dos por lo que se aprecia en los bloques vecinos. Es donde vive Olu Crama. Ahí está Galomen, sentado al borde de un diván repleto de ropa bastante bien doblada; mira con afectuosa superioridad al viejo amigo, que lo mira con afectuosa insensatez desde la banqueta del eufonión que ocupa casi todo el espacio. En el maniático orden de la estrechez en que vive Olu destaca esta tarde una botella de Savián medio vacía. Ya deben haber hecho el inventario de los años de distancia; haberse ofrecido la indulgencia de revivir los años de iniciación. ¿Y bien? Gal pone por delante que ha venido, no solo por debilidad de amigo, sino como hombre de negocios sabedor del hechizo que el amigo está en posición de ofrecer. Ha seguido la carrera de Olu no solo por sí mismo sino a través de sus mujeres y su hijo. Será franco: lo necesita para que realce su principal empresa, un crucero de placer artístico de avanzada. El público está decaído, como si empezara a sospechar que va a morirse empachado de experiencias pero sin haber tenido una emoción estética; y como él va a venderle placeres y emoción estética por lo mucho que vale un paquete así, puede ofrecerle a Olu un adelanto fuerte y una suma copiosa de regalías, si cumple con lo que su trayectoria está prometiendo.

Olu aclara que lo que él toca depende tanto de la situación, los biorritmos, la temperatura del alma, los misterios de la lucidez formal y la imaginación inspirada que no da para hacer promesas. Son canciones, ¿no? Bueno, no del todo. Fósforo y colirio, las pupilas de Gal fulminan solo para dejar más en claro que está rogando. Invoca el pasado de descubrimientis. A Olu no le cuesta nada licuarse en sensibilidad; se ha vuelto sopa de artista, y Gal le añade una ácida gota de verdad: después de todo Olu tampoco va a evolucionar más sin un ambiente acorde, apto, muchos oídos dispuestos, buenas condiciones materiales. Olu se ríe como un pensador intransigente disfrazado de chiquilín contento. La palabra *acorde* es decisiva. Cut. Una mano dura y versátil se estrecha con una mano ágil y exploradora.

Comienzan los preparativos. A despecho de su neura calculadora, Gal satisface las decorosas demandas de Olu; un eufonión tripartito con salida en cuatro dimensiones, una sala de techo muy alto, nada de estrado para el músico, muebles bajos y pocos, luces indirectas, revestimientos anecoicos. Más caprichoso, y un pelín más caro, es el biotoc que se hace implantar en la mano izquierda: un sexto dedo electrónico con un sensor capaz de armonizar, si el músico quiere, las decisiones sónicas cerebrales con las variaciones sonoras, cromáticas y volumétricas del medio ambiente. Cuando a último momento Olu insinúa redactar un folletito de instrucciones de escucha, Gal lo ataja con su mirada hidratante: que no confunda ambición con pretensiones, le dice en voz bajísima. Después se inmoviliza en un gesto tétrico, como si más allá de la inversión en el sexto dedo viese un desierto de piedra.

De la publicidad se encarga su gente. El paquebot *Monyoia* paseará al veraneante por brazos secundarios de la sección 2 del río Panorámico, entre el archipiélago del Recodo e Isla Vercot, sin depositarlo en parajes imponentes más que para contarle al paisaje aquello de lo que disfruta a bordo: a saber, los más audaces artificios con que la cultura puede engalanar la naturaleza. En medio de las constelaciones de confesionarios flotantes de Spenda de Astroy, el autómata de Uttar que come inmundicia y caga una beldad humana, las lecciones de Chesna Matariaka sobre ciencia y tecnología, las tonadas filosóficas de Tinu, las clases con Dioses Danzantes, las conferencias de Gonfalle sobre los horizontes de la imaginación lúdica o las lecturas colectivas de poemas accionantes, se presenta a Olu Crama como un objeto raro e incomparable rescatado a tiempo del desván adonde el negocio del espectáculo lo había mandado demasiado pronto. Encontrarse con él suscitará en los pasajeros una sana culpa por haber caído en la trampa de la velocidad. Lo que los pasajeros no saben, ni los publicitarios, es que entretanto el objeto se ha vuelto más raro.

Pero ya empiezan a enterarse. Bajo cielos de luz y profundidad variables según los días, por aguas planchadas o revueltas según los vientos, entre aldeas ribereñas de reposo y orillas de verdor tupido, el *Monyoia* navega con mil y pico de pasajeros: astros y estrellas del pantallátor, empresarias, artistas pregoneros del derecho a la pereza, atletas, enterados, plebe de vacaciones y estudiosos del esnobismo que estas primeras noches, ahítos del nuevo saber cultural incorporado, se permiten resistirse coquetamente al encanto que, eso se ve en seguida, ejercen en ellos los recitales de Olu.

Tenacidad, libertad, generosidad, dolor, muerte, amabilidad, exigencia, ruindad, vicio y muchos más de los componentes del arte experimental que transporta el barco favorecen sin embargo el relajamiento. Con la lenta, discreta vibración de las paredes color lavanda, la audiencia se dispersa por la sala y cíclicamente vuelve a amontonarse, pero cada vez en formaciones diferentes. Los cambios de compañía estimulan el desenfado. La forma de la audiencia se acompasa a la arquitectura móvil de las salas y el cabeceo del barco en las olas del río; los cuerpos individuales se acompasan a lo que oyen.

Únicamente Gal Dedi-Nate, copa de Savián en mano, traje de lino azul, está inmóvil allá al fondo, pero es porque se apoya en una columna.

La tensión de las búsquedas en que Olu se enfrascó en las semanas previas le han irrigado tanto la cara que la tez morena tiene reflejos morados. Ahora está cantando. Ya no canta letras redondas, breves historias, razones o argumentos que se desenvuelvan hasta una conclusión o un reposo y la mente pueda guardar como bolitas del ábaco de los recuerdos, todo eso que son las canciones. Compone cramamíes vivaces, cambiantes, de formas libradas a su albedrío; fecundados por las nupcias de la voz y el eufonión, los motivos se multiplican, proliferan, se estiran y en cada generación se vuelven más complejos. Pero la tirantez de la trama impide que se dispersen.

Por separado, cada melodía de Olu es tan simple que él mismo, cautivado por la genial insipidez de lo que está ofreciendo a las posibilidades del instrumento, entona un arrullo que, a medida que se va animando, adorna primero con trinos, trémolos y glisandos, luego con ululatos, interrupciones, estacatos o destemplanzas y por fin con gritos. Eufonión y voz estallan en cromatismos turbulentos que, como esas tempestades cruzadas por un hilito de sol, de vez en cuando dejan vislumbrar dos o tres compases del tema original. Aunque al cabo de unas noches se nota que Olu tiene un repertorio compuesto, cada versión de un tema es única. Esta música (aun si uno la recibe como banda sonora del filme) solo existe en el presente que ella crea, y su eventual pervivencia queda confiada a las reminiscencias de los que la oyeron, hasta que la memoria de los que la oyeron, eso debe pretender Crama, vuelva a manifestarla como alianza utópica de pasión privada, o ansia de redención individual, y conciencia de la vida en sociedad.

El público tiembla graciosamente, como un budín de arroz de granos tiernos pero diferenciados.

Olu se eleva.

Tal como suena: entre las emanaciones tornasoladas del eufonión y de los cuerpos, Olu se despega del suelo agitando la cabeza, encorvado, las crenchas lloviendo sobre la cara, y mientras flota gira, y la rotación lo alza más, hasta que da blandamente la espalda contra la bóveda de la sala; rebota, baja, planea y vuelve a elevarse como una boya del aire buscando equilibrio en la ingravidez. El sexto dedo de la mano izquierda, tenso como una lagartija, sondea el aire cargado para captar nuevas materias primas que aporten a la producción humana de la música. El canturreo se enriquece. El eufonión activa nuevos dispositivos. Olu se zarandea a media altura. Vuelve a ascender. Es grandioso.

Pero no para todos. La emisión de ohes es despareja. Hay oyentes que se asombran de verlo elevarse, y a favor de ver a Olu elevarse incorporan mejor la música; no a la inversa. Otros, impávidos, rencorosos con la admiración ajena, se aferran a una recepción parcial, tratando de que el realismo de la vista no les arruine el fantástico placer del oído.

La administración del crucero avisa que está permitido grabar la música pero se prohíbe todo tipo de registro visual. Así que noche a noche, después de las lecciones de urbanismo endógeno y las clases de natación azarosa, después del sol y los paisajes, todos los pasajeros vuelven sin falta a los recitales. Ninguno se decepciona. Olu canta como loco, como se canta de euforia en la ducha. Los que lo ven elevarse cantan también y corean, y no desatinadamente, como arrebatados por la armonía entre expresión personal y empresa de muchos; los que no lo ven invierten su individualismo resentido en una orgullosa afirmación de lucidez, de resistencia al hechizo, de racionalidad, y en la discrepancia con los otros empiezan a ofuscarse. Ambos bandos se enardecen. Sobrevienen altercados. Reyertas. No todas se subliman al día siguiente en juegos de improvisación teatral.

Va de suyo que si aquí hablamos de las ascensiones de Olu Crama es porque las hemos visto. Pero la peculiaridad del filme, y lo que posibilita hacerlo un cuento, es que no todos los espectadores ven al protagonista elevarse. Es un gran logro, sobre todo por lo igualitario: según mis cuentas, en cada proyección lo ven en el aire más o menos la mitad. En esto juega una facultad de decisión que la técnica se atribuye respecto a los sentidos humanos. He presenciado trifulcas en salas de cinema. Hay gente repulsiva en la defensa de su realidad, capaz de irse a las manos por una película. Claro que si uno ve la elevación de Olu Crama, y entiende el entusiasmo de parte de los pasajeros del *Monyoia*, el sonido del filme es doblemente magnífico. Me ha pasado de apiadarme de los que no oían el coro.

A todo esto en la sala del paquebot las peleas orillan el salvajismo. Olu canta cada vez mejor y, para algunos, se eleva. Mordaces, y no exentos de un miedo mojigato, otros dicen que si sigue elevándose va a romper el techo. Para empeorar las cosas, hay un resto de audiencia que lo ve simultáneamente en el suelo y en el aire, desdoblamiento este que de hecho no es inconcebible en un artista en trance o puede tomarse como ilusión voluntariosa de admiradores extasiados; y encima hay una facción extrema que lo ve elevarse con el instrumento adherido a las manos, y para ciertos sonidos pegado a la boca, como si la música fuese un entero campo magnético; el sexto dedo sería el centro. Un grupito da indicios de verlo elevarse a veces, y a veces no; esos podrían estar fingiendo para desentenderse, incluso de su indecisión. Uno de estos es Gal. Pero Gal es un profesional de aguantar la indecisión de juicio sin un parpadeo; hasta que el otro se muestre bien definido.

Solo al cabo de dos cruceros, cuando ya se han vendido todas las plazas para dos viajes más, Gal entra en el camarote de Olu, que está componiendo, y le pregunta: Fratre, ¿cómo hacés eso?

Un artista medio ido como Olu no va a temer que el amigo del alma le pase a otro músico la fórmula revelada de su arte; desprendido como es, hasta festejaría que Gal tuviese atracciones para llenar más cruceros. Si contesta que no tiene idea es porque de verdad no la tiene, o porque le da miedo otra cosa. Gal replica que no hay nada que pueda hacerse bien sin saber en absoluto cómo. Olu baja la vista, como si mirase un precipicio con una indiferencia exagerada. La música, dice, son cambios en estados del alma, o sea que pueden contarse;

lo que yo canto ahora cuenta etapas de un viaje: de la desesperación al cansancio, del descanso a la tranquilidad, de ahí al entusiasmo y la libertad. Gal le pregunta si siempre canta el mismo viaje, como un mecanismo. Olu dice que cada noche la música lo rescata. Gal crispa levemente los puños. Con una sonrisa fruncida, puntualiza que la libertad o el rescate vienen al final de un cuento y lo que canta Olu, más que terminar, es como si quedara colgado. No sé, dice Olu; es cosa de la música misma, y creo que de dedicarse mucho, ¿no? Gal está mirando con insistencia la mano izquierda de Olu. Al parecer, para él se trata del sexto dedo. Seguramente para él se trata del sexto dedo.

Pero solo dice: Ahá.

Y punto.

Siguen otras noches, nuevos viajes. Olu canta y se eleva, para unos, y para otros no. La polémica sobre la realidad de las flotaciones rebasa las bordas del *Monyoia* pero, justamente porque aparece en programas de pantallátor y páginas de magazinis, siempre sin las pruebas gráficas que Galomen prohíbe obtener por cualquier medio, engrosa las reservas de pasajes. Y digamos que poco después del estreno la película pasó a ser en la vida real la réplica del fenómeno que contaba. Durante unos meses, más que para oír la música de Olu Crama, la gente iba a ver si lo veía planear, lo que en opinión de este espectador perjudicó la valoración crítica del trabajo de los realizadores.

Porque más allá del sensacionalismo del filme, ahora la historia se encamina sin engaños al consabido clímax.

Si los cruceros del *Monyoia* son de por sí un manjar para ociosos pudientes, ahora convocan a fans del arte arriesgado, melómanos hartos de los músicos quietos, científicos intranquilos, compulsivos denunciadores de estafas, ladrones de ideas, alborotadores y provocadores. Se agravan las reyertas. La música triunfal se mece en el aire, con Olu o no, por encima de bataholas que, si el agua está movida, envían pegotes de gente trabada de una pared vibrátil a otra, y vuelta. En las actividades diurnas se advierten magulladuras y vendas. Los ciborgues limpiadores encuentran sangre. Gal distribuye un sobrio pelotón de gorilas para serenar a los más malintencionados o extraerlos sin interrumpir el flujo de la música. Sumados todos los componentes, frustración de los que no ven incluida, las veladas resultan un género de lo más abarcador que haya dado el arte del espectáculo. La violencia de los conflictos es lo que venía ansiando la decaída libido de los consumidores turísticos, que vuelven a sus casas relucientes de producción de endorfinas.

Pero Gal da indicios de saber que por muy poco que él baje la guardia en el *Monyoia* habrá lo que se suele llamar un lamentable accidente.

Ateniéndose a como nos lo presentaron, Gal no es de los que toleran gastar mucho tiempo en vigilar la conducta ajena. Más bien es de los que prefieren cambiar la conducta ajena cuando se cansan de tener que vigilarla. Para el negocio turístico los escándalos son tan beneficiosos como el arte subyugante de Olu Crama; cuando se vuelven peligrosos alumbran una fibra oscura de la clientela, pero pueden perjudicar el negocio porque a los clientes de los cruceros no les gusta que sus fibras ocultas sean alumbradas, y menos que queden visibles para ellos mismos. En concreto, aquí está Gal: cavila en su escritorio de madera de málace, un botello de Savián en el cubo con hielo, entendemos que preguntándose si quiere que sus cruceros coticen en el mercado turístico como fábricas de escándalo y en la historia del arte queden como una nota al pie sobre un prodigio físico-musical discutido. Menea la cabeza. Se está diciendo que no. Se afeita. Es como si cortara la maleza que asoma de sendas perdidas de la mente. Hurga el aire con el meñique imitando los sondeos del sexto dedo de Olu. También podría estar preguntándose si quiere que la fama de la única empresa que lo enaltece dependa exclusivamente de su amigo de juventud Oluman Cramamato. Menea la cabeza: se ha contestado que no. Mientras, no porque los recitales sean deslumbrantes Olu deja de ensayar todos los días. Olu quiere que cada recital sea diferente; de lo contrario se aburriría. Si no ensaya también se aburre. Su vida es así. Entre un entrenamiento y alguna composición suele irse un rato a la proa a mirar la estela del paquebot en el río, la fronda de ebalnos en la ribera del islote Piélgar, con cara de no ver nada. Gal se infiltra en su camarote; va hasta el nicho del fondo donde está el eufonión de trabajo; en el cuadernaclo de Olu encuentra un poema.

A través de todos los sonidos
En el abismo del cielo resuena
Un sonido suave que absorbe
Al que lo escucha en secreto
Con todas las partes del cuerpo.

Gal da un golpecito en la cubierta del cuadernaclo. Rato después aborda a Olu y con una inflexibilidad cariñosa le pone una mano en el codo izquierdo. Le sacude amablemente el antebrazo. Olu deja el sexto dedo inerte, pendulando como un ahorcado. Gal le pide que le explique cómo hace eso. No sé, dice Olu mirándolo a los ojos; te prometo que no sé. Gal lo suelta y se pasa un dedo por el interior del cuello de la camisa. Mentira, dice; me estás mintiendo. Lagrimea. No llores, Gal, dice Olu: no se trata de emociones. Pero Gal, sonándose la nariz, ya se ha ido a atender sus asuntos.

En las noches siguientes la música de Olu no es menos fascinante; ni más excepcional, porque sería difícil que una música tan peculiar se superase. Pero poco a poco la duración de las flotaciones se acorta, para los que las ven, y el sexto dedo rasca el aire en vez de explorarlo, y el cuerpo encorvado vacila en la suspensión, como un cóndor viejo que duda de su fuerza para atrapar un pájaro en vuelo y tampoco tiene ya tan buena vista como para lanzarse en picado sobre una oveja. La capacidad de Olu de elevarse se consume en música. Olu se eleva pesadamente; tiene frecuentes pérdidas de altura. A veces Gal lo mira e imperceptiblemente se le nubla cualquier expresión. El público no deja de armar peloteras, ni de ondular al ritmo complejo de los temas. Muchos aprueban también la grandeza desnuda de las impotencias. Es lo que corresponde a un romántico.

Una noche Olu se desploma. O muere sobre el instrumento.

Reconozcamos que es una gran resolución del nudo. Para los negadores, que el eufonión esté intacto prueba cuando menos que Olu no se lo llevaba adherido en los vuelos, pero sobre todo que Olu no volaba. Para los videntes, prueba que la música volvía a Olu tan leve que ni cayendo sobre un mueble podía romperlo; o que con mueble y todo la música lo depositó en la muerte como una pluma. A los humanos les gusta prolongar este tipo de polémicas; son el mejor material que los manuales de historia ceden a los folletos turísticos y a los lugares de culto.

Puede que Gal Dedi-Nate tenga sus interrogantes, cada cual presumirá de qué orden, pero no se enzarza. Los disipa en acción. En un rincón de la sala de fiestas del paquebot *Monyoia* consagra un santuario sobrio a la memoria de su amigo Olu Crama. Dentro de la cristaleina vibrátil está el hermoso eufonión y en un minúsculo pedestal está el sexto dedo con su piel de fiberlac, su uña casi viva y la yema rugosa donde el sensor hace de huella. Es el pequeño tótem de un arte y una amistad insustituibles. Y aunque los cruceros de vanguardia de la flota D-N se diversifican con otros paquebots, el *Monyoia* sigue navegando, como tal vez cabe al temperamento supersticioso del empresario, incluso si ya no es el predilecto de la clientela. Pero no es que viaje vacío, como se ve. No, no. Aunque los avinagrados acusan a Olu de farsante, sin explicarse cómo puede engatusarlos alguien que no está, a cantidades de turistas les gusta embeberse de las mutantes osadías del arte en el barco en donde una vez sonó una música pasmosa. Algunos la escucharon, mejor dicho la oyeron, y se complacen en contar cómo era. Cantan retazos de las canciones de Olu Crama, claro, y la música se extiende de memoria en memoria, y probablemente se extenderá por un tiempo imposible de calcular, mientras alguien la siga propagando y alguien quiera hospedarla. Desde luego, esta especulación no podría verse en el filme. Lo que uno puede asegurar que ha visto, de golpe en la calle, o en los pasillos de un mercado, es gente que tararea cramamíes en versiones languidecentes, y jura que es música real porque se la oyó tararear a padres, amigos o novios que la oyeron en el cinema, ante las burlas de gente que vio el filme, una historia trillada de amistad y odio, y jura que no oyó nada como para recordar.

MUJER CUÁNTICA
Un filme clásico de amor y pérdida

.

De Ponilio Tae Guarde
Isla Ordume

Una tarde de vísperas de fiesta en una ciudad adornada,
ese hombre efusivo que caminaba en zigzag
entre el gentío de la calle y los ofertores de regalos
hablando a voz en cuello por su farphonito palatal,
tenía que cuidar los ademanes si no quería
darle un manotazo a alguno de los otros peatones.
Hablaba y hablaba, pero en eso se palmeó la frente,
dijo *Chau, tengo que cortar,* y clausuró la llamada.
Apuradamente dictó otro número. No bien le respondieron,
Perdón, soy Blágum, dijo, *se me hizo tarde.*
Y ya seguía explicándose
a voz en cuello o poco menos, tal era el ruido ambiente,
cuando de golpe le chispearon los ojos y se dio vuelta
como si le hubiera entrado un aviso por el radar de las gónadas,
o hubiera recibido un augurio, tenido un presentimiento,
o más bien hubiera captado, no algo que conocía,
sino algo que esperaba conocer. Y tan apremiante
debió ser la convocatoria que cortó sin despedirse.
    Dio media vuelta.
        Entonces la vio.
    La veía claramente.
    Un descubrimiento:
ahí estaba esa mujer, de improviso,

como si todos sus trayectos, su historia
y su futuro, todo lo de una persona que no está a la vista
se hubieran concentrado en un cuerpo presente.
Como el filme va a revelar más adelante
con cierto exceso de didáctica
mediante un personaje que sabe de estas cuestiones,
a no impacientarse,
esa mujer era una función de onda; al menos,
de una función de onda tenía todas las características,
o sea que en efecto era una función de onda:
una oscilación que una mirada ajena podía concentrar
en un objeto material, sin nada peyorativo en la palabra *objeto*.
Como también veremos, se la podía comparar
con un conjunto de olas que se desplazan por el agua,
con muchas crestas que rompen una a una en la orilla,
o una ola solitaria que está donde la ve el que mira.
     Era una mujer a la vez compacta y extensa.
Si alguien se ponía a observarla, como en aquel momento
la observaba Blágum en un área de unas pocas baldosas,
parada entre las bolsas de compras de una familia contenta
y un escaparate con pastelitos para la Fiesta de las dos Lunas,
no simplemente la perturbaba como ondulación,
no solo le alteraba el ritmo del paso, la expresión de la cara,
y tal vez el origen y el destino;
el que la observaba de hecho la producía.
     Como si ella no proviniera de una fuente;
          como si fuera un fruto de quien se propusiera
               observarla en un lugar o un punto.
Más allá de esa área reducida, o más acá, no existía
como entidad física; vivía, sí, pero propagándose
como onda en el aire: invisible, intangible, inodora.
Es decir que tampoco habría existido como cuerpo

para los ojos de Blágum si una diezmilésima de segundo antes
alguien se hubiese sentido llamado a detectarla y por lo tanto
la hubiese producido en otro punto; en ese caso,
esta película no habría empezado.
Pero Blágum vio a la mujer y la produjo para sus sentidos.
Claro que ella se comportaba, no como un cuerpo humano,
sino como una partícula atómica.
Es decir que si bien su forma de onda
podía abarcar muchísimas leguas, cuando alguien como Blágum
fijaba la mirada en un punto, a veces podía encontrarla ahí,
y a veces no ver ni rastro de ella. La función de onda
colapsaba en el punto en donde alguien acertaba a observarla.
Después, una energía independiente de la voluntad de ella,
y de la voluntad de los distintos mirones,
la ponía en ondulación de nuevo, hasta que volvían a mirarla,
y así siempre. La naturaleza física
había dotado a esa mujer todavía joven,
para realizar el ideal de la coquetería perfecta.
Qué libre parecía,
por mucho que dependiera de los ojos ajenos,
qué desenvuelta
en su detenimiento pasajero.
Ahí estaba: llamativa, huidiza,
inestable,
          pero real como una acacia o un barco,
bajo la persistente mirada de Blágum.

Él se rascó la quijada. Parecía un mono
embellecido por el entusiasmo.
     Eso era el presente,
               ya es ahora.
     Y sucede:

Ella
es delgada, blanquísima, desgarbada
como si una afición intelectual o las relaciones interpersonales
la ocupasen demasiado para andar enderezando la espalda,
con sendos frunces en las mejillas de la carucha
y enormes lentes oscuros de marco rojo
y forma riñonoide. Lleva el espumante pelo colorado
sujeto en una cola con una cinta violeta
y la bocaza pintada de un púrpura inflamado.
Abstraída, se acomoda el bolso en el pálido hombro izquierdo
que la túnicat con flores de bugeria le deja desnudo.
Tiene las rodillas más juntas que los pies; calza sandalias;
Está detenida pero no inmóvil, reverberando en una
intensidad íntima o en la mirada fija de Blágum.
　　　Él no duda de abordarla: *Perdón, buenas tardes.*
Ella se quita los lentes, los ojos de limonada
dispuestos a saber qué se le ofrece. Él vuelve a excusarse,
y le pregunta dónde compró esos lentes.
Ella reconoce que son re-queconis, ¿no? y de una óptica muy buena.
Azuzado por la palabra sincera,
él agrega que una hija suya va a cumplir trece años y
le gustaría hacerle un regalo bien chunqui, a lo que
ella se interesa por saber cuántos hijos tiene
y él la informa de que una sola, de su ex mujer.
Ella, asintiendo con una media sonrisa hospitalaria,
pregunta, como si le hablara a la atmósfera,
por qué será tan complicado encontrar
las mejores condiciones para criar un hijo,
y muerde una patilla de los lentes y vuelve a colocárselos,
dando a entender que en eso de las condiciones es muy exigente,
aunque en seguida chasquea la lengua y agrega que la fastidia
ser tan dogmática, con las condiciones, para hacer cualquier cosa.

La molestia de ella con su dogmatismo
abre otra puerta,
y así la conversación fluye, tan naturalmente que
Blágum, con una vivacidad notoria
que mejores estrategas del coqueteo
juzgarían contraproducente, le pide que le indique, si puede,
dónde está la óptica. Ella, con un suspiro,
dice que por allá, y levanta un brazo
de parafina, traslúcido, ensoñado y quisquilloso.
La mirada de Blágum se desvía en esa dirección y,
aunque inmediatamente vuelve a la pelirroja,
como si sus gónadas hubieran soltado un timbrazo,
ella no está ahí.
Ya no está.

Es curioso que Blágum
no rabie de impotencia o incredulidad, ni dé muestras de
desmoralizarse. Solamente boquea despacio
como un pez lince en un acuario: sin duda se está diciendo
por qué habrá sido tan vloqui de no preguntarle
cómo se llamaba. Pero no importa,
o al menos no le importa al director de esta película,
que en la escena próxima, otro día, nos muestra el momento
en que Blágum, con el vistoso uniforme de trabajo
del departamento de flora urbana de la isla, está inspeccionando
las ramas superiores de un ebalno parasitado por un hongo,
y, mantenido a diez metros de altura por el colchón de aire del reactor
que lleva adosado a la espalda,
siente la necesidad de verla.
Se le nota en un inquieto movimiento de los hombros.
Siente la necesidad de verla,
y al bajar la mirada a la vereda

vuelve a encontrarla, o realizarla,
en una parada de autobús.
Ella es la quinta de la cola. Se aproxima un 324.
Sin apartar un segundo los ojos de ella,
Blágum apela a su destreza para posarse en tierra y
tratando de no delatar apremio va a saludarla. Ella, al verlo,
deja pasar el autobús que podría haber tomado; se quita los lentes
de sol, se alisa el simple vestido con flores de ulgama.
Hablan de esto y aquello:
de cómo el éxito de la guerra contra
    la contaminación favorece el desarrollo de hongos parásitos
en los árboles de la ciudad,
de la salud de los humanos que disfrutan de su trabajo,
como si ella tuviera nociones de orientación profesional,
y de algunos otros temas, con bastante más jovialidad que dos
sujetos que han tenido un mero contacto fugaz; hablan
como si compartieran un conocimiento intuitivo sobre la naturaleza
de uno de los dos, o de ambos,
o sobre cómo funciona de veras la realidad.
    Lástima que el técnico que asiste a Blágum
con la cura de árboles le reclame que vuelva al trabajo,
y por distraerse un instante para decir que ya va, ya va,
    ella vuelve a esfumársele.
Esta vez tampoco le preguntó cómo se llama.
De modo que, cuando se escucha contarle todo esto
a su padre, un jubilado con estudios
y mente clara dentro de sus achaques,
Blágum resuelve
darle él mismo un nombre, y el viejo aprueba.
    Nombrar realiza, hijo.
Ahá... Blágum va a llamar a esa mujer Naritta. La decisión
viene favorecida por un descubrimiento más: la única manera

de convertir por un rato satisfactorio
a la Naritta ondulación en un cuerpo tangible,
es tenerla asida y, si no es posible mirarla sin interrupciones,
ingeniárselas para no soltarla.

La siguiente vez que Blágum percibe la ondulación,
establece un campo observable y Naritta se manifiesta,
lo vemos titubear, quizás porque ya sabe lo peliagudo
que es relacionarse con una función de onda.
No bien se reconocen y siguen conversando, amaga tomarla por el codo
pero es un hombre educado y evita propasarse.

Aunque no, no es eso. Es, parecería, que prefiere seguir intrigado,
pero, como mucho más le gusta tener a Naritta corporizada,
en el curso de la charla la toma afectuosamente del brazo.

Así caminan juntos. Por el canal de la ahuecada
palma de la mano derecha de él, no sin una leve fricción, ella desliza
el blanco brazo hacia arriba hasta que le enlaza los dedos.
Caminan tomados de la mano. Ella le apoya la cabeza pelirroja
en el hombro.

No hay un pasaje en que el filme
no invite a imaginar que en otros lugares, momentos, mundos,
otros hombres o mujeres puedan sentir un llamado a mirar
a la que Blágum llama Naritta, y en cada caso realizarla,
darle otros nombres y comprender que tienen que agarrarla.
Pero acá se trata de Naritta y Blágum, que ahora
ya van tomados de la cintura

y de pronto y de un sobrio saltito, cabía esperarlo,
se meten en un hospedaje anónimo.
Están en un cuarto. Se desnudan.
Hacen el amor. Más bien pechulan, con risitas y resuellos.

Días más tarde, cuando
el azar cuántico consiente que la observación de él
vuelva a concretar a Naritta, pechulan otra vez. Y días después otra.

189

Con cada pechulanda aumentan las risas,
una simpatía mutua vergonzosa y exagerada.
Como una de esas veces ella cierra la puerta
del toileto cuando va a orinar, se vuelve onda y se le pierde,
con la ofuscación consiguiente, Blágum trata de que después
de cada refriega se duchen juntos, para que al menos
puedan darse los ricos besos de despedida. En lo posible,
de alguna manera Blágum procura mantener el agarre;
aunque más no sea, la continuidad del tacto.
No es tan difícil: esto que hay entre ellos es hambre, sed,
imitación titiritera de los formatos de la pornografía,
franquezas del deseo, derrames, deslices
y exageraciones del cariño que fomentan la intimidad contenta,
todo mezclado y, dentro del esquemático contenido del diálogo,
también accesos de un romanticismo reflejo
inoculado por esos folletinques de aventura amorosa
de los que cualquier persona o función de onda está
embebida en nuestra época.
        Y no crean que tanto anticlímax y tanto regocijo
sea una fantasía de Blágum. No: cuerpos, cosas y maniobras
se ven con nitidez positiva. Estos dos están ahí,
ella montada en él, apartándose la desatada melena
bermellón de la cara enfurruñada por un placer doloroso,
él mordiéndole los nudillos, babeando los dos al unísono,
pasándose sorbos de licorvino o caramelos de boca a boca,
ofreciéndose orificios a incursiones de diversos miembros,
encremándose la turdia y el mocholo,
atándose, palmeándose, rodando por la alfombra
como si quisieran matarse, acogotándose un poco,
diciendo dame más, así, qué chiribazo, no pares,
pedime lo que quieras, diciendo sos más dulce
que un hojaldrito de higo, suave como un conejo,

suspirando de agotamiento
    justo cuando podrían empezar
        a aburrir al que espíe por una cerradura; y el atisbo
de hartazgo que siente uno mismo en la butaca
confirma precisamente que no es una fantasía.
Ella es una función de onda
y Blágum anda cada vez más excitado, en el trabajo,
en su vida diaria de viudo con hija, mucho más ahora
que sabe que,
    si alguien concreta un objeto como Naritta
        por la decisión de observarlo, es porque ya llevaba
        en la cabeza la hipótesis de que lo iba a encontrar.
Así pues, en resumen:
es la hipótesis de que un objeto existe
la que crea ese objeto.
Esto se lo explica a Blágum su padre,
el jubilado que fue reparador de reactores de suspensión
y generadores de colchones de aire individuales,
justamente el tipo de artefacto que Blágum se sujeta a la espalda
y le permite cuidar la salud de los árboles más altos
con cierta comodidad y mínimo riesgo de accidentes.
El padre de Blágum, viejo de mente curiosa,
tiene sus buenos conocimientos de ingeniería y,
aunque a estas alturas le cuesta instruir en
trivialidades de la física antigua
a técnicos catetos en ciencia,
quiere a su hijo y le explica con paciencia
cómo las cosas no son materiales en todos los sentidos,
o todos los aspectos,
    y qué es una función de onda.
Si alguien descubre a la mujer que él llama Naritta,
como a cualquier cuerpo, en una posición determinada,

es porque ya tenía, lo supiese o no, la hipótesis
de que ese cuerpo iba a estar donde él decidiese observarlo.

Naritta es la probabilidad de que mirando un punto de la calle
donde él se sintiera llamado a encontrarla,
la encontrara, unas veces sí,
    otras no, etcétera,
como si la intención de verla creara el marco propicio
para la concreción de la onda llamada Naritta en
cuerpo y acaso en alma. Alzando un dedo sin apuntar a nada,
el viejo añade que antes de que Blágum la observe,
ella puede estar en dos estados a la vez, superpuesta
en onda y partícula, y que eso significa que cuando Blágum
no logra realizarla es porque en ese momento otro observador
la ha realizado o hecho colapsar en otro punto,
    Punta Ruvor, un teatron, el mercado,
       la cocina o el dormitorio, los glaciares de Gau Svéntola.
    Blágum se obstina en preguntar
    dónde puede estar entonces Naritta cuando no la observa
    ningún otro humano.
    El viejo dice que, como todo lo que existe
       es de la misma naturaleza, todo observa:
los perros, las lámparas,
los cuadernaclos, los mosaicos de una bañera, el farphone,
la cartera que cuelga del hombro, los autobuses, si se considera
que observar es toda forma de contacto. Y hasta se observa tocando.
La observación es transitiva y radial; todo es creado por todo;
la realidad es una producción conjunta de todas sus partes.
Por eso, él mismo, el viejo, o Blágum,
dan la impresión de tener existencia continua como cuerpos.
    El viejo se ha fatigado. Jadea. Se niega a aclararle
al afligido Blágum si entonces él también
es para Naritta una función de onda.

La insondable maraña del universo de la física
deja a Blágum hecho una brasa.
Vivo en un paréntesis,
le ha dicho al padre,
y el padre,
mientras calentaba
la cena, ha murmurado que no sabe si en realidad
no vivimos de un paréntesis en otro. O en un poema,
hijo, con un intervalo al final de cada verso
como un abismo antes del verso siguiente.

Para Blágum, sin embargo, Naritta no es tanto poesía
como vida que se consume, y ahora que sabe que
todas las cosas observan, se deja comer el morlojo
por los celos, no solo ya celos de otros hombres o mujeres,
sino de la bañera donde ella se repone,
la lámpara de su mesita de noche,
el clodoperlonato de las lentes que se apoyan en su nariz,
la ropa que le roza la piel todo el día, para no hablar
de eventuales padres, hermanos o hijos que ella acaricia
o la besan y la están produciendo todos los días.
En brete tan quebradizo más vale
no hurgar en historias personales. Por eso,
más sexo.
Naritta es dócil, fogosa y angurrienta,
pero si en una de esas Blágum se deja distraer
por una arañita que corretea por la pared
contra la cual están pechulando, ella desaparece,
y él, con los brazos en un círculo cortado,
termina enchastrando la pared como un chico.
Así que se disciplina para no dejar de mirarla.
Y cuando no encuentra a Naritta donde quiso producirla

se la imagina ante una persiana, como una onda
luminosa que se divide en varias al pasar por varias rendijas
y en el polvillo del aire estampa
    una pauta
    de interferencia consigo misma,
    cuerpo-nada, cuerpo-nada.
Pero sacude la cabeza y se muerde una uña
porque esto no es así,
    la física no funciona de esa manera, y tanto Blágum
    como nosotros tememos, un poco sabemos, que ella está detenida
en otro punto, o a lo peor pismichando con otro observador
que la retenga sujetándola por las no
muy anchas caderas.
Blágum sonríe, mientras se ocupa de curar árboles
espera los momentos en que la observación
le dé a Naritta y de darse a ella. Y cuando tienen suerte
pechulan. O pismichan, como dicen los jóvenes.
Pechulan con bastante habilidad dentro de lo que permite
la geometría de los cuerpos.
Se tienen mutuamente pechulando,
    pero, no lo lamentemos, mientras quieren tenerse.
Porque, si bien la cantidad de energía
del universo es siempre la misma, todo el tiempo
está emigrando de una forma a otra,
y el cansancio feliz que corona cada pechulanda,
de Naritta y Blágum,
se resuelve poco a poco en una satisfacción sedada.
Ya que ella es un purlín loca, opaca a las categorías
psicológicas como todas las funciones de onda,
Blágum decide inventarle una historia,
y mirándola a los ojos, se la cuenta.
Vemos que es una historia simple:

194

padres que regenteaban un hotel de pueblo,
una infancia rural, juegos de infanterio;
fiestas con merigüeles y amagos de romance,
una tendencia a la soledad, la dispersión sensual,
los baños en el río y la improvisación; un matrimonio temprano,
en cierto modo instigado por amigas y padres,
con un ingeniero rico, hombre de mente lógica,
amante del montañismo y los ritos caseros, buena
persona, buen padre, pese a lo cual después del primer hijo
ella se niega, como por un presagio, a tener más; una tarde, en
un bar, entrenando al hijo para un examen de matemáticas,
acababa de preguntarle a qué hora llegaría a B un tren que
saliera de su pueblo a las seis de la mañana a cien millatros
por hora, cuando comprendió que no quería que su brachito
creciera en un pueblo que servía para un problema de aritmética,
y que sobre todo ella no quería agostarse ahí; así que decidió
irse y se llevó al hijo con ella a la ciudad; aunque el marido
reaccionó con encono, ella se mantuvo en sus trece con la firmeza posible en un natural movedizo; así aprendió a ser ella
misma; eso entrañaba elecciones; primero quiso ser pintora
pero, viéndose fracasar, selló un acuerdo con sus verdaderas
dotes: se hizo profesora de natación a río abierto; o no, se
corrige Blágum: ¿tal vez se dedicó al diseño de estampación
de telas?; sí, se le nota en los vestidos; lo cierto es que al ser
ella misma desapareció para su pasado, y así siguió siendo,
más ahora que el bracho es un joven independiente y no le
pide que sea siempre la misma como cuando era chico; con
cada cambio ella renace como la que va a ser por un tiempo;
después será varias más; entre las abundancias de encuentros
de muchas clases, de emociones buenas y malas que Blágum
describe como en las novelátulas, y la alternancia entre los
compromisos de la vida de relación y el insípido cargo en una

elegante firma textil, hubo espacio para que se le prendiera una luminilla: nada le iba a pasar si rompía con eso pero tampoco estaba obligada: la libertad era dejar que la vida experimentara con ella.

Si nosotros
ya habíamos empezado a cabecear con este cuento, y hasta Blágum
termina bajando la voz, no es para irritarse que de Naritta
solo obtengamos todos un lánguido parpadeo...
Ha sonreído un poquito, también,
eso sí,
pero Blágum se queda muy triste.
El filme también.
La historia decae. Se viene abajo. Decaen los encuentros.

No es que Naritta se haya transformado
en una onda no particularizable,
pero se deja producir tan de vez en cuando,
con lapsos de ausencia tan desmedidos,
que la espera corroe el alma de un Blágum que,
no hay otro modo de expresar este sentimiento,
    se había enamorado.
Y como la realidad universal
es más astuta que los sentimientos y las gónadas,
o está cargada de un deseo mucho más tortuoso,
    un día Naritta deja de aparecer.
Blágum
está suspendido sobre la copa
de una matriarcal eugadia de la plaza del palacio de gobierno
cuando, pese a que baja la mirada hacia un sendero
como si un presentimiento lo hubiese llamado a producir un cuerpo,
no pone el reactor en descenso. Se quita el casco,
se seca el sudor y sigue en el aire
    cuidando una parte de la naturaleza.

En lo que resta del filme es el mismo Blágum, aunque
a la voz que en esta escena discute con alguien por farphone
la ha decolorado la pena de una pérdida.
Ahí va, zigzagueando por una avenida no tan llena
como la del comienzo. Es otra época del año,
no hay ya con qué prolongar la película.
Más fría. Naritta no se dejó hilar en esta historia;
debe estar colapsando en otro entorno, u otros.
Vaya a saberse a quién se le ocurrirá ahora la julinfada,
dice el padre de Blágum, de que conviene no quitarle
los ojos de encima; pero si como cuerpo o partícula
es un fotón,
cada vez que colisione con otra partícula va a emitir
un poco de luz; es lógico que nunca te haya dicho
si le extrañaba o no que la llamaras Naritta.

UNA FUERTE CORRIENTE DE AIRE

Un filme sobre el asombro

.

De Tözinos Solpgar
Isla Tondeya

La horda está dispersa por un llano nevado a unas doscientas varas de un bosque de árboles robustos que grandes fardos de copos no llegan a agobiar. En la chatura blanca sobresalen montículos blancos con orificios por donde a veces entra o sale alguien a gatas. Salvo por el brillo de las hogueras, el colorido es parco bajo el cielo encapotado. Aunque hay muchos habitantes como para distinguir qué hace cada cual, y con tanto abrigo de pieles y tanta pelambre cuesta diferenciarlos, los de los círculos azules en el mentón deben de ser mujeres: unas muelen bayas, otras secan hojas, alguna amamanta, otras debaten con algunos de la raya verde en el ceño frente a pilas de provisiones; algunos hombres transportan troncos, afilan piedras u holgazanean. Hablan bastante. Difícil saber qué es ese chapurreo, pero una cosa se distingue: ellas se tratan mutuamente de mud; ellos de jrot, o más bien grot. Los chillidos descendentes de los niños terminan en una especie de risa. En la efervescencia del quedo vocerío hay cadenas de sonidos que se repiten pero no se entienden y parece que el frío apaga. Se afloja la trama de nubes. Los haces de sol empiezan a inclinarse. Flamean las fogatas. Entre los primeros árboles del bosque aparece una veintena de grots que un grupo corre a recibir. Uno alumbra el paso con una antorcha. Traen, atados a varas que cargan entre varios, cinco cadáveres de unos animales panzones y hocicudos. A la zaga, pisando el rastro de sangre que cae de las brutas heridas, va un chico poco más que púber, con una pica de palo colgada de la espalda fibrosa y curva que asoma bajo las pieles. Trota con las rodillas un poquito flexionadas y los pies planos. Parte de la horda se agrupa. Descargan las presas y, tal vez porque dos de los cazadores también sangran, otros se apuran, como por venganza, a cortar las garras y las orejas de las fieras y dejarlas sobre una piel. El chico está acuclillado; se palmea inquietamente las mejillas. Observando a un viejo que se ha acercado a curar a los heridos, alarga la mano y sin disimulo, como si le correspondiera, agarra una de las orejas cortadas. Después, de nuevo al trote, se aleja en dirección contraria al bosque, hasta que más allá del último montículo llega al borde de un barranco.

Se para a limpiar con nieve la oreja de animal, se la guarda bajo el abrigo, pasea la mirada por la orilla de un río que está helado y baja hacia un matorral desnudo pero espeso en donde una chica de la edad de él, hirsuta, vivaz, al calor de una fogatita, ha agujereado un bajío y está hundiendo y sacando del agua una nasa hecha con tiras de cuero. Aun envuelta en pieles y en cuclillas, se nota que es más rellena y alta que el chico. Se dicen cosas como si cambiaran información. Se hacen muecas con un germen de burla o de enojo. Él le arrebata la nasa para mostrarle que hay que dejarla hundida más tiempo. Ella le da un sopapo pero él no suelta. Están forcejeando cuando él saca la nasa del agua con un pescadito adentro. Saltan los dos de alegría medio afectada, chocando las narices como si más que el pescado los alegrara estar juntos, lo que no obsta para que en una nueva pelea el pescado se les resbale al agua. Ella lo empuja, él la sujeta por las muñecas, ella le tira un mordisco peligroso y aprovechando el retroceso de él se suelta y escapa corriendo con él detrás; pero a mitad de la carrera se oye a una mujer gritar una palabra, casi rugirla, y los chicos tienen que separarse. Él se palmea las mejillas, como de frustración, expectativa y nerviosismo. Se guarda la oreja en el taparrabos.

Cuando otra tarde en el mismo lugar se acuerda de regalársela, ella lo mira con una expresión más compleja que las que un día se atribuirán a ternura, gratitud, miedo, coqueteo, placer o susto repentino, un borrador de todas estas y con algo de cada una. Escarba al pie de una mata. Con una cosa blanquecina, incrustada de limo, pero perfecta que ha sacado de ahí le retribuye el regalo; podría ser un huesito de liebre. Él está orondo. Anochece.

Y ahora es poco antes de un amanecer y los chicos se han encontrado en la penumbra. La enésima lucha es una excusa para rodar juntos y, dentro de la frenética inhabilidad, quedar cara a cara resollando estupefactos. En lugar del sol, despunta una ocurrencia. Se mecen, se menean, se revuelven de impaciencia como escarabajos trabados y obligados a que siempre quede uno de los dos panza arriba. Aunque él la manipula para ponerla en cuatro patas, como seguramente vio hacer muchas veces, ella se resiste y se echa de espaldas como quizás ha visto hacer no tan a menudo. Abre las piernas; se lleva la mano a la hendidura. Él se la aparta, logra arrancarse el taparrabos y entra en ella. Son peludísimos los dos; una viscosidad que segregan les une las frentes, los pechos, los muslos de tal modo que no bien empiezan a moverse, que es lo que les piden los cuerpos, más que un vaivén hay tironeo y espasmos. En una de esas se desencajan. Atónitos, parecen preguntarse qué está pasando. Se desprenden. Se van de la cueva irritados y cabizbajos, pero al día siguiente están ahí otra vez.

Si bien la secuencia se repite, una tarde se estrellan las mandíbulas prognáticas y la especie de risa que les da el choque los

203

ayuda mucho. Hay una pausa. Se están mirando a los ojos. De cerca. Pese a la ansiedad, él descubre cuán bizca es ella. Muy bizca, de una bizquera distinguida y procaz, más todavía por esos párpados bajos; entre la pelusa del mentón tiene un hoyuelo. Él vuelve a entrar. Ella bufa, chilla y lo muerde. El arremete; la energía de la fricción le inflama el espinazo; es como si entre otras cosas lo quemara la necesidad de entrar también en el punto en donde convergen esos ojos amarillos. Ella le araña la espalda. Como si chuparse de la mano la sangre que ha hecho brotar le redoblase las ganas, alza la pelvis, sacude más la cadera y entonces, entonces él

se ve caer hacia la rendija encantadora que deja la bizquera. Ffffiuufff. La avidez de ella se lo ha tragado, o se propulsó él solo.

Ahora se desliza por un medio seco, incoloro y tibio como una falta de todo,

transportado en el chiflido de una formidable corriente de aire.

No llegará a resfriarse.

Al cabo de unos segundos, PAF, da con los huesos

en una superficie áspera y oscura como la piel de esas bestias que caza su horda en el bosque, pero durísima y fría.

Un golpazo.

El chico se incorpora, se agazapa, mira alrededor entornando los ojos como un vigía, olisquea, se frota los flancos doloridos. Varias estrellas grandes de poderosa luz rosada se suceden hacia los dos lados sobre el suelo grisnegro, colgando de unos árboles que son solo tronco largo sin ramas ni hojas ni nada, y a los lados de ese corredor iluminado hay unas cosas altas que un chico que vive con una horda en un llano pelado más que seguro no conoce. El chico no conoce nada de lo que hay ahí, salvo un rumor no muy distante como el de los ríos helados. Otros ruidos lo sofocan: siseo de neumáticos contra el pavimento, zumbido de un neón en falso contacto, el chasquido de cambio de luces en la caja de controles de un semáforo. Y esas luces de colores. Ah, ah: otra vez se palmea las mejillas, nervioso, intrigado. Un coche lo ataca como un bisonterio de ojos de tea; para evitarlo el chico rueda, como rodó hace casi nada con la chica, pero solo, hasta que lo frena un zócalo de piedraza. Hay otros bisonterios paralizados de frío a los bordes del corredor. Tienen los ojos muertos y algo de nieve en el lomo. El chico toca la piel dura, temblando de pies a cabeza. Sube el zócalo, un escaloncito, y resulta que está en un lugar que nunca habría podido reconocer, salvo en todo caso por un resabio de planicie que ha durado lo que duran algunas formas geológicas. Es la vereda de una esquina. Hay un amplio local de vidrio desmedidamente iluminado por soles ocultos, dentro del cual metalizados robotos de ojos titilantes ronronean ofrecimientos o penalidades. Hay letreros digitales, hay indicadores y descansiglios que cualquier sufrido usuario de un prestamel bancario reconoce en seguida, en este caso una vez superada la lógica sorpresa inicial. El chico gira. El ancho corredor entre el bosque de edificios se cruza con otro; en una de las direcciones se alinea un dormido pelotón de robotos constructores, y un centenar de edificios como los otros, pero más altos y aglomerados sobre una llanura de nieve embarrada, la mayoría sin terminar y algunos ya medio derruidos, como si a una interrupción impuesta por algún problema importante se hubiera sumado una catástrofe mediana o una ola de vandalismo. En las habitaciones de unos pocos de los edificios rebanados quedan restos del paso de seres como los que el chico podría entender, dentro de todo; queda una media colgando de un calefactor ya herrumbroso; queda una naranja apergaminada en parte y en parte verdosa, un animal muy chiquito y como petrificado, una mamelia azul de plástico, un robotín de cocina. La eficiente vista del chico capta tanto las formas grandes como las mínimas pero él solo atina a abrazarse el pecho, para aplacarlo, evitando por algún motivo mirar la única presencia familiar que tiene al lado: un árbol. Horror o maravilla: el chico da un salto; y es que a unas varas de él se ha posado un pájaro no tan grande como los que él debe conocer pero más estruendoso, montado por gente. Son dos, grot y mud, jóvenes, no mucho mayores que él, abrigados con pieles raras y ajustadas de animales de colores. Se bajan de la flaymoto, susurran en el vidrio del prestamel, que les abre la puerta, hacen sus trámites y se retiran riendo, con algo que se guardan en un zurrón chiquito, antes de montar de nuevo y alzar vuelo, habiéndolo pasado al chico completamente por alto.

Ah. Ah. La mente del chico, como bien refleja la cara límpida y grosera, no tiene referencias entre las cuales establecer conexiones. Los músculos se mueven pero el pensamiento se ha paralizado. Es pura absorción. Los datos sensibles le entran como un desprendimiento de rocas sumado a un desborde de ríos ignorados y a una invasión de animales extravagantes en una aldea remota, suponemos, y él no para de estremecerse. Pero tampoco le cede la curiosidad al miedo; es el chico de siempre, con un cerebro casi igual al de los jóvenes que montaban ese pájaro, reflexionamos, y ante cosas nuevas, por aterradoras que sean, pone en juego no solo sentidos despiertos sino las funciones básicas, como atención, memoria o aprendizaje, de una materia gris evolucionada. Se acerca al vidrio del prestamel y, aunque sin magullarse, se lo lleva por delante. Planggg. Retrocede. Por un lado divisa un grot que se acerca a paso firme y cachazudo, al parecer un ciborgue vigilante. Ah. Ah. Cae una nevisca fina. El chico no está convencido de huir.

Expresa tanto pánico como alborozo y da la impresión de que el tembleque incontrolable le da placer, como una inminencia de plenitud que se retrasa. Ah. Mmm. El vigilante ya tendría que haberse apercibido de la presencia en la esquina de un brachito velludo, de piernas no muy derechas, embutido en pellejos sucios. El chico decide irle al encuentro. No ha hecho cinco varas al trote, y el vigilante sigue sin verlo aunque mire hacia él, cuando la corriente de aire que lo dejó ahí, como si hubiera girado y volviese a una de sus fuentes,

lo arrebata,

lo transporta en su silbido raudo a través de una leche seca y pareja,

y aquí está de nuevo,

contra la frente de la chica, que ahora tiene los ojos en blanco, un temblor más violento que el de él y la pelvis desenfrenada. Ah. Ah. La chica rechina como una rama al viento, amenaza quebrarse, se ahoga, resopla y de golpe se aquieta. Él no; él sigue empujando, se diría que varios minutos, hasta que, como si la corriente de aire se le hubiera metido en la entraña, se siente reventar de gusto desesperado y no puede evitar desplomarse encima de ella. En el estupor que las embota las dos inteligencias con todo trabajan, mezclando la mayor expresividad de una con la tendencia instrumental de la otra. Ella lo escruta y lo huele, como intentando discernir qué tiene adentro que además de alegrarla la intriga; él debe no imaginarse cómo puede contarlo; tal vez ni siquiera lo concibe. El resultado es un desconcierto que los dos procuran limar frotándose las narices y, como más fuerte que el desconcierto es el entusiasmo, al día siguiente, cuando ella termina de acarrear leña con otras mujeres y él de afilar puntas de esquisto con otros hombres, llevan a la cueva pigmentos, los disuelven y aceitan y se pintan las caras y estampan las huellas de las dos narices en la pared de roca, una junto a otra. Miran la pintura encantados. Lástima que esa tarde no pueden volver a divertirse.

Una voz ululante convoca de urgencia a la horda. Tienen que recogerse todos en medio de un círculo de antorcheros que los protegerá de una amenaza que ha presentido el viejo medicinasto. Ruge y titila la espesura, en efecto. Al amanecer una partida se interna en el bosque y, aunque vuelve con la descomunal cabeza de un ser parecido a ellos, pero de colmillos protuberantes y frente estrecha, de la agitada cháchara gestual se infiere que el cuerpo decapitado se les escapó con el resto de los atacantes. El medicinasto manda cavar una fosa, donde hace sepultar el trofeo, y después de taparla ordena que arriba se siente un grot armado. A lo largo del día todos los grots del grupo se relevarán en el puesto, incluido el chico y otros de su edad.

Al chico la responsabilidad lo entona. No menos a la chica. A medianoche termina la anulación funeral del enemigo y antes de que amanezca el grot que lo mató tiene que cercenarse un dedo. Es un día de aterimiento para todos, pero de sol. Al atardecer los chicos se encuentran en la cueva, vacilan, juguetean y antes de darse cuenta ya están encajados de nuevo. Por más que se estrujen les cuesta llegar al desahogo; entre atoramiento y mordiscos, él procura enfocar la mirada en donde confluye la bizquera de ella y, cuando se le empieza a alzar la rabadilla, como si esperase una patada, la lechosa blanca corriente de aire lo succiona de nuevo. Unos segundos después, paf. Aunque amortigua el golpe estirando las manos solo queda un poco menos aturdido. Se ensaliva un rasguño en el codo. Ah, ah: de tanto palmearse las mejillas le asoma un borrador de diversión preocupada que a poco se vuelve puro espanto. Tres columnas de autobuses, furgonetes y moterras lo asedian, bramando en sordina como un surtido enorme de bestias piafadoras, y no bien cambian las luces lo atacan; el chico, que trataba de discernir qué serán, no alcanza a moverse pero la manada lo esquiva con una batahola de bocinas. El corredor se despeja en parte. Aunque el mismo, el lugar es diferente, no se sabe claramente en qué, y el momento del día otro, con sol, sin estrellas enormes. Hay más grots y muds de todas las edades entre las dos hileras de casas, y una cola en el prestamel bancario. Como no sabe qué hacer con eso, ni nadie lo ve, el chico trota hacia la gran explanada de edificios, deambula entre grúas inactivas como saurios descarnados y, de las construcciones que su azoramiento adivina rotas o inacabadas, se deja intrigar por las cosas que cuelgan de algunas paredes expuestas o pintadas. Se aventura en un umbral inmenso donde ha visto un corredor vertical vacío y una serie de zócalos en subida; retrocede gruñendo, con la nariz fruncida, empezando a temblar, pero avanza de nuevo, y quiere avanzar un poco más porque abajo hay un mulgazo de muds y grots enrojecidos de furia, con unas pieles con dibujos en alto, *Basta de engaños, queremos las casas que pagamos,* pero no ha dado dos pasos cuando envara el cuerpo, se le acelera el resuello, lo apresa un sobresalto y la corriente de aire lo chupa y el silbido lo deposita apretado contra los pechos de la chica, que ahora se ajetrea encima de él. Rezongan los dos; él grita y se afloja, lo suficiente para ver cómo la chica se sacude durante un rato hasta aplastarlo con un arrullo.

Con los días se acostumbran tanto a que esa lucha va a suceder que incluso pueden postergarla, y les gusta, un poco, lo suficiente para pescar, hacer animales de nieve, dar cabriolas, pegarse de entusiasmo o quedarse mudos como cachorros que se restriegan frente al fuego. En un momento de cada acople la corriente de aire vuelve a secuestrar al chico para soltarlo cerca de los edificios partidos, aunque no en la misma esquina ni a la misma hora, y luego devolverlo a la cueva donde está anudado a la chica y los dos chisporrotean hasta consumirse o consumarse. Un anochecer aparece en un barranco nevado con algunos vigías de piedra; al pie hay un paseo que separa una larga serie de cubos medio transparentes, muy concurridos por muds y grots que toquetean vestimentas de colores o vasijas o utensilios como los que él ha visto abandonados en los edificios, o bien comen alimentos troceados, no en cuclillas sino en hamacas, valiéndose de unos cuchillos lisos y brillantes, del río no helado pero aún con témpanos entre los cuales nadan animales, con soles adentro, cargados de otros muds y grots.

El chico levanta una mano y la deja caer. Se le escapa un gemido de pesadumbre; en toda esa horda no hay nadie que se abstenga de mirarlo, o al menos de mirar hacia él, y sin embargo nadie lo ve. Pero él tiene su espíritu investigador. Saltando de témpano en témpano se acerca a una lancha lo suficiente para comprobar que es más grande que los animales que él conoce y admirarla antes de que la corriente de aire lo arrebate.

De todos modos parece que más le gusta caer cerca de los edificios rotos, y merodear por ahí palmeándose las mejillas; una vez se atreve incluso a subir por las piedras lisas de una caverna profunda hasta desembocar en una pieza de una sola pared y suelo seccionado donde, al frenar en seco al borde de un precipicio y girar de vértigo, descubre estampada, en azules vibrantes y rojos encendidos, tal cantidad de narices que parecen un cardumen. Algo como una risa espantada pugna por asaltarlo, y la proximidad de la risa lo pasma tanto como ver esas narices; entonces la corriente lo succiona para lanzarlo al colmo de otro rapto. Ah, ah. Aah. Los ojos bizcos lo miran con una mezcla de voracidad bruta y rudimentaria bonanza. Juguetean las narices. La lengua de la chica le lame la pelusa de la cara. Ya no puede esconderse que él acusa los lengüetazos como una pregunta perentoria y hasta un ruego; pero descontamos que no concibe cómo satisfacerlo: este bracho no tiene una provisión de signos para representar lo que le pasa. Y como la frigatita tampoco siente algo más complejo que una corazonada, no se da cuenta de que podría preguntar. Él se levanta y empieza a palmotearse las mejillas; sin embargo hoy tampoco cuenta nada.

De esta excursión ha vuelto con catarro. La mud que parece su madre lo despacha donde el viejo medicinasto, que le emplasta el pecho con hierbas y lo recluye en un rincón de su cueva.

Son dos días. La tarde del primero la chica lo busca vanamente en el barranco; al segundo, enterada de que lo están curando, se pone a pescar sola, se trenza una tiara de ramitas, se hace un colgante con la oreja de bestia que él le regaló, cabriolea un rato y está haciendo un fuego cuando, atraída por el tocado, un par de pájaros se le posa en la cabeza; son vivaces y feos como moscones. No bien ella intenta atraparlos, la burlan de un aleteo. Como tras varios manotazos ya vuelan unas plumas, los pájaros tienen que alejarse sobre el río; la provocan con trinos; ella corre a perseguirlos con un haz de ramas, se estira, se diría que bromea y también los injuria. Se prepara a dar un salto pero, como los pájaros giran de golpe, ella abraza el vacío, trastabilla y cae de bruces, con tal fuerza que el hielo se parte y por la losa inclinada hacia dentro ella resbala en seguida al agua. Y aunque solo se hunde un par de metros, cuando intenta salir a flote ya está congelada; se le ha parado el corazón. No la encuentran hasta el atardecer, cuando su gente empieza a preocuparse, y porque una especie de minorco ha estado aullando en el barranco.

En el rumor quejumbroso que toda esa noche agita las fogatas de la horda no hay desgarramiento insoportable ni actuación ritual; hay un dolor amodorrado, un intento de enajenación, la música de un desvarío. Al amanecer la horda está en calma y unos grots vuelven de entregar el cuerpo de la chica al corazón del bosque, o meramente abandonarlo. Pero ese es el momento en que el viejo da al chico por curado, y en su andanza soñolienta por el llano el chico se cruza con la partida y se entera.

Aunque por un motivo que no es protegerlo le impiden entrar en el bosque, él tampoco insiste mucho en despedirse de la chica; la pena que lo desborda es inculta. Ahí parado abre y cierra los brazos como alas de pato; se palmea las mejillas hasta enrojecerlas y mucho tiempo después se las sigue palmeando sentado en la nieve, con el resto del cuerpo inmóvil, la espalda apoyada en el tronco de un árbol. Tirita. De tanto en tanto se le escapa un chorrito de vómito como un llanto sucio. Una mud mayor le pone la mano en el hombro. Un grot disgustado le da un puñetazo. Pero se rasgan y zurcen las nubes, se pone el sol y vuelve a salir y él sigue ahí, agotando sus esbozos de expresión en movimientos cada vez más lentos, hasta que queda lo bastante vacío de una parte del dolor para que otra parte se libere. Se levanta y echa a andar cada vez más rápido. A los mayores no los ha inquietado que no comiese por unos días; pero no toleran verlo salir disparado al corazón del bosque. De modo que corren a buscarlo, lo apresan y lo encuevan.

Es una gruta húmeda, negrísima, donde, si quiere salvar la vida, por un tiempo solo marcado por su pulso tiene que ocuparse de usar bien las cosas que le han arrimado. Tiene que hacer fuego, despellejar animalejos, asarlos, racionar las partes y la leña, encontrar la gotera con que puede llenar de agua un cuenco de piedra, evitar que se mojen las pieles, impedir que el humo sature el aire, enterrar sus heces, rechazar las visitas imprevistas de otros animalejos. Las raras veces en que nada urge se sienta a clavar en las llamas una mirada muy abierta, palmeándose despacio las mejillas con una mano y en la otra dando vueltas al huesito pulido que le regaló su chica. Una vez se unta la nariz de ceniza y la estampa en la pared de la gruta; varias veces se endurece de pies a cabeza, como esforzándose por vivificar un recuerdo, o la unión de dos clases de recuerdos diferentes; pero cuando algo se le empieza a dibujar en los ojos, como si pensamientos bien encadenados fueran a materializarse, alguna tarea más lo exige y los ojos se le vacían. Al cabo de no se sabe cuánto el viejo medicinasto entra a buscarlo y le pone una venda medio opaca para que no lo hiera el sol. Afuera, cuando al cabo de un rato largo se la desata, el chico tiene los ojos límpidos. Tiene la frente lisa, la espalda agobiada, el trote instintivo pachorriento; tiene en el cuerpo desgana y un vigor inapagable. En cuanto un grot torvo lo agarra por el brazo y le pone una pica en la mano, se deja arrastrar al bosque con la partida, participa en la caza blandiendo una tea, acepta clavar la pica en una bestia moribunda y cuando lo depositan en la horda no se resiste a colaborar en el troceado de los cadáveres ni en hacerles de pinche a las muds que cocinan. Podemos decir que se ha dado cuenta, dentro de lo que está en condiciones de entender, que esa retahíla de trabajos que la horda hace lo mejor posible, y lleva rigurosamente a cabo solo para empezarla de nuevo, es para todos una fatalidad que harían muy mal en deplorar, porque si no la hiciesen se morirían; para él son la venia para volver al barranco.

Entonces vuelve. Baja la pendiente al trote y se para en el matorral, que está cuajado de yemas. El hielo ha empezado a resquebrajarse. El chico mira los lomos marrones de río cargado de bloques fundidos embistiendo el hielo que todavía persiste, llevándose los pedazos más finos, y no hay contemplación en esa mirada, ni melancolía sino deseo: más persistente que el hielo y cerril. Muchas tardes va a sentarse en la entrada de la cueva y de tanto mirar los cambios en la orilla los ojos se le ponen en blanco. Por fin en las matas brotan unos capullos violáceos. El sol ha cobrado fuerza. El chico, sentado contra la pared de la cueva, se despatarra como si hubiera perdido esperanzas. Tal vez no sea del todo así; podría ser la pena. Al rato empieza a tocarse el escroto sin efusión, pero sin remilgos; en seguida se ha puesto tieso y se está masturbando. En la mano que frota el pene hay una fuerza que solo depende de la sangre, pero sin duda detrás de esa frente vellosa y arrugada hay representaciones de escenas pasadas. Asoman en los iris, incluso, vagas, efímeras y entremezcladas por el aluvión de la sangre, como sesgos de bizquera, lengüetazos, relámpagos de soles paralelos, como rotura y superposición y se disipan de golpe cuando del pene inflamado surge un borbotón de esperma, y al instante otro, y al final gotas sueltas, y el chico las deshace en la mano y hasta se traga algunas, como sabiendo que no podrá impedir que en cada gota se pierda un poco más de la chica y otro poco del lugar de los edificios inconclusos, y hasta de los muds y grots con pancartas, y no se pueda recuperar. No por eso para de masturbarse a distintas horas, frente al sol del ocaso, frente a grandes témpanos indiferentes, frente a las plenas flores púrpuras, frente al fuego y por fin frente a las narices de la pared de la cueva. Y es mirando las narices que estampó con la chica como aprende a reducir la fuerza de la fricción y la velocidad de la mano, seguramente para darle al placer tiempo de que obre sus escozores, sus pulsaciones alteradas por punzadas y cosquilleos, su obtusa tensión, y vulnere poco a poco las resistencias y abra el cuerpo para la llegada de la corriente de aire. Hasta que un mediodía la corriente de aire lo arrebata, y acá está el chico transportado en un silbido por un aire satinado y lechoso. Encogido de hombros, con las piernas flexionadas, sin parar de manipularse, se reclina de lado preparándose para el golpe. Pero el golpe no llega. Con el silbido en sobreagudo y la carrera desbocada, la corriente da un giro completo, vacila como si se hubiera equivocado, y luego medio giro más para deshacer camino y lo traslada de nuevo a la cueva.

Acostado, mirando al sesgo la estampa de las narices, se abandona a su mano, que solo atina a obedecer a otra fuerza, y eyacula. De espaldas, los brazos en cruz, probablemente con cierta molestia para los pelos pegoteados, siente las gotas de esperma secándose como momentos marchitos y sabe, porque conoce el esperma, que al fin van a pulverizarse. Solloza un poco. Otro poco respira hondo. Se queda dormido. No sueña con la chica, porque a la chica debe tenerla presente siempre que quiere en el huesito que ahora está apretando en el puño, sino con hileras de edificios altos entre grúas abandonadas, sin terminar a causa de estafas que solo sufrirán muds y grots de miles de años después, o cercenados por vicisitudes que él no tiene cómo calificar de accidentes, como a veces están mutilados los árboles del bosque, pero lo bastante íntegros para exponer a la luz impávida cosas que la horda no conoce: una tapa de cafetera, un lavarropis, una tijera, un librátor y las estampas de las paredes.

Se levanta contrariado. Patea las brasas, sale de la cueva sin mirar las narices y echa a trotar cuesta arriba como para alejarse pronto de ese sueño en que vio lo que en todo otro lugar ha perdido. En la noche aún fría, humos irisados de carne asada se levantan de una docena de hogueras como un aliento del suelo recién desvestido; también hay grots más tradicionales devorando tranquilamente carne cruda. A medida que avanza entre las fogatas el chico modera el trote. Por fin decide seguir caminando. Muchos grots y muds lo miran como se mira al que pasa; y además lo ven.

SIMIDOLIA
Un viaje sentimental por los rostros

.

De Madiel Gris'antac
Isla Dórdica

Un domingo después del almuerzo una familia amenizaba el consabido, insulso intercambio de chismes de la sobremesa debatiendo cuál de las muchas viandas que acababan de zamparse los había embotado tanto. Desde un rincón del comedor, en un sillón frente al pantallátor, el desatento tío Misio les daba la espalda. Sentada a los mal lavados pies de ese hombre escéptico, una nena pelirroja llamada Segal'Ena se tapaba la nariz. En el show que estaban mirando tío y sobrina, varias personas contaban novelas basadas en calamidades personales supuestamente propias; el torneo duraba meses y cada semana el público votaba, no el mejor episodio, el más logradamente doloroso, sino el que le parecía más verdadero. En ese momento de ese domingo, un ex ministro de Educación describía con un virtuosismo truculento cómo el protagonista de su historia, es decir él, había decidido envenenar a su secretaria, algo senil, viuda con ahorros, antes de que el masajista que la tenía seducida la esquilmase hasta dejarla sin un centavo. Rozando con un juanete el hombro de la nena, el tío Misio se preguntó cómo podía no haber en la cara de ese político algo que revelase si decía la verdad o cameleaba. En la otra parte de la sala, la familia era un collage de saciedad y aflicción. Segal'Ena aprovechó el silencio para susurrarle a su tío que para ella, estaba segura, el ex ministro estaba mintiendo.

Aunque el tío subestimó el comentario con un bufido, un par de meses después los detectives del torneo aportaron un informe de autopsia según el cual la secretaria, que no era un invento, no había muerto envenenada sino por mera electrocución con una tostadora. Al poco tiempo nadie se acordaba de aquel narrador apasionante pero embustero, ni de la firmeza del dictamen de Segal'Ena, pero la nena empezaba a descubrir que no era de chiripa que ella había acertado. Y que, si bien no exactamente un don de adivina, tenía una inteligencia nata especializada en leer las caras como traducciones de un texto original de los sentimientos, las intenciones, las opiniones o lo que fuese que la gente guardaba en el alma.

Pronto Segal'Ena empezó a usar su capacidad. En el educatorio, sabía cuándo la compañera que iba a dar una fiesta quería o no realmente que ella fuese, y cuándo un chico la asediaba porque le gustaba ella o para vengarse de otra chica por despecho. Más adelante, ya joven, con un tacto atinado, sin vacilaciones, iba a inducir a cada uno de sus íntimos a votar por el político de mejores intenciones o de intenciones más eficazmente disimuladas, según la idea que cada uno de los inducidos tuviera de la política.

Algunos años después Segal'Ena, ya una muchacha, se había hecho toda una experta en traducción del alma. No es que hubiera desarrollado un diccionario particular de signos faciales físicos. Más que nada había puesto en claro un procedimiento: descartaba tics repentinos o constantes, parpadeos, frunces, encogimientos, desvíos de la mirada, retracción de la piel del cráneo, mínimos corrimientos de las orejas, destellos o apagones de las pupilas y temblores o pausas en la enunciación para concentrarse en la atmósfera general de un semblante y a lo sumo el timbre y la tonalidad de la voz del dueño; y daba en el clavo. No era semióloga sino una espectadora con nociones de dramaturgia; comprendía qué obra estaba representando una persona, sin prejuicios, sin sospechas, sin análisis de lenguaje muscular, convencida de que una cara no podía esconderle nada a una atención límpida.

Tratándose de una especialista en fidelidad, no es raro que fuese fiel a su momento de iluminación. Terminó formándose en la escuela de funcionarios de Isla Dórdica, eligió la rama de Ordenamiento y Equilibrio y, en vez de rendir prueba de acceso a la administración de la Guardia o el complejo securitario, se presentó al Centro de Mantenimiento de la Vida en Común. Le parecía útil para la comunidad determinar, por ejemplo, cuándo la persona que solicitaba un subsidio era honesta; y aunque le doliese practicar la denuncia, y más negar fondos públicos a individuos privados, era inflexible: *A este no, que es un tramanco – No es que la señora camelee, pero exagera.* De vez en cuando la convocaban también para decidir en casos criminales difíciles; que no fallaba nunca venía corroborado por una ristra de reos que, minutos, días o semanas después de escucharlo de boca de ella, no habían podido soportar la exactitud del juicio lacónico, casi comedido, y habían quedado fulminados por el agobio o el júbilo de aceptarse por fin a sí mismos tal como crudamente eran. Claro que a veces Segal'Ena dictaminaba inocencia; pero la facultad de discriminar al inocente del culpable se pagaba cara, porque acrecentaba hasta la angustia el peso de la responsabilidad. Todo el mundo tiene su deslizamiento tectónico del alma, su temblor, su pantano recóndito entre espesos bejucos. Segal'Ena pensaba en las debilidades humanas y se torturaba. A veces, ante el espejo, su cara le mostraba engaños más flagrantes que los que había descubierto en años de terapia mentalista. Segal'Ena era un edificio sólido y expuesto al deterioro: una academia de corrección de sí misma; siempre había algún desperfecto que subsanar. Además no descartaba que pudiese equivocarse, y una vez realmente pifió.

Una noche de otoño un actor secundario de pantallátor llamado Arlio Duruache se estaba entreteniendo con los fuegos excitantes de la Fiesta Estival del Anís cuando alguno de los borrachos que se divertían disparando al aire le metió un tiro en la cabeza. Como la bala era de poco calibre, y había perdido fuerza al perforar el hueso temporal, había pasado por detrás del ojo derecho para acomodarse en las fosas nasales. En el hospital, sangrando a chorros mientras esperaba que lo atendieran, Arlio había estornudado y la bala había salido volando. Un empecinado inspector de la Guardia quiso saber quién lo había herido. Arlio dijo que no conocía al sujeto; la justicia le pidió a Segal'Ena que colaborase en determinar si estaba siendo sincero. Entretanto habían operado a Arlio de la retina y de otras cosas; la erguida mitad derecha de la cara le relucía como puré de moras cubierto de resina en torno a un ojo azul fogoso; la mitad derecha, mejilla chupada, ojo reducido y opaco, había asimilado el dolor al costo de deslizarse hacia abajo. Segal'Ena le escrutó esa cara, un diagrama de la desgracia y el prodigio, y supo que Arlio decía la verdad. Pero supo mal. Es un modo de decir. Porque Arlio, que tenía una conciencia moral inacallable, a la semana se presentó ante Segal'Ena para notificarle que no lo había baleado un julinfo ignoto sino el desquiciado padre de un bracho de dieciocho años al que él había provisto de fraghe en una época en que el desempleo lo había forzado a ganarse unos bits vendiendo sustancias intoxicantes. Segal'Ena observó que después de los quince años nadie que no fuera un idiota se estropeaba la vida por fumar un toscanito de fraghe. Sí, claro, contestó Arlio, pero a lo que yo vine es a decirle que usted puede equivocarse. Me habrá confundido su cara martirizada, dijo ella. Sí, pero usted puede equivocarse; tiene que ser cuidadosa con sus presentimientos; lo digo porque la aprecio. Quién le dice que mis presentimientos no prefirieron colaborar con un hombre que perdona a su verdugo. Más bien colaboraron con mi remordimiento; pero dejando esto de lado, Segal'Ena, ¿acepta que la invite a cenar?

Como si el flechazo hubiese sido una orden de su tendencia a las copias fieles, y no solo porque los dos eran pelirrojos, Segal'Ena se enamoró en el acto del amor que Arlio sentía ya por ella.

Segal'Ena y Arlio estuvieron juntos un año y medio. Salvo en dos casos de parálisis facial que la habían hecho emitir diagnósticos ambivalentes, ella seguía leyendo correcta y precisamente las caras de los extraños; sin embargo algo la alarmaba, y era que muy de vez en cuando, primero con un hipo de risa, después con un asombro irritado, Arlio cuestionara lo que ella veía asomar en la cara de él. Tal vez los sentimientos amorosos no eran tan tajantes como los de muerte, codicia o poder para abrirse paso hasta las facciones; al menos cuando les faltaba la dosis de muerte, codicia o poder que tiene el amor más afilado. ¿Cuántos hombres no tienen sentimientos profundos y ligeros que no afloran porque se han agarrado a una piedra del fondo para no flotar a la deriva? Justamente por eso Segal'Ena y Arlio terminaron por separarse.

Para Segal'Ena pasó el tiempo, a su voluble modo, y fingiendo no ser tan caprichosos como el tiempo pasaron otros amores. Todos se volvían embarazosos; los truncaba un desconcierto. Por suerte Segal'Ena empezó a notar que no solo lo que ella encontraba en la expresión de sus hombres difería de lo que esos hombres aseguraban tener dentro y que sus bastante buenas conductas le desaconsejaban cuestionar;

notó que los hombres también la leían mal a ella. Este desequilibrio hacía daños a las relaciones porque, al contrario que Segal'Ena, los hombres más que leerla la interpretaban. Al cabo de una temporada ella y cada uno de ellos, sucesivamente, eran elementos radioactivos que, aunque no siempre nocivos, emitían funciones de onda desfasadas: uno se lo dijo con esta frase: *Segui, sabés, mi rostro y el tuyo emiten funciones de onda desfasadas.* Y justamente cuando rompió con ese hombre Segal'Ena tuvo el segundo arrebato de lucidez de su vida. Oportuno pero demoledor.

Lo que el trato íntimo cargado de deseo estaba delatando era, no que ella leyera mal a sus hombres, sino que sentía mal. Y esto no solo en la vida de pareja, no solo con su familia y hasta en la amistad.

Ella sentía al revés en todo tipo de circunstancias; de modo que cuando entraba a jugar el sentimiento se extraviaba. Comprendió, la verdad fuera dicha, que siempre había sentido al revés que los demás. Ahora palpaba la diferencia, y la aspereza atérmica que le recorría el torso como la mano de un médico impasible podía estar diciendo que la diferencia la palpaba a ella. Si en la ciudad campaba un ánimo de aflicción, al borde de la amargura, en esos días estaba casi siempre alegre. La gente había aprendido de escritor Scarvel que la vida era un proceso de demolición; en cambio si a ella la preocupaba la muerte, a veces, era porque podía frustrarle el proceso de construcción permanente. Otros festejaban el poder refrescante del cóctel de fesbulot con hielo; a ella en cambio la fastidiaba que el dolor de dientes le estropeara el sabor de un fesbulot frío. Todo esto Segal'Ena podría haberlo atribuido a un espíritu rebelde, y mejor aún a un ímpetu de libertad, pero se había ejercitado tanto en la atención sin preconceptos que no iba a responderse con generalidades. Andaba con las cejas siempre mojadas; y no porque sudase de inquietud: era por esa llovizna incesante de preguntas. La gente salía más afectada del teatron cuando una obra de criminales o intrigantes transcurría en su isla, y más si era de un dramaturgo local; en cambio a ella un drama violento la desazonaba más cuanto más lejos de su isla estaba ambientado. ¿Y por qué le parecían tristes películas que hacían reír a la gente de principio a fin? Ese desacuerdo de recepción se le hacía irreversible y le reventaba, porque en las películas tristes le gustaba llorar a moco tendido, y qué difícil era llorar entre espectadores que se descosían a carcajadas, por ejemplo si un personaje tropezaba en la calle, por más que la vergüenza de caerse en la calle fuese hiriente. En algunos casos los espectadores se reían viendo sufrir a animales, como los pájaros decorativos guardados en jaulas sinfín; para esa gente los animales eran otra cosa, una subespecie; y Segal'Ena, que por su parte no veía una gran diferencia entre ella y un dirdul pinto, los habría acogotado. Tal vez su vida fuera una regresión constante al estado de niña rara. Al dirdul que tenía de chica y mimaba tanto le había puesto Sérkugo –como el Apestoso Hombre Huraño de los cuentos de miedo que le leía el tío Misio–, para recalcar cuán poca gracia le hacía que la gente se riera de los monstruos. Sin embargo le costaba contener la risa frente a un enfermo que vomitaba, frente a la prueba de una hipocresía o una traición entre hermanos, fuera en la realidad o en películas, y hasta cuando una despedida incomprensible entre amantes partía los corazones. Le costaba tanto contenerse que al final se reía, y entonces otros espectadores la miraban de refilón y a ella le remordía la conciencia.

Así ha seguido Segal'Ena, riéndose cuando no había motivo y llorando en medio de la algarabía. Fueron años difíciles de juicio a contramano; de fe en su mirada de trementina mantenida en base a una inmadurez constante. Y hoy, después de varios romances pasajeros, después de haber sondeado acertadamente tantos fundamentos humanos, si algo no querría Segal'Ena es posar ante sí misma de rebelde; últimamente se pregunta todos los días si no va a ser una niña perpetua. Es que además los consuelos no la tranquilizan: la sacan de quicio. El criado virtual de Segal'Ena prepara todas las mañanas una máxima para ofrecerle junto con la taza de cafeto. Un día la desayuna con esta: *La vida es frágil como una telaraña y el viento sopla y sopla sin parar.* Segal'Ena traga un sorbo de cafeto y se ilumina: se da cuenta de que el amor de ella por un hombre nunca va a durar, ni va a durar el amor de un hombre por ella, cualquier hombre, si ella no se las ingenia para manejar sus reacciones. Pero no cree que pueda manejarlas. ¿Y disciplinarlas? ¿Adornarlas?

Un día la invitan a que calibre las posibles verdades que se dicen en un debate entre candidatos a Réctor de la ciudad. Segal'Ena rechaza la invitación, porque una promesa electora de reducir las emisiones de grodotexamina bien puede ser una mentira que, sin embargo, permita al candidato, cuando se encarame en el rectórato, erradicar la inescrupulosa industria de la cuasicarn. Detrás o debajo de una verdad escondida, a cualquier temperatura que esté, puede haber varias otras verdades glaciales o candentes. Debajo de la fidelidad a la niña que fue Segal'Ena puede haber un sabotaje a la Segal'Ena amante adulta. ¿Se está quemando Segal'Ena? ¿Va a chamuscarse? Le dan ganas de volverse del revés como un chaquetón, mostrarse el forro, que caigan los bits de metal perdidos en la entretela, pero no tiene de donde agarrarse: no hay bordes en ella, no hay mangas ni dobladillo; es un pellejo inasible y quizás impermeable. No es que el fracaso la frustre, porque al mismo tiempo descubre que todo el mundo es un poco así, una sola superficie continua, pero la entristece. Resignadamente, en vez de volverse del revés Segal'Ena se vuelve contemplativa.

Ahora, la contemplativa Segal'Ena mira las caras sin indagarlas ni entenderlas, los cuerpos sin oír murmullos soterrados, las laderas de los cerros de Lagrinach sin deseos de escalarlas, las cosas sin deseo de desarmarlas; mira cinco o siete minutos la esfera del reloj del cocinerillo, la hoja entre cientos de hojas hasta que deja de saber qué culinchas está mirando, y pasado un lapso de inocencia, sea lo que sea lo que tiene enfrente, la gana una especie de despreocupación y en muchas de las cosas que mira empieza a ver formas que no son eso que supuestamente está mirando. En lugar de entorpecerle esta empresa entusiasta de los sentidos, el trabajo ya burocrático de valorar sinceridades la estimula. Segal'Ena ve un demonio con una pipa en la humareda del incendio de una fábrica de tejidos, la cabecita de su canario en el peinado de la esposa del Réctor de la ciudad, el pie con juanete de su tío Misio en una mancha de aceite en el pavimento, la maravillosa asimetría de las facciones de Arlio en la costra de un pastel de requesón, una mujer alzando un brazo al cielo en un enjambre de abejas; ve la frase *no está permitido abandonar la tarea* en las escamas del lomo de un bagre, un contable dormido sobre su escritorio en el oleaje que levanta una lancha en la laguna Synnah. Ve una chica leyendo boca abajo en una alfombra enrollada, la figura flaca y algo rígida de su amiga Paghy en una lámpara de mesa. Se ve a sí misma en las manchas de la pantalla de un cinema cuando termina la película.

Días más tarde el viejo tío Misio le va a decir que está somatizando; que alucinar formas en los objetos no es exactamente una enfermedad, pero es un síntoma y se llama *simidolia*. En cuanto el tío emite el diagnóstico la cabeza de Segal'Ena lee la denominación al revés, o bien la lee correctamente: lee el comienzo de una estrofa poética, ¡*Ay, Lodimis*...!, y recuerda cómo seguía ese responso que le enseñaron en la escuela: *la vida es frágil como una telaraña...* Poco después, una noche la penetra subrepticiamente un mensaje entretejido en la letra de una canción de moda; está en un dialecto que ella no conoce pero se le instala en la cabeza como una garrapata sonora. Esta invasión verbal es un suceso que no la conmueve ni se repite. Sobre todo porque con el paso del tiempo y el espacio mental que Segal'Ena obtiene privándose de juzgar expresiones, de tanto en tanto ve en una cara la forma de esa cara misma, una duplicación de los rasgos que no es una copia y, si bien no es perfecta, tampoco es una falsificación sino el fruto natural de una actividad física espontánea, una escultura orgánica salida de un alma ávida de darse.

La fidelidad de esas caras a la información que propaga su forma la conmueve.

Una tarde de otoño, para darle a la mente el permiso de alisarse que viene pidiendo, se sienta a mirar cómo valsea el río entre las luces cambiantes de la bahía. En el mismo banco hay un hombre con un botello en la mano; bebe a sorbitos medidos, y entre un sorbo y otro saluda por fin a Segal'Ena, le advierte que va a molestarla muy poco, pero que no puede callarse, y le pregunta qué está viendo en el río, porque la nota muy atenta. Ella le contesta que francamente en este momento no ve nada; nada más que el oleaje apacible del río. El hombre dice que, si con tanta atención no ve nada más que lo que está viendo, quizá sea porque espera algo; ¿qué espera? Bueno, no, no es que espere, dice Segal'Ena, pero tengo la impresión de que un día de estos me voy a enamorar por un tiempo largo.

El hombre le pregunta si quiere que brinden por el presagio. Ella le pregunta qué está tomando. Cerveza de hueso humano, dice el hombre: hecha de cebada y lúpulo, como tantas cervezas, más unas tazas de hueso molido de un pariente que uno quiera recordar antes de que lo entierren. O de que lo incineren, matiza Segal'Ena, ¿no? El hombre, asintiendo, dice que todavía hay gente que sepulta a los parientes queridos enteros, salvo un hueso que después muelen; el ingrediente le da a la cerveza una picantez incomparable, porque no hay nada más cierto que el hueso, ¿no?, y su meollo. Segal'Ena pega un sorbo, deja que el amargor o la picantez la estremezca, pega un sorbo más y devuelve el botello.

Cerveza de hueso humano, se jacta el hombre; un invento mío.

Segal'Ena lo mira.

Es una broma, dice el hombre; uf, seré caradura.

No sé, contesta Segal'Ena; no sé cuál de las dos cosas es verdad; pero no se preocupe.

EL TESTEADOR
Una película sobre el trabajo

·

De Brat Imahel Tualan
Isla Jala

Detrás de los ventanales un soplo estival mece las ramas de los madalcos de una avenida; más allá, el célebre quinteto de torres de Isla Gala espera perpetuamente que los desmedidos humanos terminen de construir la más grandiosa; los pilares de gofibral que sostienen el remate son tan finos y tan altos que no se ven casi y el edificio parece un gran gusano erguido y sin cabeza. Como previeron los urbanistas, por ese gran resquicio se divisan las desconcertantes formas del macizo montañoso de Ditz, que lanza su convocatoria a las empresas descabelladas, la ambición temeraria, la salvación económica mediante empleos peligrosos y las capacidades de trabajo poco comunes. De la roca insolada se desprende un vaho de desesperación.

De este lado del ventanal, en salas de administración pública delimitadas por múltiples paneles indicadores, funcionarios apremiados y un gentío serpentino se entregan a los requerimientos de la existencia laboral. Robotos de fajina distribuyen papelitos y aspiran el polvo. Enfrente de uno de los despachos, mujeres y hombres vestidos con la decencia a sus respectivos alcances, esperan que las cifras escritas en las tarjetas que les han provisto titilen en un letrero que indica: *Examen de Proporción Emotiva.*

En este momento la puerta de la oficina se abre para dar

salida a un muchachote de sonrisa embobada. Detrás de su escritorio, el testeador completa unos datos en un regíster, respira hondo y aprieta un botón. No lo hace a disgusto. A despecho de los miembros pesados y cierta tumefacción, se concentra en su imprescindible imparcialidad con una actitud ligera. Se ajusta el corbatín y estira los puños del guardapolvo. Cuando el nuevo solicitante entra, le ordena a la puerta cerrarse y al hombre que tome asiento. Buenos días, Domduí; defina su ocupación, favor. El solicitante muestra los soportes de análisis de espectro que tiene instalados en el brazo derecho. El testeador le explica que debe ser bien explícito. Ah, cut: soy clasificador de vetas de maquinio reutilizable; calculo los porcentajes de verdadero metal que tiene un yacimiento. Ah, bueno; un trabajo de grutas profundas, ¿verdad?; ¿y cómo se siente hoy? Febón, ¿por qué? Quiero decir, Domduí, si está preparado; voy a proceder a mostrarle unas imágenes. Alante, señor.

Tecleando el regíster como si arpegiara una canción conocida, el testeador enciende el mural que tiene a la espalda; se frota los dedos mientras prepara reflexivamente una selección. La envía. El mural se configura en una situación: tendido en una cama hogareña, se ve a un hombre de edad mediana que procura respirar. Desde el techo de la oficina habla una voz tirando a femenina pero grave como un rumor de tormenta alejándose:

Novelista Nádemim está muerto.

El solicitante, inmutados los músculos faciales, no hace más que asentir. El testeador le observa el semblante y teclea. En seguida aparece un cuerpo veterano caído al borde de un campo de balompo y la voz dice: *Entrenador Magta está muerto.* Sigue una mujer alimonada que no logra encajarse bien una cofia; la voz dice *Culinaria Merpelet está muerta* y, como si le hubiesen soplado la oreja, el solicitante sacude un hombro. Cuando aparece una nueva imagen, un joven terroso de traje celeste, la voz del techo calla; olvidando que el examen no es de cultura general, el solicitante se apresura demasiado a llenar el blanco: Este es Cantor Stéval Aó; está muerto. Crispa el puño con disimulo, pero el testeador le escruta más que nada la cara y teclea. Después de una serie de siete difuntos más, algunos del pasado no tan cercano, aparece un trabajado cuerpo de mujer inerte en una playa; los pechos compiten en volumen con las desoladas dunas del fondo. La voz no la identifica, el solicitante se yergue en la silla, abre los labios como si le quemara un bocado y el testeador le clava una mirada neutra. Ah, sí, más bien, qué boldoqui soy, si es Nadadora Pariguet...; pero yo no sabía que estaba muerta. En efecto, le dio un cardioblot mientras cruzaba el estrecho de Tondey, murmura el testeador, apenado no se sabe por cuál de esos dos humanos, aunque el esfuerzo de enviar otra imagen da un indicio. No porque lo amilane haberse mosqueado, sino porque la corriente de muertos no se detiene, el solicitante se hamaca en la silla, no mucho, y para responder con seguridad se friega un muslo como si ablandara un durazno inmaduro. Cuando la voz del techo derrama *Actriz Miranna está muerta*, la expresión del hombre se retrae, pugnando por no desbandarse en el interior, y, como si asomaran al campo que el hombre les deja, todas las imágenes que acaban de desfilar salen del mural y se aglomeran con un sinfín de imágenes más, verdaderamente un sinfín, hasta que la multitud de muertos de una historia de ciclos y estarcos recibe las fuerzas opuestas del aire acondicionado del edificio, echa a girar, se arremolina, se adensa, cobra altura y al acercarse a una lámpara cenital se disipa. El despacho se explaya en su quietud. El hombre baja los ojos sin rencor ni melancolía. Se lo ve satisfecho, como si un olvido espontáneo le diera la llave de propiedad de sí mismo. Es todo, Domduí, dice el testeador, y teclea; favor, pase a la oficina de Articulación. A medias levantado, el solicitante pregunta: ¿Voy a poder firmar contrato? En Comprobaciones le van a comunicar si está autorizado, responde límpidamente el testeador. Y mientras... qué decirle: es media hora o menos, sea paciente. Pero ahora, favor... yo tengo a muchos esperando. Domduí sale.

Parpadea un número en el cartel. La que entra ahora en el cubículo es una mujer de piernas palatinas, torso animoso y cartera cruzada; tiene el pelo color durazno y cachetes firmes y ojos alegres. Es canalizadora de equipos de rastreo. El testeador confirma que está preparada y enciende el mural.

Bióloga Sereniti está muerta – Cirujano Afonsí está muerto – Peinador Geshía está muerto – La nena gimnasta Rebita Milmeí está muerta – Cómico Dazalpé está muerto – ... – ... – Novelista Brío Rosa está muerta – ... – ... – Legislador Naques está muerto – Arqueólogo Trezgau está muerto.

De momento no hay un solo recordatorio que altere la naturalidad piadosa con que la mujer reconoce asintiendo, varias veces a cada imagen, tan cadenciosamente que el testeador se permite balancearse apenas en su silla. Además la mujer provee al instante las identidades que la voz se salta. *Ese es cocinero Summuco; está muerto – Ah, sí, bailarina Aragueña; está muerta.* Pero a medida que la serie avanza empieza a coronar los asentimientos echando la cabeza atrás, como orgullosa de reconocer a la cofradía, con lo que el balanceo de la melena oscura enturbia la iluminación pareja del despacho; y como ese gesto empieza a repetirse tanto que casi reemplaza al otro, quizá para que no lo anule del todo y de paso anule la presencia de los muertos, el mural lanza al aire toda la serie, en tres dimensiones, confundida con buena parte del pueblo de muertos de la historia, al menos la historia que recordamos. Ofuscada por la reverberación que causa el cabello ondulante de la mujer, la multitud de muertos se aprieta, se espirala, echa a girar, se eleva al techo y en cuanto lo ha ennegrecido se disipa. Toda la humanidad de muertos se ha recogido en una sola ausencia. La mujer se encorva de decepción y mira al testeador. A punto de encogerse de hombros, él se controla y neutralmente le indica que seguidamente pase por Comprobaciones. La mujer sale más como una testigo perpleja que como una aspirante cuestionada. El testeador menea la cabeza y, uno diría que algo minado él también por el obituario, llama a otro.

Este es uno de esos señores de edad que postergan la hora de jubilarse. Dientes rehechos, tez como cáscara de kiwi y un prognatismo estatuario. Deja en el tablero una foja de antecedentes que no le han pedido en esa oficina, pero el testeador se aviene a hojearla. Si bien evaluar las condiciones de terrenos subterráneos es una especialidad infrecuente, por muchas razones ya no es tan requerida. Esto justificaría la sospecha de que el señor se ha tomado un par de comprimidos de Atrevol, aunque quizá se le esté pasando el efecto.

Neuralista Halefel está muerto – Actor Promet está muerto – ... – Regidora Tabolasói está muerta. Cuando la voz calla el hombre nombra a disquero Nanui y economisto Espuné, pero un escrúpulo le dicta no agregar que están muertos, y haber tenido ese reparo lo afecta. Mientras sigue la serie, la poderosa mandíbula pierde consistencia ósea y se vuelve un budín. El testeador lo observa y computa. Cuando la multitud de muertos invade el despacho y empieza a girar, el señor no espera a que el vórtice desaparezca para levantarse. El testeador lo despide sin pestañear, ajustándose el corbatín nada más, como si supiese por experiencia que al señor pueden negarle trabajo pero no van a vencerlo.

Ahora entra, presentándose a la vez como Ram Foskama, un cuarentayalgo muy gordo, alegremente extrovertido y como conforme de no llegar a la euforia. Estira a los lados de la silla la amplia camisola que le esconde los rollos. El testeador ingresa sus observaciones en el regíster y no se guarda la conclusión: Hasta hace dos años usted fue no vidente y una operación le ha desbloqueado los ojos. Sí, como si volviera a nacer, dice el gordo, con una sonrisa sin rumbo que conserva del lenguaje físico de los ciegos; ahora soy operador de orugas socavadoras. Veamos, portanto, bromea el testeador, y envía las imágenes. La voz las presenta, no a todas.

Constructor Game está muerto – Devota Walka está muerta – Bailarín Bruno Radek está muerto – Oso Bei está muerto – Perrita Ceremina está muerta. La serie se derrama sobre la gordura jocunda del solicitante como un abono para una emoción templada y una cultura media de donde brotan los nombres que la voz esconde: Ese es reformador Hayalo, que está muerto; ah, luchadora Belé; está muerta. El solicitante lo dice todo con mesura y sensibilidad; pero quizá con un aprecio excluyente por la vida viva, que se manifiesta cuando, si bien con el mismo tono atiplado, dice: Y esta es pintatriz Mánseroch; desgraciadamente está muerta; pero, agrega mirando en la punta de un dedo la lágrima que acaba de barrerse del ojo, la marca de su pincelén es eterna. No bien se ha sacudido la fugaz sorpresa, el testeador anota el detalle, y entonces los muertos caen, se funden con otros, se aglomeran, apelmazan, se desmenuzan y como una polvareda se desvanecen detrás de la luminaria del techo, en un óvalo de tiniebla que oculta incluso la eternidad. El solicitante no se cohíbe tanto como para no preguntar si le van a dar el permiso. Antes de que el testeador atine a contestar, la tiniebla se expande a todo el despacho como si se hubiese cortado la luz. Es un instante, pero basta para que el hombre se vaya, bamboleándose en busca de las ventanas.

El que pasa a sentarse es un sujeto de edad encubierta, bajito, orejudo y de ojos bicolores muy juntos, como asociados a un pensamiento complejo. Buenos días, Stilgelé, saluda el testeador: ¿su profesión? Yo busco, proveo y raciono fluido energético para casinos. Una mercadería delicada de negociar, ¿cut? Depende del carácter, dice el sujeto; y de que uno trabaje bien, si le dan trabajo. El testeador hace su selección y envía la serie. La voz del techo se ha vuelto andrógina.

Ingeniero Umuc está muerto – Mediadora Brofmánich está muerta – … – Liberador Ca Dogu está muerto – Piloto Sinuja está muerto – … – Folletinista Rastanou está muerto. A punto de aflojarse el lazo del corbatín, el testeador recapacita y se lo ajusta. Se diría que le cuesta creer que el solicitante reciba cada goterón de muerte con la cabeza ladeada por un esbozo de inmunidad, como si mirase un partido de balompo desde lejos. Este sujeto conoce dos de los nombres que faltan, desconoce otros dos y cuando no atina con uno más, sin enderezarse en la silla, observa: Igual vamos a morirnos todos, ¿no?; todo quinoto es un muerto que camina. Rápidamente el testeador aprieta una tecla y la voz del techo replica: *¿Usted cree?* Bue, dice el sujeto, bastante despreocupado, ¿quiere que se lo firme? Tampoco es que lo angustie el resultado del examen, visto que se levanta antes de que le indiquen adónde tiene que dirigirse. Cuídese, le dice el testeador a la espalda que se aleja, y tuerce la nariz como si la frase no lo satisficiera.

Pasan, reaccionan o no y reconocen o no tres solicitantes, un barman, un mantenedor multiuso, una corpotransformer, los tres con modificaciones o incrementos faciales que al testeador podrían dificultarle medir bien los gestos si no fuera porque en el momento en que los muertos colman el despacho las tres caras se empantanan en un pasmo que se las va tragando. Hasta el espectador del filme sabe que un individuo de pasmo fácil no es garante de buen trabajo. El testeador se toma el mínimo recreo de frotarse el ceño. Se suena la nariz y llama. Entra una muchacha de unos treinta años, pelo castaño encerado y apretado en un bollo, larga nariz recta, cuerpo fuerte en su languidez y unos ojos de cerveza que hacen de la agitación una espuma. Se sienta sin dudas ni suficiencia, dejando que la silla la reciba como un anfitrión a una invitada. Señorita Latiashe... Señora, señor, puntualiza ella. Jarái, perdón, dice el testeador, y teclea, y le pregunta de qué se ocupa. Soy igualadora de conflictos de tráfico. Eso demanda tacto, ¿no? Sí, dice ella, asombrada como si nunca lo hubiera pensado. ¿Está lista? ¿Para qué? El testeador otea el amarillo vestido intemporal y el maquillaje prudente de las grandes elipses de los ojos. Es una cara, y la atención del testeador lo corrobora, que incita a buscarle parecido con otras pero no lo facilita. En seguida verá, señora Latiashe. El testeador activa el mural y despacha la serie; al oír la voz ronca, la muchacha alza los ojos curiosos al techo, pero el testeador le pide que se concentre en el mural.

General de la Guardia Dalambui está muerto – Juglar Cuitu está muerto – Tía Benia está muerta – ... – Mentalista Izetián está muerto. La muchacha atiende al desfile con una atención firme que no cae en la reverencia. De los ojos elípticos se abre paso a las facciones un embrión de acuerdo; la cara despide el último resto de agitación, como si hubiera alcanzado la conformidad con un dolor viejo y procesado. Aunque el primer silencio de la voz la sorprende, no desconoce la figura: Musiquero Huésbar; está muerto, dice con una pizca de pena. El testeador suspende el sonido de nuevo. La muchacha murmura: Elefanta Karu; el dibujiti; está muerta. Si esta vez al testeador le cuesta más combinar la observación con las notas es porque por la cara de la solicitante se distribuye una actividad particularizada, minuciosa, como si fuera encontrando ilustraciones fieles en el libro difuso de la memoria.

Novelista Ovrutsa está muerta – Filmador Menges está muerto – Presidenta Tishawn está muerta – Falsario Sabbag está muerto – … – Animador Nateet, susurra la solicitante para no perturbar el cadáver trajeado a punto de entrar en el cremátor. Como si esa discreción los convocara, los muertos se desprenden del techo en una muchedumbre, intiman y se ordenan en un cilindro, un cono, una rosca, luego en una cinta que gira y sisea y cobra velocidad hasta hacerse esférica como un planeta; y entonces, al calor de una estrella menguante, se sonrosa, se acalora y cuando parecía inexpugnable estalla blandamente y hecha rocío llueve sobre el escritorio, cada una de las gotitas una chispa de muerto que promete un canto pero no lo entrega, y al dar en las cosas y los cuerpos suelta un destello y se apaga.

Pausa. Un instantáneo zigzag se dibuja en el puente de la nariz de la chica. Hay una inflación asimétrica de las aletas nasales. Acá huele a laurel, dice y la boca se le abre en un ahh de frescura. El testeador alarga el cuello para atisbar ahí adentro con ojo clínico, pero rápido; y antes de que la chica se reponga ya está otra vez reclinado. Ella se pasa un dedo por el entrecejo, con lo que solo ahora se ve que en ningún momento ha soltado la cartera. Bonito, ¿no?, dice el testeador. Sí, muy lindo, dice la muchacha, y nada más, con los ojos apenas empañados. El testeador termina de anotar. Sabe, señora Latiashe, usted tiene dos caries en los molares superiores izquierdos. Ella se los toca y sin sacar el dedo de la boca dice Ya lo sé, señor, pero tenía que conseguir trabajo. Le conviene curárselas. Más bien, dice ella repentinamente contenta,

241

¿y ahora? Cut, cut, en Comprobaciones le van a comunicar si está autorizada.

Cartera colgando del codo, paso largo y un poco tieso, la joven señora Latiashe sale y se pierde por un corredor con un leve baileteo del ruedo del vestido. El testeador repasa lo que ha anotado, añade algo, envía el recuento y fonea a un compañero para avisarle que le delega el resto de la cola de espera. Una vez la puerta se ha cerrado, se afloja el nudo del corbatín. Echa el torso adelante, como si eludiera una larga trifulca entre una satisfacción esporádica y una pena denodada, y después de tomarse un ratito para inspeccionar el regíster, carraspea y aprieta una tecla.

Exploradora Togasz está muerta – Detective Mench está muerto – Performador Tatuic está muerto – Estrella Tauica está muerta – Pacificador Avu Nos está muerto – Piratesa La Sombra está muerta.

El testeador ha entornado los ojos. Un suave resoplo le agita el mechón de la frente. La espalda recibe cada epitafio como un sello de goma, y la expresión se vuelve meditabunda, y calma dentro de todo, aunque los músculos de la cara se le mueven como si reaccionasen a la tirantez de una cicatriz. Así inclinado aprieta un botón. La voz cesa pero no las imágenes y el testeador no necesita mirarlas, o cree que no necesita, para murmurar las leyendas.

Físico Lenan está muerto
Novelisto Bob está muerto
Testeadora Alaguí está muerta
Testeador Ga Mamambuí está muerto
Amador Jem está muerto
Diarista D'Evanderey está muerto
Panconcienista Wiraldo está muerto
Palabrista Ehmuni está muerto

Del susurro, la voz del testeador pasa al ronroneo. Poco a poco sube el volumen, aunque la neutralidad se mantiene, y es de temer que se oiga en el corredor.

Luchador Fiera está muerto
Director Rottiotund está muerto
Terapeuto Glich está muerto
Prima Asofí está muerta
Primo Peeri está muerto

En eso se abre la puerta y asoma una cabeza con pelambre negra y una nariz como achatada por varios golpes entre dos ojos preocupados. En la solapa de un guardapolvo más oscuro que el del testeador hay una esquela con la palabra *Comprobador*. La boca regordeta dice: Pero Gabaldí, ¿qué hace? El testeador no se sobresalta. Me entreno, señor, o no sé, me pongo un poco en la piel de ellos. Cut, cut, se comprende; pero ya es demasiado; hágame el bien: salga un rato a tomar un refreshi, dice el comprobador; es una orden, agrega con una risita cortada de melancolía, y se va después de abrir del todo la puerta.

El testeador se endereza despacio a la vez que se vuelve a ajustar el nudo de la corbata. No se diría que está abrumado. Mete un chip en una ranura y un paño del mural de atrás se desliza abriendo paso hacia un patio de tierra de recio diseño institucional. Uno de los lados da a buena parte de la repartición. A la sombra de un magnolio que empieza a florecer, el testeador enciende un cigarreto. Da cinco, seis pitadas mirando las correrías de una ardilla por el tronco del árbol. Más arriba en la copa se ha posado un dirdul que no se decide a gorjear. Hay otros funcionarios por ahí, con guardapolvos de distintos colores, hablando en voz no muy alta. Como para amenizar el momento, o sacarle provecho, el testeador se coloca un farphonito en la boca y le sopla un número. Aló, Naraí, ¿cómo estás? Lo que viene es la característica alternancia de palabras

243

y silencios de los diálogos farphónicos de película. Sí. No, respirar ya respiro mejor. Como siempre. Y, más o menos. Con todos los puestos que hay. Minero, ninguno. Pero hubo, no sé, parecía lluvia de luz. Es largo, mejor a la noche. Sí, lindo. Chiribazo, sí. No. Sí. No, tengo para tres horas más. Calculo que a las siete. Cut; ¿hace falta que compre algo? Cut, un biscuito. Apaga el cigarreto. Se estira el guardapolvo. Saluda a un colega alzando las cejas. Afloja los hombros. Vista a través del vidrio del patio, la repartición es una vasta llanura de un país de antesalas. El testeador le echa otra mirada a la ardilla y vuelve al despacho.

LA NOCHE DE
LOS RABANITOS
Una película sobre el hogar

·

Dirigida y actuada por Frina y Gor Almukalci
Isla Kump

Esta película vuelve sobre una cuestión que hace unos estarcos era candente y acaso nos siga quemando. Desde los primeros minutos la historia nos hace pensar que:

Ni la unión de personas del mismo sexo, ni el equilibrio de tres cónyuges heterosexuales en el llamado trimonio, ni la crianza de niños en comunitayos, ni la atribución del rango de pariente al animal doméstico, ni siquiera la fantasía del solteronato perpetuo, nada, ninguna figura legal, moral o poética ha logrado despejar los turbulentos misterios de la pareja.

Porque, como todos en el Delta Panorámico sabían ya en otros tiempos pero olvidaban a la menor excitación, para terminar con las agotadoras polaridades de la relación continua de a dos antes habría habido que eliminar las deliciosas taquicardias del amor, que en un santiamén podían transformar un simple, espontáneo deseo de copular en anhelantes proyectos de compartir comidas, aficiones, distracciones, cama, líquidos corporales, muchos o pocos bienes, capacidades, deficiencias, recuerdos y sueños. Y lacras también. El coraje petulante que suele infundir el enamoramiento escondía la masa doble de inevitables ruindades personales, como un fragante vapor matinal le oculta a una ciudadela feliz la monstruosidad de una horda hostil que avanza por la llanura, formada por tránsfugas del propio bando. Cuando los amantes querían darse cuenta ya eran una familia, y mantener el amor indemne bajo las andanadas de los monstruos pedía una constancia que pocos podían desarrollar entre tantas tareas de mantenimiento.

Así estaban Flom y Turtu Naboika, de Isla Kump, con sus necesarios deberes laborales y sus dos hijos, varón y nena, porque según los afectivistas un solo hijo solía ser fuente de leve infelicidad. Como recompensa por los apuros en llevarlos y traerlos de la escuela, la práctica deportiva, el musicalio, la instrucción urbana y los festejos, por jugar con ellos y criarlos aptos de cuerpomente, se esforzaban por atender los dos solos sus empresas preferidas, como preparar juntos la cena, ver performances musicales, leer codo a codo, dar un paseo al anochecer y sexuar a la hora de la siesta. Se querían mucho y se hacían bien y lo pasaban bien. Pero el trabajo de complacerse es exigente, la satisfactoria soledad de dos contiene las frustradas peroratas de cada conciencia individual (ya sabemos cómo se acumulan estas cosas), y de vez en cuando una desavenencia furtiva, paf, transformaba de golpe las abstraídas expresiones de cariño en miradas de tungsteno. Ese era el primer indicio de la *escupida del inframundo* que hasta los afectivistas tienen catalogada pero ya han renunciado a prevenir.

Un viernes a la noche, exhausta al cabo de la semana, Turtu preparaba amorosamente una ensalada compleja; al cuarto pedido de ayuda que ni Miminique ni Arho respondieron, se puso a sermonearlos con un encono que más iba creciendo cuanto menos caso le hacían los chicos. No bien intentó zamarrearlos, Miminique corrió a encerrarse en el baño y Arho encendió su silbótrono y se puso a tocar un tema nada dulce de Nor Granizo. Flom le preguntó a Turtu qué gunches le pasaba. Nada, dijo ella volviendo a la cocina; ¿dónde están los rabanitos, cuti? Ah, esta tarde me comí cinco y los demás los tiré porque se habían estropeado. ¿No te avisé que eran para la cena?, rabió ella. Uy, no me di cuenta. Eso es porque no escuchás cuando te hablan. Él levantó el tono: Tur, cuti, no es para tanto. ¿Ah, no?, ¿no es para tanto que vos decidas qué podemos comer todos? Más alto: No es para tanto. Más alto: Es para más; y no sería si en vez de aullar supieras disculparte. Perdón. No se pide perdón a los gritos. Bueno, enseñame vos cómo se pide. No chilles, cínico. Mirá que sos rencorosa. Ella ya lagrimeaba: ¿Tanto te rebaja comprender a la gente? Y vos... vos sos la estrella de la ansiedad. Bajá la voz, demente. ¿Cuántas órdenes más vas a darme?

Sobre el intercambio caían los riffs cada vez más virulentos del silbótrono del hijo y el llanto luctuoso de la nena. Poseídas por una variedad de muecas ni bestiales ni humanas, solo asquerosas, las facciones de Turtu y Flom se endurecían como resina, escabrosas, anfractuosas, fractales, rotas. Una que otra frase se distinguía. Mirá cómo ponés a los chicos. ¿Yo, yo pongo a los chicos...? Haceme el favor. Flom fue a la sala y le arrancó el silbótrono a Arho, con tal ímpetu que el chico cayó de culo; ahora sollozaba a dúo con la hermana. Turtu le agarró la mano: Cómo podés ser tan animal. Sos vos la que me transformó en esto. Hubo un silencio perforado de jadeos. Aunque una esquina de la mirada de Turtu pedía que parasen de algún modo, la voz se adelantó a acusar a Flom de envenenado, sádico y cobarde. Sin cavilar mucho, él dijo: Vos sos igual que tu abuela; arruinás la vida de todos. Azorada, como de ver cuán empeorado podía devolverle lo que ella decía, o de presentir lo que podía llegar a escupir ella, Turtu se debatió entre el odio por Flom y el ruego interno de que recapacitara, pero del tironeo surgió una expresión inquisitiva imposible de interpretar en ese marco, por mucho que uno se aplicase. Sin embargo Flom se aplicó; pero hasta un punto; en el punto siguiente, arrancó hacia la puerta de entrada, descolgando de paso su paletó del perchero.

Dio la impresión de que el amor, agujereado por el tiroteo, se escabullía por la ventana para dispararse hacia el cielo, como si quisiera transformarse en nube, esa especialidad suya, a la espera de la ocasión de llover de nuevo sobre la casa. Turtu temblaba de furia: ¿Así que el señor decide él solo cuándo se termina la conversación? Flom se agarró la cabeza con las dos manos, como frente a los gastos e ingresos de un libro de contabilidad existencial. Los llantos impidieron oír si anunciaba que iba a ventilarse un rato.

Salió, cuidándose de no dar un portazo. Mientras bajaba en el ascensorio oyó el remate de ella: *Esto no se le hace a nadie.*

No por eso dejó de lanzarse a la calle, ni paró de caminar a paso vivo por un cuartier de edificios decentes, con su bronca respiración como timbal, cinco, siete, doce cuadras, entre robotis de comida a domicilio y cangrejos recolectores, y una profesora de vuelta del instructorio, y una ambulancia que recogía a un enfermo, y cápsulas de la guardia anticrimen, y grupos de jóvenes ateridos de expectación nocturna de viernes, hasta que llegó a un parque colgante.

En qué ciudad pasaba esto no podía discernirse; todas las ciudades de Isla Kump son casi iguales. Como se hace en cualquier ciudad, Flom dio unas vueltas al parque, hasta que el cansancio y la evaporación le nublaron tanto los ojos que dejó de ver la herida que había sentido al salir, o le pareció una herida inocua, y le compró un cigarro a un expendedor y se sentó a fumarlo entre los nabuclos. Había asomado la luna. En la luz blanquirrosa el despecho se consumía, dejando a la vista de Flom la magnitud de su bajeza. Sobresaltado, doblado de arrepentimiento, se levantó y apuró el paso para volver a su casa. Corriendo saludó al porterecko y subió hasta el tercer piso por la escalera, como si la velocidad anulara todas las escenas anteriores. No había llevado las llaves. Tocó el timbre. Le abrió la puerta un hombre exactamente igual a él: camisa azul, lustroso pelo oscuro, nariz con carácter pero algo chata, todo lo mismo salvo el paletó, que no se alcanzaba a ver si estaba colgado en el perchero. Flom no se rio, como si no le respondieran los músculos. El otro sí, aunque no de asombro, en absoluto de asombro, y le preguntó qué se le ofrecía. Esta es mi casa, dijo Flom, y el otro hipó un último resto de risa. Me parece, le dijo, que se equivoca de departamento; o de edificio. Y a lo mejor de ciudad, ¿no?, dijo Flom, pero al otro no le hizo gracia. Murmurando un "buenas noches", le cerró la puerta en la cara. Flom volvió a llamar, y cuando el otro abrió se hizo palpable que en cualquier momento la medida amabilidad se le podía inflamar de furia; porque ese individuo no era igual a Flom, sino Flom mismo, como se dice, en persona. Hágame el favor, buen hombre. ¿Qué favor? Vea, mi familia está cenando.

Eso fue todo, además de un portazo. Ahí estuvo un rato Flom, en el desahucio total. La luminaria del rellano se había apagado; en la oscuridad revoloteaban preguntas. Descartemos que ese tipo fuera uno de esos artefactos que la gente usa para tomar represalias o sirven a los cuentistas para sostener una trama caduca: clones, ciborgues por encargo, el reificator de fantasías que la persona vengativa se implanta en el córtex o la ínsula cerebral para proyectarla en el momento grave. No. No. La realidad ya ha desistido de encubrirse en la técnica para obrar sus tretas. ¿Entonces era un sueño de Flom? Eso ya sería de boldoquis. No. Mirado desde su ángulo en la oscuridad, Flom estaba no solo desalojado de su hogar sino fuera de sí; fuera de él mismo. Y aceptarlo le costaba tanto como sublevarse. Le ordenó a la luminaria del pasillo que se encendiera.

Tenía en la cara la decisión de elaborar una estrategia para revertir lo que le había pasado. Cuando tocó una vez más el timbre no le abrieron la puerta. Quizás el tipo fuese a dejarlo tocar hasta la agonía y, como de hecho el sonido del timbre no se oía, por las dudas Flom bajó a la calle y echó a andar, abrumado pero rápido, como quien trata de dejarse atrás.

Un cinema. Un expendio de somníferos. El saludo prevenido de las puertas de edificios conscientes. Flom solo activó la mirada cuando ya estaba otra vez sentado en el parque. A cada minuto erguía la espalda encorvada, aunque cada vez con menos vigor, como si comprendiera que el castigo que estaba sufriendo tenía su justificación, en cierto modo, pero no quisiese conceder que había perdido lo más importante por cuidarlo mal. Tres horas estuvo sentado ahí. En el cielo pululaban estrellas, como bandas de turistas. Si Flom se doblaba, era para tocar el fondo de una tristeza profunda como su metida de pata; no por desesperación. Murmuraba. Más le valía moderar la furia porque no habría sabido en quién descargarla. No en Turtu, no en la música de los chicos, no en las petulantes arbitrariedades del sistema del mundo. Solo quedaba descargarse en ese tipo, y ese tipo era él. Tal vez fuese él. A pesar del dolor, en otra media hora Flom retomó contacto con su condición de persona resolutiva, empeñosa también y por desgracia para él hasta obcecada. Si bien el remordimiento lo salvaba de sentir aquello como una derrota, no se iba a dar por vencido. Pero como intuía que la derrota iba a ser duradera tenía que arreglárselas para improvisar, una habilidad en que ya estábamos suponiendo que Flom no se destacaba. Bajó del parque colgante, compró aguanela, un emparedado y dos plátanos, comió sin detenerse y siguió caminando, con la culpa ya incorporada en la cara como una neuralgia intratable o una tartamudez congénita, hasta que en un suburbio encontró un motelio. El dinero del bolsillo le sobraba para pagar la noche. Cuando el aparato le pidió el identificador, Flom se palpó los bolsillos. No tenía la tarjetera. Es en balde preguntarnos si ahora el otro Flom, aquel tipo, tendría dos. Flom no se lo preguntó. No llevaba encima la tarjetera.

NO TENÍA SU TARJETERA. Era nadie.

Reanudó la caminata a un ritmo trepidante y dejó atrás ciudad Kumpeka (ahora lo sabíamos por los carteles), como si quisiera reponerse de no haber llegado a tiempo nunca a ninguna escena, como si la luna lo hubiera hechizado, como si transportase aterrado la porción sublime de su catástrofe; como abandonando cuanto antes la idea peligrosa de llamar a uno o dos amigos o la más temible idea de presentarse el lunes en el trabajo. Había una rotonda por ahí, y un láser de publicidad de una organización naturalqui: *El hotel más lujoso del mundo es el olor de la lluvia a punto de caer*. No eran alternativas que le competieran. El eslogan redobló la tristeza de Flom, las autoincriminaciones; eso y otras cosas se le leían en la cara. Turtu no podía confiar en un hombre que la había dejado con la palabra en la boca. Sin embargo estaba confiando en él de otro modo. Lo raro era que en realidad confiase en otro él.

En el bolsillo llevaba doce panorámicos. Se alejó de la ciudad hacia el norte y se alejó de la costa y de la amenaza de lluvia. A la madrugada, en la crisálida de su paletó, se tendió a dormir contra las ruinas históricas de una fábrica de cemento. El amanecer lo alumbró entumecido de pena y haciendo más leguas para combatir el dolor. Se lavó en la alberca de un posadiel, escrupulosamente pero sin ganas; para ahorrar en comida, robó los sabrosos restos de guiso de la víspera que había en un plato para los perros. Caminó. Siempre por el eje longitudinal de la isla, siempre hacia el norte. Mientras, se iban insinuando en el llano unas sierras bajas que lo invitaron a cantar. Las once coplas nutkíes que sabía de memoria le duraron unas leguas; después empezó a aburrirse. Para un hombre renuente al ocio, el problema no era tanto la supervivencia como qué hacer con el tiempo. Pero al debido tiempo de la historia que lo tenía en marcha, a la salida de una aldea informática, Flom avistó una granja. La cabaña y los corrales estaban en una lomita, con un otero detrás y un arroyo al pie. La dueña era una anciana, solterona como tantos ciborgues, acogida al privilegio de retiro campestre. Sin duda ayudar a un vagabundo figuraba entre las incidencias de su menú mental de historias, incluso ayudar a un forajido. Le dio a Flom comida y un lecho de pajuela, y al día siguiente lo tomó como peón. La mujer tenía achaques del cuerpo orgánico, deterioro de las prótesis y caducidad en las partes digitales, pero tardaba en morirse lo suficiente para desarrollar su germen de resentimiento; no se privó de mostrar que tenía una vibropistola. Flom aprendió a hacer todo lo que a ella ya le era difícil. Regulaba el ordeñatoste, estimulaba a las gallinas ponedoras, trataba con el mayorista de huevos, reparaba el entibiador y los bombeadoris del arroyo y una vez volvió de la matanza del cerdo de un vecino con morcillas hechas por él mismo. Detrás de él trotaba un perro, un daulán manchado que había seguido el olor de los embutidos. La anciana nunca le aumentó la paga; pero Flom se tomaba la explotación como una purga. Iba amasando un juego de efectos personales, como cepillos de dientes, librátors de novelista Lal y memorialista Pukit, tres mudas, camisetes, una pelliza de lanogom, cosas que cabían en un bolso. Llegaron los fríos. Abrigado en la pelliza, con el perro tendido a los pies, vio caer la nieve desde el cubículo de la bunasta lechera y la paleó cuando se acumulaba. Se le encallecieron las manos, que meses después se le suavizaron bastante cuando florecían las almendras.

Nubes fosforescentes volaban a perderse tras el horizonte. La anciana ciborgue agria se transformaba en vieja peringa. Una tarde, una banda de tecnoprimitivos en tren de juerga llegó de la ciudad en un flaycoche. Exigieron licorvino nuevo del campo con una insolencia que aterrorizó a la vieja y decidió a Flom a agarrar la vibropistola de ella como si intuyera que el asunto era una prueba dispuesta para él. Después de un intercambio de golpes bastante desfavorable consiguió echarlos a punta de arma. Pero si él salió del incidente magullado pero más calmo, la vieja ciborgue no se recuperó nunca del susto. Durante las secuencias siguientes Flom la acompañó sin rencor en la agonía; después la enterró en el huerto, guardó en el bolso lo que había reunido y algunas cosas más, cerró la casa, dejó la llave en una maceta y liberó las vacas y el averío. Con el perro en los talones puso de nuevo rumbo a cualquier parte.

Bajo nubes de calcio que volaban hacia la costa, por un cielo cíclico medio celeste medio negro, llegó a Subsidiaria II, una de las ciudades de provincia en que Isla Kump concentraba la envidia, el agotamiento y el conflicto de todo su territorio.

En el Parque Agórico, mordiendo una pera, Flom escuchó a un hombre calvo, altísimo y duro como un fideo crudo arengar a unos mil sujetos entre prosélitos e indecisos. Los convencía, como lo convenció a él, y volvía a convencer a los convencidos. Se llamaba Orreste. Decía que los científicos habían llegado tarde a enfrentarse con las consecuencias conjuntas del crecimiento de la población, los trastornos del clima, la podredumbre de los ríos y el aire y la concentración de miseria en vastas extensiones de semicasas; en poco tiempo más el consumo de combustible de maquinio iba a poner el Delta Panorámico, como otros mundos en tiempos antiguos, al borde de la catástrofe terminal. Por desgracia, y por ignorancia de la historia, se olvidaba que esos mundos no habían desaparecido por culpa del combustible de fluidos, el agua podrida o el vaciamiento del subsuelo mineral, sino porque todas las cosas morían. Había que enterarse de una vez de que esos mundos ya estaban a salvo del colapso, y se habían salvado apelando justamente a lo que parecía perjudicarlos más, a saber la concentración de la gente en ciudades. Según Orreste, acumulando más población en poco espacio se aprovechaban mejor los recursos naturales y técnicos y se dejaba más extensión de naturaleza intacta; pero para realizar bien un proyecto basado en esta premisa había que, primero, terminar con especuladores, desarrolladores, segregacionistas, criminales y los gobiernos que participaban de sus negocios y los protegían. Un porvenir que no fuese una noche final dependía de que los condenados se apoderasen paulatina, laboriosa y responsablemente, pero sin dar tregua, del control de un crecimiento en vertical.

Tal era el resumen de un ideario abarcador y prácticamente detallado. *Basta de casas de dos pisos para una sola familia, de mansiones para magnates viudos, de centros históricos estériles y suburbios amurallados. Basta de derroche y privación. Júntense, conversen, discutan, peléense, vuelvan a juntarse, creen sus propios impuestos, impónganlos, desalojen a guardias, júntense en el espacio desocupado. Muchos y hacia arriba, y en las calles hagan vida bulliciosa.* La lábil cara de Flom expresaba descreimiento y decisión a la vez. Antes de comprobar que la fantasía metódica de Orreste se alimentaba de un pesimismo inagotable ya lo había sospechado, y por eso se había unido al movimiento. Orreste: pelo de tul, sonrisa alveolar. Los apretistas lograban vivir sin sofocar sus mutuas auras, y con buen gusto decorativo, en los pisos ya acabados de torres que ellos mismos seguían alzando, después de haber establecido los cimientos en terrenos fiscales que tomaban de facto y defendían. Ninguna extravagancia en las relaciones internas. Todo en la vida de los apretistas era igual que en el resto de la sociedad, salvo el tesón comunitario destinado a salvar las ciudades por la culminación absoluta de lo urbano. Durante el tiempo en que se consagraba al apretismo, Flom participó en pleitos contra instituciones paraestatales, combates contra escuadras de los capitostes inmobiliarios, edificaciones de hecho, equipos de gestión de enseñanza, salud y empleo; en alianzas con empresarios de la alimentación y el vestido para el consumo barato pero intensivo y en negociaciones con constructoras; martilló clavos, serruchó tablas, hizo bloques de mortero y preparó toneladas de conservas en toda hora libre que le deja-se el empleo de ambulancista con que por lo demás se ganaba sus panorámicos; era una manera airosa de aliviar el curso del tiempo. Gracias a la gramática del apretismo la vida personal cobraba un estilo. Se encontraba pareja, además, si alguien no tenía.

Flom encontró a Fibbi, una combina castaña de ojos alertas y cara menuda que había recalado en el movimiento mientras dedicaba un año de licencia colegial al experimento de sobrevivir sin dinero. Fibbi era temeraria. Había rebuscado en la basura, mendigado, pactado con depredadores sin desmoralizarse. La astucia mental que le habían dado las vicisitudes se acoplaba bien con la versatilidad física que había adquirido Flom. Él extrañaba horrorosamente a Turtu; no sabía a quién extrañaba ella. Como dos hojas de distintas ramas, se mecían coordinadamente al viento único de un amor generoso con el futuro colectivo pero sin porvenir propio. Asistido por esa soltura, de tanto en tanto Flom se permitía un viaje a su ciudad. Aunque no despampanante, Turtu era tan linda como él la había visto siempre. Flom la seguía cuando iba al trabajo, o seguía a los chicos, o a la familia completa, pero sobre todo seguía a la pareja,

257

por ejemplo cuando salía a cenar, para ver si Turtu hacía con el otro lo mismo que con él; y los veía hacer lo mismo, y una noche presenció una discusión, el asomo de una inquina que les deformaba las caras, el chisporroteo de los insultos que no lograba oír, y que sin embargo paró, entre escalofríos de Turtu y el otro, cuando el otro supo agachar la cabeza, componer una sonrisa, susurrar algo, y de pronto Turtu se rio, un poquito, y el otro le tomó las dos manos y estuvo unos minutos besándoselas. Flom sintió que ese cuadro demorado le removía un dolor difícil, más allá de la razón y la intuición. Hizo un gesto: como si se hurgara la herida para sacar el dolor y depositarlo en un santuario superpoblado; lo antes posible. Cruzó la calle para evitar a alguien, sin duda un amigo, y volvió lo antes posible al desafío de la amistad que empezaba a recibir de Orreste, ese hombre para casi todos distante.

Dejó de visitar su ciudad. La vida del apretista era absorbente. Ahora estaba la tarea de arrancarle al gobierno la concesión de autonomía fiscal para el movimiento. Hubo disturbios y, durante el tumulto que desató un grupo de provocadores, a Orreste le entró una bala perdida en el bazo. Flom se instaló junto a la cama para ayudarlo en la agonía, en esos días, trató de desentrañar el secreto de la seducción del líder, de su irreductible soltería. Solo que Orreste no murió, y otros notables del movimiento empezaron a acusar a Flom de obsecuente y trepador. Era una buena ocasión para echarse a caminar de nuevo.

Flom partió. Fibbi se fue con él; pero hasta que llegaron a otra comarca, no más, después de un trecho durante el cual se enseñaron mutuamente algunas tonadas. Se despidieron con el beso más franco de la temporada de convivencia. Antes de dar media vuelta, ella le dijo que estaba embarazada. Flom la corrió, la detuvo, la abrazó; separándose para estudiarlo, ella le dio un beso en la frente: Qué tonto, si era un chiste.

Ahí se quedó Flom clavado: si aceptaba el desconcierto como una penalidad más, de propina podría entender qué enseñanza había en esa anécdota. No tenía otra opción que arrancar de nuevo. Quemando la duda a paso vivo, como si fuera el azúcar de un postre exagerado, días después llegó a una aldea donde se mostró capaz de comandar la cocina de una fonda rutera, y tuvo un biloque con la adúltera propietaria, y los chismes de la clientela terminaron por expulsarlo. Por el camino otra vez alcanzó la costa norte de la isla, donde poco a poco fue doblando por la ribera curva hacia el oeste y el suroeste. A veces se pasaba horas sentado frente al agua, para que todo lo que estaba viviendo calara en el proceso de educación permanente con que la vida lo había becado.

No obstante pronto entró en Subsidiaria V, donde se presentó a un concurso, y lo ganó, para hacer la limpieza nocturna del reputado laboratorio filosófico de Isla Kump. Había muchos profesores jóvenes y algunos provectos; ninguno de edad mediana, como si en el tramo medio de la vida estuviese vedada la sabiduría. Flom llegaba al trabajo antes de hora para espiar el último seminario vespertino, el de Moralidad y Razón. Una profesora decía: *Para desarrollar un sentido moral las emociones son indispensables, pero no bastan; la moral concierne a las obligaciones para con los demás, y lo que exigen los dilemas morales es que nos resistamos a favorecernos a nosotros mismos en desmedro de los otros.* Un hermoso bracho de pelo reluciente decía: *El grueso de las emociones humanas se relaciona con el proyecto de durar en este mundo todo lo que podamos.* La mirada atenta de Flom delataba una incertidumbre sobre su mundo en particular. *Entre las mencionadas emociones está la cólera, sobre todo con nosotros mismos; incluso esta cólera es un germen de sentimiento moral.* Llegado cierto punto Flom se alejaba a limpiar las aulas que ya estuvieran vacías. Más que angustiarlo las disertaciones lo irritaban, como si él fuese uno de esos casos demasiado concretos que los profesores se negaban a exponer, y el malestar que había ido acumulando terminó por descargarlo en un jefe de estudios maniático y arbitrario, un astrónomo, que siempre lo acusaba de cuidar mal los instrumentos. Flom lamentó haberse hartado y mandado al quinoto a lavarse el rusto, porque le había enseñado a identificar en el cielo la constelación de Flommtí –¡finalmente, a sus años!–; pero no lamentó hacerse de nuevo al camino. Porque la nostalgia de Turtu, y de los chicos pero primero de Turtu, lo apretaba hasta darle unas náuseas que solo se le pasaban cuando se ponía en movimiento.

De una aldea a otra y de arena de playa en cama de pensión, contemplando el firmamento, manejando herramientas, relacionando personas, hizo tantas cosas para una sola película que no creo que nadie se las acuerde todas.

Un atardecer encontró a Flom a la salida de un pueblo recreativo. Había recorrido más de la mitad de la curva occidental de la isla. Hizo un alto. Tenía una muchedumbre de juncos a la derecha, arqueándose a coro en el oleaje castaño del río, y a la izquierda una hilera de álamos ruborizados por los neones de una discoteca. La reverberación parecía un límite entre ir y volver. Quizá conviniera detenerse en un punto medio. Pero el vuelo de las nubes por el crepúsculo se fue acelerando hasta que arrastró el paisaje entero, lo disolvió y lo puso a girar en espiral

como líquido que se va por un desagüe

y en su lugar deja un blanco.

Y ahora

sobre ese blanco,

bajo una luz matinal y con otra temperatura, Flom se recompone en los suburbios de una ciudad.

Si es su ciudad, y es, él ha llegado por el sur sin habérselo propuesto. Lleva el paletó de siempre, no gastado porque usó mucho la pelliza. Camina por una calle repleta de negocios de recambios para flaycoches. Exposición de turbinas. Tapizados. Alerones. Luminarios. Apliques. Más adelante empiezan a escalonarse viviendas plurifamilia. No se diría que el Flom que entra en un bar y deja el bolso en el mostrador y pide un jugo de naranja ha resuelto la ecuación entre la responsabilidad y la indiferencia, ni siquiera es paciente en mirarla. Eso se le ve en la cara, no muy curtida ni más madura, y en un tictac de rabia hacia el prójimo que eclipsa a medias el malestar consigo mismo. Bebe, paga y sale a la calle. Por la decisión que lo impulsa tiene que aceptar que está yendo hacia su casa. Tal vez quiera medir lo que puede haber cambiado por los cambios que note en el otro tipo. No se le ha consumido ese dolor que siente, no porque lo hayan sustituido sino por la pura falta de Turtu, ni se le ha apagado el miedo a estar con ella. No puede detectar qué sentimiento predomina. Y si camina con una arritmia, medio cansado, medio triste, no es porque haya pasado mucho tiempo; es, piensa uno, porque con o sin razón se está diciendo que las experiencias no sirven para mucho más que para llenar el tiempo: en ese sentido, pase lo que pase siempre al fin queda la sensación de que no ha pasado lo bastante. Cuando debería estar muy cambiado, Flom sigue siendo más o menos el mismo.

Es sábado a la mañana. El porterecko, un modelo barato incapaz de hacer dos cosas a la vez, no lo saluda porque está asperjando la acera; automáticamente informa que la temperatura es de 19 grados. Flom sube por la escalera. Llega al rellano del tercer piso. Toca el timbre. Diez segundos; treinta. El que le abre la puerta es Arho, en pijama, legañoso, una pizca remiso; Flom tiene que agacharse, aunque no tanto, para besar la mejilla que le ofrece. Hola, papá, murmura el chico rápidamente, sin que se distinga si le ha cambiado la voz o tiene voz de dormido, y en seguida se vuelve a la cama. El vestíbulo está despejado; si del perchero cuelga algún paletó, lo tapan anoraks y pañuelos. Más despejado y silencioso está el pasillo, y el living, a ojos de Flom, tiene el desorden de juguetes en la alfombra y magazines abiertas y envoltorios de chocolatis en la mesita que le corresponde exactamente, pero también tiene una inexactitud de tamaño real o latente, como si se hubiera reducido, o a medida que avance el día fuera a ensancharse, o las vivencias de otros lugares lo distorsionasen. Así que Flom da un paso adelante, pero antes de dar el segundo paso se inmoviliza. Parece que ha oído algo.

Retrocede por el pasillo, mete el bolso en un armario y entra en la cocina. Platos verde melón se han secado en las manos articuladas del lavatrís. Una cuchara brota de un vaso con un resto de leche. Lo que queda de la cena son algunas migas, un hilo de apio y una mancha de cafeto al otro lado de la mesa donde Turtu, sentada en una silla de medio perfil, duerme con la cabeza apoyada en el brazo estirado. Turtu tiene puesta una sudadera granate y pantuflas negras. En el vano de la puerta, Flom se apoya en el marco. Un chasquido indica que el entibiador ha cambiado de temperatura. La respiración de Turtu da un saltito. Se nota que se ha despertado pero retrasa el momento de reconocerlo. La escena se aviva como si alguien hubiera acentuado el contraste de una pantalla apenas lo suficiente para dar a los aparatos y a Turtu un resplandor solapado. Flom la mira traspuesto. Da la impresión de que no quiere averiguar qué siente ella. Amaga acariciarla pero se frena, como si pudiera romperla. Mientras él delibera, ella abre los ojos. En seguida los abre más. Sin levantar la cabeza, suspira y taladra a Flom con una mirada de empacho, de alivio y de furia. Ah, ya estás acá, dice; te lo digo una sola vez: nunca más se te ocurra hacerme esto.

POR SU PROPIO BIEN
Un filme de literatura y paranoia en tres partes

·

De C. M. de Braba
Isla Asunde

I

Por si alguien no la reconoce, estamos en la Panconciencia, el espacio al que toda conciencia individual puede enchufarse voluntariamente para recalar en otras, aunque no elegir en cuál ni repetir o evitar a voluntad un contacto, en fin, para qué decir más. Vamos a la deriva por las cuatro dimensiones de una claridad verdegrís, por los bulevares abstractos de la posibilidad interior, entre solapados acordes de ruidos y los bocetos ondulantes que preceden a la definición de cada conciencia particular, todo eso que es tan difícil de describir en palabras y más difícil de poner en imágenes pero esta película se atreve a figurar.

Y presentado esto, ahí en el mundo material tenemos al protagonista: Corio, el traductor: un profesional de jornadas intensivas, riguroso, y como se verá calificado. Pero por mucho que desde hace décadas se gane el pan con el oficio, a los legos suele sorprenderlos que alguien tenga ese oficio. En este momento, por cierto, Corio se encuentra en el típico, fatigoso trance de explicarle a un vecino que lo que traduce son obras literarias de diversos géneros escritas en lenguas a veces muy elaboradas, anteriores a la unificación idiomática del Delta y el uso masivo y oficial del deltingo. A la pregunta del vecino sobre qué quiere decir con géneros, Corio hace caso omiso. Qué trabajo complejo, dice el vecino y le pregunta a qué traduce.

Traduce al deltingo, claro, desde lenguas que hablan cuatro gatos locos pero no están muertas porque hay artistas de la palabra que prefieren expresarse en los relegados sonidos de sus islas para preservarlos, para honrarlos, para contrarrestar la monotonía del deltingo y sus limitaciones, o porque se les canta el culo. ¿Y Corio sabe tantos idiomas? Claro: él estudió algunos idiomas, si no cómo va a hacer; conoce tres; pero se propone conocer más, por entusiasmo y por conveniencias; del hermoso tondeyo clásico, por ejemplo, empieza a haber mucha demanda. Es que actualmente hay una tendencia literaria a escribir en lenguas locales, incluso arcaicas, porque una vez traducidas suenan mejor que el deltingo corriente, hasta más modernas.

Un trabajo barundo, sí, señor, pero qué interesante, ¿verdad?, dice el vecino, que vive justo debajo de Corio, y agrega que a veces lo oye hablar solo.

Sí, muy lindo, pero le digo que pagan que da vergüenza.

Sin embargo esa tarde el chiefe de una firma editaria le propone a Corio traducir una novela de cierto Nagul Deracastán, de Isla Ordume, que no duda de que va a hacer estragos. A Corio solo le gusta a medias que las palabras hagan estragos, depende, pero el chieféditor le aclara que se trata de un texto importante y que le van a pagar una tarifa excepcional por página. Corio calcula el total, se sopla la nariz de asombro y se lleva el librátor. Ahí está seguidamente, empezando a traducir seis horas diarias seis días a la semana. Ha leído unas cien faces de las trescientas que tiene el librátor: lo suficiente, le dice al chiefe por farphone, para hacerse una idea del tono y mantener el suspenso que lo ayuda a emprender con más ganas el trabajo diario.

La novela se titula *Galiobá-nâte*. Abierto frente a Corio tenemos el original; los caracteres dumerios, afilados, enigmáticos para el espectador, están compuestos en líneas muy desparejas, como si cada frase latiera caprichosamente al ritmo convulso de la trama. Provisoriamente Corio traduce el título como *Contramovida*. Siguen ahora flashes de la historia como la representa su mirada interna según lo absorbe la traducción cotidiana.

Transcurre en el circuito de la sustina, un producto similar a la cuasicarn pero mezcla de músculo y víscera animal con grasas sintéticas, especiado, sabroso, adictivo, no muy nutricio y supertóxico, que ideó un químico ordumés y que un amaño entre ciertos gobiernos de islas ganaderas y consorcios interisleños se encarga de que llegue sin pausa a casi todo el mercado panorámico pese a las denuncias médicas por el aumento de afecciones de esófago, hígado y colon. Paralelamente a las amenazas, los sobornos, las extorsiones, los asesinatos y mutilaciones a supervisores del canon de faenado, las virtuosas y repugnantes descripciones de mataderos clandestinos y masivos de bugacos y puercales, la descarada prescindencia de los altos funcionarios panorámicos, las paulatinas muertes de los contaminados, los círculos sin salida que los investigadores montan adrede, una información abrumadora si la eficaz prosa del autor no la hiciese entretenida, pasable por alto, y por el fresco de una sociedad consumidora enclaustrada entre el deseo, el miedo y el desinterés por conocer, empieza a abrirse paso la figura del químico Lézcunbe, el inventor de la exquisita sustina. Lézcunbe dirige un grupo filosófico convencido de que, siendo la vida tal como los humanos la han hecho entre todos, biológicamente transformada ya en un evento personal de noventa años de duración lleno de contrariedades, ofensas, desencantos, impotencias y dolores que aumentan con la edad y la decrepitud, el sujeto solo puede soportarla agarrándose a una ilusión, incluso consintiendo una estafa. Y la consentirá, siempre y cuando el producto lo mate antes de que llegue a sentirse estafado, a torturarse por ser tan incauto, y lanzarse a combatir, a guerrear para obtener reparación, en balde, claro, como sucede con las estafas realmente infames. Pero el demócrata estándar del Delta Panorámico se dejará matar por una estafa si le permiten paladear una carnada suculenta y morir antes de haber comprendido que se tragó el anzuelo. Nada de lo bueno que la humanidad ha inventado una y otra vez para sus sucesivos futuros se ha cumplido, ni se cumplirá sin malograrse pronto en el mismo vals de la estupidez ególatra y la codicia, el ombliguismo y la destrucción.

De modo que el grupo se ha propuesto ayudar a la parte más humilde y pánfila del Delta a morirse rápidamente, cada cual después de haberse deleitado un tiempo con el manjar que la pudre por dentro; se ha propuesto ayudar a que la población democrática se muera de gusto, y a los que benefician con el negocio dejarlos progresivamente solos en el yermo de carroña que han creado, regodeándose hasta los ciento cinco años en sus decorados de muebles de linaje, aparatis servidores, ropa chiribaza, entrenamiento sexual en hornotelios y manjares saludables; tarde o temprano el deseo negativo crecerá lo suficiente para que esos tipos empiecen a matarse entre ellos.

El grupo filosófico del químico Lézcunbe se unge como testigo de este doble proceso con un solo final. A la vez pasa a la acción; gracias a la influencia del químico perfecciona los lujuriosos sabores y los ingredientes podridos de la sustina; reduce los costos de elaboración para que los productores ganen más. Tarde o temprano fabricantes, inversionistas y adictos a la sustina morirán todos de un modo u otro, sin que nazca nadie más. El traductor, es una pena para el filme, se hace una pintura difusa del futuro que el grupo del químico prevé: hecha justicia, en el Delta sin humanos reinará un silencio apacible y el tiempo se volverá puro espacio.

Con cada sesión de trabajo Corio tiene la mente más invadida por esta fábula macabra. Empieza a irritarse de estar traduciendo eso. Por lo que ha espiado, ni en las últimas páginas asoma un alivio: Lézcunbe nunca modera el plan ni tiene un instante de lucidez compasiva. Corio le dice a su hijo que el cinismo con que escritor Deracastán habla del mundo va a causar, si no estragos propiamente dichos, sensación entre un público deseoso de convencerse de que el mundo horrible que han creado los humanos se acerca al final; un público resignado a contribuir al final con su holgazanería. Esa novela fraudulenta sobre la llegada rápida de la muerte total, escrita en un estilo líquido y penetrante, cumple dos sueños del ciudadano, consumirse a sí mismo y creerse rebelde, y va a ser un éxito arrasador. Mirá que hablás bien, dice la mujer de Corio, ¿pero qué tal te está quedando, cuti?

Suena, dice él.

Antes de que pasen a otro tema, el hijo de Corio opina que es inverosímil que un comestible se venda tanto como para matar a toda la humanidad. Cierto, dice Corio, pero este ladino sabe atraparte. ¿Qué quiere decir ladino, patre? No tenemos palabra exacta, sabés, pero yo diría grusco.

La mente de Corio se ha llenado de lobreguez. La película también, aunque en un sesenta por ciento dado que el tema central es la vida de un traductor, no olvidemos, y esa vida transcurre en un híbrido de su realidad y el mundo de la novela que está traduciendo. Pero un sesenta por ciento es mucha lobreguez, una palabra que encima Corio detesta, esto le dice a su mujer, y para mayor irritación no logra reemplazar por otra más adecuada a lo que siente.

Se comprende que una mañana le confiese al primero que encuentra, su vecino de abajo, que está asqueado de esa novela pérfida, y furioso consigo mismo por seguir colaborando, so pretexto de una vocación, con la ruin industria del librátor popular que le da de comer. ¿Por qué *ruin?*, pregunta el vecino. Mire, amigo... Afioro, facilita el vecino. Sí, claro; mire, Afioro: no hay nada más pernicioso que la ilusión de que un final rápido vendrá a anular el sufrimiento de una vez por todas; porque esto, digo el mundo, puede seguir empeorando interminablemente, y el dolor puede crecer sin medida, y más vale que el público haga algo por el mundo y por sí mismo en vez de empeorarlo más, y eso es algo que no va a pasar mientras el público siga entreteniéndose con mentiras.

El vecino le ofrece compartir un pitillo de fraghe. Cut, dice Corio, a ver si me calma.

El vecino le pregunta si está obligado a dejarla tal cual. ¿La novela?; bueno, lo más posible, dice Corio; eso es traducir: que de un idioma a otro aparezcan la misma novela y un estilo equivalente.

El vecino mueve la cabeza como evaluando más exactamente los bemoles de la tarea.

Y en ese momento, o un momento después, cuando se queda solo, Corio decide sublevarse. No es que se entusiasme, pero se ha resuelto. Tanto que en el filme se oye lo que está pensando.

Decide liberar el haz comprimido del deseo de un traductor, la fina, poderosa luz negra que a veces lo impulsa tanto como la obligación de ser fiel a un estilo pero es lo contrario: *desbaratar el original, corregirlo y, si puede, mejorarlo*; imperceptiblemente. Hm, qué bien estuvo el vecino en convidarlo a fraghe.

II

Corio, el traductor, decide deformar la novela pesimista que está traduciendo para mejorarla. No es difícil. No es que lo haya hecho otras veces, pero en cierto modo lo ha hecho, es inevitable, y esta vez tiene ideas y determinación. A Corio no le parece que el mundo esté agonizando, le repite a su hijo. Su isla, Múrmora, tiene dos estaciones plenas al año, y el calor hace sudar y el frío tiritar, están los días de sol y los de bruma, todavía hay alimentos accesibles que halagan la lengua y satisfacen el estómago, y una tarde diáfana de otoño dos mujeres chapotean en el arroyo levantando un rocío como chispas de pedernal que no encienden nada, y las olitas bailan entre cordajes de musgo como si festejaran la variedad de las cosas o se acoplaran a la danza de celebración que es el deseo humano de conocer, de hacer cosas, de contar lo que se hace, dibujarlo, etc. Dentro de todo, Corio mira adelante. En la película empiezan a combinarse dos perspectivas, y el realizador no nos priva de verlas.

Una: en la novela hay una muchacha del grupo filosófico nihilista, "seria, menuda y curvilínea", que se hace amante del químico Lézcunbe. Allí donde ella decía: *Sogbadenda yovê ta na sobia sin conduséo-nanal, me rôt-tencuia por mundo alquenoye-fu míaso (Me gusta que la vida sea corta, pero quisiera poder quererte después del fin del mundo)*, ahora dice: *Qué poco tiempo pasamos en este mundo que nos recibe sin condiciones. Cuando nos vamos tendríamos que dejarlo bien cuidado para los que vengan.* Desde luego, este cambio anuncia que tarde o temprano va a haber una separación entre Lézcunbe y la muchacha, que con este acto de fe en que alguien vendrá después de ella se vuelve más simpática y, como Corio se las arregla para insinuar, en el futuro probablemente impulse una facción escéptica pero vitalista del grupo filosófico.

Otra: donde una planta de sustina cerraba porque ya no conseguía ni el mínimo de cadáveres animales para darle un toque natural a los filetes, Corio introduce disimuladamente una huelga de operarios en varias plantas sustinadoras. Son tergiversaciones del texto casi delictivas, pero demasiado subrepticias para el autor, que a fuerza de cultivar el dumerio no domina del todo el deltingo, y que tal vez no adviertan los chiefes de la casa editoria, gente tan productiva que apenas se da tiempo para vigilar la evolución de sus productos. Tampoco podrían ya intervenir: los desvíos de Corio han llevado la historia a un plano que ellos no alcanzan a ver bien, pero es lo único que ve el espectador de la película y de la cabeza de Corio. Es un plano de claroscuros y, como nuestro mundo, lleno de proyectos candorosos, de fantasía irreprimible, de desprendimiento voluntarioso y sonrisas francas, pero también desbordante de negociados avaros, conjuras abominables, risas hipócritas, cálculo, crueldad y cuajos de sangre.

Una más: el titulo ya no es *Contramovida* sino *Por su propio bien*. Se lo consulta a Deracastán y a Deracastán le gusta.

Los correctores, que le confiesan a Corio que ignoran el dumerio, se centran en erratas de la traducción pero no la comparan con el original. Cuando la novela sale en modelo aparatis y modelo manos, los fabricantes no notan los cambios porque los distraen unas ventas soberbias para una obra de estilo exigente. Pero tanto en Isla Múrmora y el archipiélago de los Juncales, donde predomina la democracia gentil, como en otras islas con otros sistemas, *Por su propio bien* es un éxito no porque despierte en el público una aversión por los monopolios y el nihilismo mortuorio, que para Corio son dos caras de lo mismo, sino porque suscita una ola lujuriosa de indignación con los filósofos: en general, con los pensadores complejos, que súbitamente para el público son todos,

todos los pensadores, incluidos los vitalistas y llanos como la muchacha que rompe con Lézcunbe, complejos y asesinos en potencia. La cabeza de Corio registra conversaciones de café y de peinadurí, opiniones en veladas amistosas y tribunales de pantallátor: por todos lados oye que lectores o no juzgan a los personajes; dicen que una manía arrogante y aristocrática de retorcer los motivos de pensamiento, una pérdida de la sencillez, ha terminado transformando a cada filósofo en un desagradable germen de ejecutor. Más que el bien traducido estilo de Deracastán o los matices de una historia mejor tramada que en el original, el público saborea esta ocurrencia propia, que evidentemente satisface alguna pasión baja. Corio no entiende las bases de una lectura tan desviada. No le importa. Es una moda y en un tiempito se desvanece.

Lo único irreemplazable es la realidad, y ahora la de Corio es la suma del nuevo libro que está traduciendo, por muchos menos panorámicos, y su mundo particular hecho de su vida de pareja, las charlas con el hijo experto en animales invertebrados, su gusto por el balompo, sus trámites administrativos, la visita a una amiga hospitalizada, las conversaciones en el tranviliano, los libros que ha leído y traducido anteriormente, las películas que ha visto y otros ítems, todo con un predominio del escenario movedizo que se creó en la mente mientras reformaba la novela de Deracastán. No es una obsesión. Es una presencia constante, una permanencia que favorece la multiplicación de detalles. Todos los componentes de la realidad, la imaginación y las correcciones están en el cerebro de Corio en un solo campo.

La película se ha enriquecido.

Nos está enseñando que un traductor que se tome la tarea a pecho tendrá en la cabeza una buena medida de la complejidad del mundo. Por si fuera poco, curioso como es, a veces

Corio se enchufa a la Panconciencia. Puede recalar en la experiencia presente de un médico militar sometido a prisión domiciliaria, en la de una chofera de flaytaxi que no ve la hora de jubilarse, en la del domador de úrcolos de un circo clandestino, y esta sociabilidad anónima y desinteresada seguramente abre nuevas alternativas a la mente de un sujeto abierto a conectarlo todo.

Por esta abertura le entra todo un gentío ajeno. Por mucha experiencia que tenga en traducir, como panconciencista Corio es desastroso. Esta tarde, para escaparse un rato de la prisión del trabajo, apoya los codos en la mesa, entrecierra los ojos y en un santiamén lo tenemos enchufado a la Pan, a la deriva por las cuatro dimensiones de la claridad verdegrís, por los bulevares abstractos del azaroso multiverso de la mente conjunta, sin otro rumbo que la corazonada. Titilan rayitas; se suceden motivos geometrizantes, acordes musicales menores, rojos vivos combinados con heladas texturas de permafrost y manchas de penumbra amarillenta. Pasan unos poliedros giratorios; una oscura viscosidad empieza a temblar con un vocerío y se divide en imágenes flotantes, una de las cuales empieza a definirse y ejerce una fuerza gravitatoria. Los sentidos caen en un espacio ajeno y se acomodan. Vamos escaneando la calle de una ciudad tan poco antigua como bien modernizada pero llena de guardias blindados; el sujeto receptor de la conciencia de Corio se para; la de Corio acusa como un rumor una sensación de latido rápido en las sienes y la carótida; olor a goma quemada; fogatas hechas con basura; por una esquina, una muchedumbre combativa retrocede maldiciendo; cascotazos; varios chicos quedan atascados en una calle y los guardias, habiéndolos tetanizado con vibropistolas, les arruinan las caras a golpes y patadas, antes de llevárselos a la rastra dejando pentagramas rojos en el asfalto; la visión sigue un cuerpo que escapa y un gargajo que envuelve un diente ensangrentado; el receptor rabia; cuando empieza a nublarse, la imagen se aleja y la vista gira y recorre todo el largo de otra calle; consabido estado de alerta e impotencia, y en eso, de la congelada imagen de una mujer bizca que ha abierto temerosamente una puerta, el cuadro se trueca en:

un librátor en lengua emerí colocado en un atril, un cuadernaclo no del todo derecho, una pared con fotos, la de una mujer amamantando, la del hijo de Corio volando en alademosca, y parte de una ventana con los balcones de un edificio a cincuenta varas y en uno de los balcones un mertetino amarillo en su percha; es un ámbito reconcentrado, este, e insulso, pero quieto y reparador, al que se añaden los mundos que abre el texto apoyado en el atril y un amasijo de acontecimientos, girones de escenas complicadas y objetos extravagantes y cosas y personas corrientes, es decir el mundo de Corio, tan vasto y nervioso para su quietud física. Pero, si bien se entiende que el sujeto en que recaló Corio ha hecho retorno y es consciente de la situación de él, sobreviene un soplo chasqueante, como si un intruso en un patio hubiese arrancado al pasar una camisa colgada en el tendedero. Extrañado, Corio se desenchufa.

En los días siguientes descubre cuán atrasado estaba en materia de cerebro.

De las burlas de su hijo, deducimos que Corio pertenece a la época que recuperó la práctica de la Panconciencia, justamente porque era imprevisible y no podía dirigirse a fines específicos, menos todavía utilitarios. Un neorromanticismo casi obsoleto que adoraba el azar. Hoy los mismos jóvenes inconformistas que enfrentan el disfrazado salvajismo de algunos gobiernos se pasan días y noches estudiando cómo llevar a cabo movimientos programados y localmente discretos en el discurrir fortuito de la mente extensa indiscriminada. El raro chuooc que sintió Corio durante el retorno indica que un/a neurorrebelde detectó las coordenadas de su conciencia; con esos datos el/la habilidoso/a podrá volver, y va a volver, y no solo porque, para la urgente necesidad de difundir información, para sus fines de resistencia insurreccional, los múltiples paisajes de la conciencia de un traductor son ricos en ideas, promesas de peripecia y vías de huida; también porque una rutina como la de Corio es sedante para el sufrimiento de una psique acelerada. En los días siguientes, a cualquier hora, la conciencia del/la neurorrevoltoso/a consigue refugiarse esporádicamente en la de Corio. No solo descansa ahí. Deposita información sobre las atrocidades del inescrutable gobierno de su isla y la muerte de varios alzados, se abre paso por el archivo de conexiones neurales de Corio para distribuir consignas y alimenta la imaginación insurgente devorando los registros de historias fabulosas, prosaicos o poéticos modos de vida, procedimientos de supervivencia y sentimientos intensos que Corio ha incorporado en añares de traducir novelas y otras cosas.

No permite los retornos, para no quemar el aguantadero.

Pero por supuesto deja su huella química.

Es lo que detectan otros, inexorablemente.

Y, como no hay ninguna habilidad creada por la imaginación humana que los estrategas de la posesión no confisquen y usen para dominar, los soñadores se preocupen por dirigir a la redención y los ladrones de hurtar, un día la originalidad se agota y alguien imagina de nuevo algo que existió en tiempos remotos. Ahora un episodio de esta batalla cíclica tiene lugar en la cabeza de Corio.

Entre los paneles deslizantes de la Panconciencia, además de rebeldes y saboteadores, andan especuladores, traficantes, espías, falsificadores de huellas mnémicas, jugadores empedernidos a la búsqueda del hallazgo providencial o el acopio de información traficable, y por supuesto agentes de servicios secretos o empresas de seguridad a la caza de literatura que pueda estar alimentando las últimas tácticas inconformistas. Por la rendija que el o la pirata ha abierto en la conciencia de Corio entra una luz que la delata. Los ojos de esa conciencia eluden los espejos, pero la imagen transitoria de una repisa con fragancias y maquillajes podría indicar que es femenina. Atraídos, por esa rendija se meten los agentes de la isla de la muchacha, detrás de ellos contragentes de grupos de desconfianza política, y todos la convierten en base provisoria para saltar a otros destinos. A veces la muchacha pasa fugazmente por la conciencia de Corio, como pasa una ocurrencia por un cerebro durante una excursión de madrugada a beber agua. Otras veces se queda un rato. Los métodos de reconocimiento de un contacto determinado y los movimientos para volver a ese contacto no están tan evolucionados como para ser muy eficaces, ni, como sabemos, van a llegar a serlo. Funcionan a su manera, y pifian. Corio ha ideado un complejo de señales bien perceptibles para alertar a la sediciosa cuando la tiene alojada: como fijarse en una nube en tránsito, si hay nubes, o abrir un grifo o mirar por encima del hombro. La conciencia de Corio es un escenario giratorio en donde los agentes nunca dan con la muchacha. Pero la rendija se abre más y detrás de los agentes llegan individualistas mezquinos, investigadores académicos, coleccionistas, adolescentes lúdicos, viejos recolectores de sobras y matonas de redes criminales que quieren datos de ministros o de empresarios famosos para extorsionarlos. Como en estos operativos se encuentran con la sugerente alacena mental de Corio, intentan volver para proveerse, a veces logran volver, tropiezan unos con otros o se esquivan, se acosan y tratan de sorprenderse, armando tal escándalo que la conciencia de Corio empieza a enchufarse a la Pan sin que la voluntad la autorice; a poco se convierte en una maraña de intrigas de codicia, perversidad destructiva y astucias del volvedor deseo de cambiar el mundo. En la traducción fílmica de la conciencia de Corio una turba de conciencias ladronas destella como luces de freno en un atasco de tráfico. Una busca información sobre planes de futuro compartido; otra proyectos de sabotaje, para sabotearlos. Quieren saber qué sabe el adversario y usarlo antes en sentido inverso o torcido. Son muy pocos los momentos en que la muchacha podría encontrar la cálida calma que parecía buscar en la mente de Corio y seguramente la reconfortaba. Como quien se mea en la alfombra de una casa ajena, fatalmente cada invasor deja en el cerebro de Corio un chorro de datos de su mente maniática, y con tanta información la conciencia de Corio se sobrecarga. Se deforma. La mente de Corio es una excitante película de acción, esta película, que nos entretiene pero también sobre todo nos escalofría porque en cada secuencia amenaza con no terminar nunca. Cuando iba a ser refugio de reformadores, Corio está secuestrado en el lado protervo de la Panconciencia, que es el show cerebral de los morbos de la realidad humana.

III

El complejo sistema que se ha apoderado de la conciencia de Corio, incluidos los sabuesos más expertos y mejor entrenados, no depende de aparatos represivos estatales, de delirios imperiales de islas menospreciadas, de coaliciones de delincuentes autárquicos, ni de una oculta corporación financiera interisleña.

No depende de otro poder que su fuerza cinética. Ni siquiera es una conjura. Tiene una lógica propia que devora todos los detalles. Aparenta una grandeza trágica pero es barato. Y poco fiable, porque no se ven los sujetos de la acción; solo lo que reflejan sus conciencias. Como show es insufriblemente incorpóreo. La abducida conciencia de Corio está tan disconforme como la chica sediciosa. Extraña a la conciencia corsaria, que lo visita poco y rápido, y querría conocerla en persona: se imagina acariciando una cabeza de cara borrosa.

Y en esto una mañana el vecino de abajo le pregunta a Corio si cuando traduce una historia se imagina las caras de los personajes. Bueno, dice Corio, me concentro en los rasgos que da el original y los planto en caras que son mezclas o derivaciones de caras que conozco. Y cómo no va a hacerlo, medita el vecino, si tiene que vivir con esa gente tantas semanas.

Así es como a Corio se le ocurre una idea, probablemente un fruto del montón de libros que ha traducido. Pero no creamos que va a cometer el abuso de ponerle rasgos imaginados a la cara de una muchacha que al fin y al cabo existe.

Qué hacer, murmura; cómo salir.

Salvación, murmura también; y se rasca la barbilla, despacio, como previendo una liberación.

Así que la película toma otro camino. Qué pasa, papá, pregunta el hijo. Corio le dice que planea librarse no del sistema sino de su propia conciencia engordada. Contra la mezquindad automática del show que lo aprisiona y lo abruma, Corio aplica otra lógica. No la de las normas sociales; no la de la ley jurídica. Lo que se proponen los intrusos, emisarios de quien sean, es muy viejo: robarle información al enemigo para poder silenciarlo y hablar ellos sin que nadie los interrumpa. Por eso Corio los va a callar a todos. De esa manera puede llegar a aniquilarse él mismo, pero tiene la responsabilidad de salvaguardar a la muchacha. Corio se da una norma propia, especial, que respetará como respeta las reglas particulares que cree que conviene aplicar a la traducción de cada libro, ya que todos son diferentes. Una vez terminado el juego puede cambiar el reglamento por otro, pero entretanto tiene que observarlo a rajatabla; es una ética del traductor. Imprimiendo a la voluntad un giro nuevo, se propone borrar las huellas mnemónicas de su conciencia. Un día los intrusos no encontrarán nada, o muy poco de interesante, y entonces los irá borrando a ellos. El hijo no lo ve muy factible. Como preparación diaria, Corio le cuenta el ardid al vecino. Ahora está traduciendo sin preocuparse por recordar la parte de la historia que ya tiene traducida. Más todavía: traduce las frases concentrándose en cada una, y sucesivamente las va olvidando. Traduce como si rezara, como según leyó rezan los creyentes del dios solo, pero no a una divinidad ni pidiendo algo, sino musitando nada más la frase que le viene a la conciencia, pateando con ese murmullo la anterior, y después otra y otra más; y así con el punto final se debería hacer el silencio y el blanco. Atiende más a la posición de las palabras y al sonido de cada hilera que a lo que cuenta.

En la cabeza de Corio y en la película suenan frases sueltas, en el idioma original del libro unas veces, otras en nuestro idioma, tan dispersas en el tiempo que no sabemos cuándo son la misma o frases diferentes. *Aquel año Giulon decidió pintar mi retrato. Durante las dos semanas que posé casi no hablábamos y a causa de la inmovilidad yo tenía el cuello dolorido y la espalda agarrotada –– Ser muönk grandänder, de briss op gädarenmenksan, tɛlve – balibãsakisghen ––––––– Le cuenta que a veces le entran ganas de pismichar en un restaurante lleno – Georg, nada menos, dice ella, ¡el despiadado conquistador de edades oscuras! –––– reverťasnghɛ kölf fraida –––––––––– Las figuras* que suscitan las palabras se fragmentan y disipan; la película declina hacia el fin como una ladera ya despoblada hacia la bruma que esconde un abismo. Es que con este ejercicio de ascesis Corio alcanza tal habilidad para borrar ítems de su memoria que entra en trance. Grandes torres urbanas de maquinio y cristaleina, oficinas reservadas, goterones de sangre en paredes de sótanos, besos robados en rincones de parques, acolchados interiores de flaycoches, armas, árboles frutales, cortinas de bejucos sobre ríos ensimismados, gargantas de ríos helados, vastas ruedas iluminadas en parques de atracciones e inquina de lobos en zoológicos, carteles y muecas de protesta enfurecida, extorsión y trapicheo, cantantes bramando sobre un alto risco al pie de un río de cuerpos en danza, techos mirados desde camas, hombres que nadan en el río vistos desde una burbuja de vigilancia, un observatorio en un ministerio flotante, un vaso de agua en una mesa de noche y mil escenas más van reventando una por una al azar, sin regularidad pero fatalmente. Bloopt. No es sencillo, porque hay ocupantes que ofrecen resistencia. Las deformidades violentas de este pasaje del filme dan jaqueca, vértigo y náusea. Corio al menos se sobrepone. Plobt. Pfafff. En cada plano de la película estalla una mota de luz, desaparece un elemento de la conciencia de Corio ampliada por la invasión y se va haciendo una penumbra en donde al final solo alumbrarán las imágenes y las palabras que Corio tome de los momentos que vaya viviendo. A esos fugaces ámbitos de presente quizá sepa volver la muchacha, si le resulta familiar la guarida que eligió una vez.

En un momento, figurada tal cual en el filme, la conciencia de Corio es un hotel en donde solo entra el viento, y no se hospeda.

Con el vacío de conciencia aumenta la definición de la vida corpórea de Corio. La película se vuelve una trivial complejidad de quehaceres y atardeceres. Nítidamente Corio pasea con su mujer por una calleja comercial. Comen en un quiosco de los canales de la ciudad. Ella, relajada, le pide que le recuerde qué está traduciendo. Ah, dice él: trata de una mujer que tuvo cinco parejas, dos de ellas matrimonios y una un trimonio, el resto sin casarse, y en cierto momento empieza a encontrarse por casualidad, o si querés por azar, con cada uno de los hermanos de sus amores, todos hombres; y los encuentros dan pie a una reconsideración de detalles que en su tiempo pasó por alto; se da cuenta de que por uno de los cuñados tuvo debilidad. ¿Y entonces qué pasa? Todavía no sé; yo veo una mujer regordeta, linda, optimista pero descolocada. ¿El azar y la casualidad no son lo mismo?, dice la mujer de Corio. No sé, pero como la compraron para hacer una película, por ahí el director nos orienta.

A raíz de esta conversación parecería que la conciencia de Corio nota la ausencia de los cuerpos respectivos a las conciencias que lo abrumaban. Si se enchufa a la Pan solo encuentra la desolación que él impuso, un lugar sereno y blanquecino sembrado de puntos rojizos como rescoldos. Se desenchufa y deambula por la casa. Sin ansiedad pero tercamente se aferra a la traducción de la novela de los cuñados. Alrededor de la mesa de trabajo hay un clima de insensibilidad hormigueante, como de pierna dormida. Un mediodía el hijo de Corio le cuenta que esa mañana vio a un quinoto pasar corriendo frente a un cuartel de la Guardia y tirar un explósir muy potente; el estallido hacía polvo un muro de maquinio y dejaba destripado al ciborgue de la garita; las vísceras orgánicas que le salían del costado se freían en las piezas metálicas al rojo vivo; en la vereda el bombista deja un grafiti: *Somos más.* El hijo de Corio llora, está educado en los eufemismos políticos de la democracia gentil. Nunca le informaron de que suceden cosas así. Corio le pregunta cómo era. ¿El bombista?; no sé, fue en la Pan y mi receptor no lo miró mucho.

Corio sale a la calle a comprar tabaco y a la vuelta se cruza con el vecino. En el vestíbulo hay un áspero ronquido de entibiador recalentado, pero no afecta al hombre, que hoy da por supuesto que para hacer bien el oficio de Corio hay que viajar mucho en la vida. No sé otros, dice Corio, pero yo nunca me moví de esta isla.

Se instala una vez más en el escritorio. Apoya los codos, uno a cada lado del cuadernaclo. En la ventana un cielo pujante patina bruscamente rumbo al crepúsculo como si hubiera resbalado al borde de la tarde. El crepúsculo se apresura a entrar en la pieza como si él también buscara refugio. Inmóvil en su marco de seis o nueve horas diarias, Corio se enchufa a la Panconciencia y deriva largamente por el fango de un río titilante.

Una conciencia lo atrae como una raíz de fondo a una sola brizna de hierba.

Es la conciencia de alguien que se está fregando las manos en un lavatorio; astillas de yeso y madera carbonizada caen en la loza y un remolino se las lleva dificultosamente por el desagüe; las muñecas se ofrecen al chorro pero la sensación de calor no cede y el rumor del pulso es desmedido; el agua que recogen las manos se acerca y estalla en turbulencia contra el hervor de la piel, pero cuando van a repetir el movimiento se apartan de golpe, y hay un chasquido, y otro, y otro más, como si a la conciencia iracunda le costase engranar el retorno a la que la está visitando. Cuando la visión sube desde las manos al espejo, aparece una cara vieja surcada de vasos y venas.

Inmediatamente Corio se desenchufa. Deja caer la cara en las manos. Está bañado en sudor. Así pasa un rato hasta que todos vemos materializarse unas frases de cuadernaclo.

Una: *Brefit dor lagankuôs, Giulon haf hafedass εdormain-gha-risssí lapnε mâ strifta.* Corio traduce: *El viaje no termina nunca, Giulon, y las cosas pasan una sola vez.* Sin esperar otra insinuación, la conciencia de Corio se abre a un tropel de situaciones como si se dejara decidir de qué forma va a asimilarlas: una mujer regordeta y atrayente en su madurez le sonríe con recato y optimismo a un hombre sentado junto a ella en un banco de plaza; suena un disparo, entre cortinas de bejucos un huargo cae herido bajo una luz vespertina al filo del ocaso acompañada de un sabor acre; en un callejón, un hombre con sombrero de paño sale por la puerta trasera de un teatron y el que lo ve se le acerca corriendo; cuerpos helados en un risquero de montaña; los dedos del hijo de Corio apretando una raqueta de forgol; un hombre alarga los brazos sobre la mesa de un bar rogando desesperadamente una respuesta; tripas de ciborgue se carbonizan en los restos candentes de un muro metálico destruido; una bandada de vencejos vuela hacia colinas boscosas sobre los edificios de una ciudad atónita. A punto de frotarse los ojos, Corio desiste y sigue traduciendo.

ALGUIEN ENTRA
EN UNA SALA VACÍA

·

De Dione Vasuhira
Isla Blanca 3

Alguien,
como si fuéramos nosotros,
entra en una sala muy amplia de techo bajo
con paredes de cristal que no dejan ver nada,
e iluminación tibia y tolerante,
un espacio hipertrofiado, vacío, vacío
e imparcial como una mañana sin diarios.
Al fondo hay un mostrador que no atiende nadie
con un cartel encima que indica:
    Quédese quieto y púdrase.
No tiene por qué ser una orden; tal vez sea
un simple consejo existencial
o pueda interpretarse
como *todo lo que se aquieta muere,*
o bien
cuidado con quedarse quieto que podría pudrirse,
y a lo mejor hasta una receta práctica.

En todo caso Alguien avanza;
nada indica que se espere que haga otra cosa.
Atraviesa toda la sala, ni rápido ni despacio.
Sortea el mostrador mirando a los lados
como si pudieran pedirle un salvoconducto,

una tarjeta de presentación, una credencial,
el pago de un impuesto,
pero no aparece nadie, ni siquiera la silueta
de un funcionario en la visión periférica.
Hay un umbral detrás del mostrador,
la boca de un pasillo por donde Alguien se mete;
y, cuando a último momento vuelve la mirada,
estirándose la falda o el pantalón,
nota que ahora en la sala hay una cantidad de gente
esperando, hombres, mujeres, niños y ancianos,
sin rasgos relevantes que los caractericen
ni expresiones muy marcadas de sentimientos complejos,
unos sentados, otros de pie a punto de moverse,
pero no se mueven y Alguien los deja ahí porque
él ya está recorriendo el pasillo, y cincuenta metros
después llega al final y sale.

Esto es afuera.

                                    Regule su intensidad

                                    Período de aprendizaje

Afuera hay noche
y hay amanecer:
hay faros que iluminan un camino
y hasta por arriba del camino,
pero todo es medialuz.

                                    Regule su intensidad

                                    Período de aprendizaje
                                    Zona de inmadurez

290

Hay camino
y horizonte,
pero Alguien no se mueve
o no nos movemos.
El paisaje cambia como un noticiero rodante
y en los afiches y hologramas de propaganda
modelos y modelos de todos los sexos
sonríen con aprecio como si quisiesen a Alguien,
o nos quisiesen a nosotros,
[que los vemos por la mirada de Alguien,]
pero no ofrecen nada.
Hay bares recién pintados
y añicos de marquesinas en los paradores.
Hay avenidas, sendas, desfiladeros y carretera.
Hay calles bien ensambladas
Y urbanizaciones flaqueantes.
Hay un arrullo de afinado motor en marcha
pero no desplazamiento.
Hay una pulsación en el rocío,
pero nada palpita
Nubes de grafito pesan en exceso
pero no descargan.
Hay reflejos de luz clara en el suelo
como en un lago petrificado
y meciéndose en la negrura
hay pastizales coronados de un rocío como caspa.
Hay campos en barbecho
Y hay terrenos en venta
con casas enteras dentro;
y hay plantas resecas
y matas en plena flor
pero una temperatura impasible

entre el frío moderado
y un calor no bochornoso.
Es un escenario sólido e inmediato
que se aleja como disipándose.
Hay un clima de discordia
en un aire hospitalario.
Hayas perseverantes
se apropian de parte de la llanura
pero en rebeldía contra el medio ambiente
se niegan a prosperar.

> Con gran cuidado
> con sumo cuidado
>
> Descuídese ya
> Ya no es tarde

Hay sol en estos parajes
pero no quema.
Caen chubascos
pero la lluvia no empapa.
Hay peajes sin operarios que cobren
ni nadie que los cruce
pero hay una intención de pago,
o una aceptación de pago,
y esta barrera se levanta sola.
Alguien entra en la sombra
y el mundo se ilumina.
Justo cuando Alguien va a caerse
el sol lo endereza y lo levanta
como si nos tirase del pescuezo.
Hay en el paisaje un parpadeo

muy obediente a ciertas leyes
de la naturaleza o de un dispositivo especial.

          Recientemente instalado.
          Fin del área de aprendizaje.

Arriesgando una opinión,
se diría que hay futuro e incluso expectativa
aunque no hay gestos donde leerlos
ni hay gente, con o sin gestos,
ni parece que Alguien quiera opinar
ni que vayamos a opinar nosotros.
Hay solamente lo que hay,
como si todo lo demás hubiese pasado
y lo que hay fuera un resto,
y sin embargo no hay duelo.
Lo que hay empieza a desvanecerse.
En la disolución titila un neón que dice:
El que camina cabeza abajo tiene el cielo por abismo.

          ¿Cuánto tiempo ha pasado últimamente?

          Diga la verdad y escape
          Diga la verdad y escape

La noche, el día y el camino
se funden en una puerta.
Ahora Alguien está frente a una entrada
en una luz membranosa y mojada,
como los órganos internos de una luna,
cuando la luna se ve durante el día.

Devuelva todo como lo encontró

Devuelva todo transformado

Devuelva lo que no encontró

Alguien no se mueve
y sin embargo se acerca a la entrada.
Cruza el umbral.
Entra en una sala muy grande
acristalada y desierta,
con un mostrador al fondo, parece,
donde nadie despacha
y sin ningún cartel que advierta,
indique, ordene, recuerde o aconseje
nada.
Alguien se palpa los lados del cuerpo
como si nos palpáramos los bolsillos.
No lleva encima ningún documento.
No sabe si tenemos bolsillos.
No se sabe si estamos vestidos.
No hay encima o debajo acá.
En este espacio no hay papeles ni pantallas.
No hay vocales ni consonantes.

Alguien se ha detenido
pero camina hacia el mostrador,
a paso no vivo ni lerdo.
Aquí donde está no puede hacer otra cosa.
Queda un residuo atrás, o un germen, un maletín,
y hasta un vestigio de la mano que lo agarraba,
pero Alguien entra en un pasillo sin volver la vista.

Oímos los pasos de Alguien.
Allá vamos.

LIBERACIÓN
Un filme de catástrofe

·

Dirigido por Nelda Villiams
Isla Onzena

Los dedos no paran de tabalear en el escritorio. La espalda no transige con las caricias del sillón masajero. Tedilce mira un cuadernaclo, mira otro. Toma notas a los márgenes, le encarga llamadas al farphone, sale un momento de su oficina, despacha asuntos en otras, vuelve a entrar, le da un mordisco a un tartín de queso, bebe dos tragos de aguadens y sale una vez más sin haber puesto el culo en el asiento.

Tedilce Riotto es gestora de lazos públicos de Códeltar & Stakolde, un emporio de la producción de hologramas publicitarios comerciales y políticos. Un cargo con muchas responsabilidades, que ella atiende expeditiva y a veces simultáneamente en distintos despachos y pasillos del edificio corporativo, en salas de reunión reales, foros neurales y conferencias a distancia a través de las pantallets desmontables que en caso de necesidad puede encastrarse, bien en los antebrazos, bien en las cejas mediante patillas flexibles. Un cargo con amplias posibilidades para el deseo de ser más, incluso para una mujer de cerca de cincuenta años, si se ocupa de mantenerlas abiertas.

Tedilce se ocupa. No solo en horario de trabajo. Se lleva tareas a la casa, y en la casa también solventa un sinfín de quehaceres de la compleja vida que, entre otras cosas, permite mantener las posibilidades bien abiertas. Tampoco es que se pueda cerrarlas. A cierta altura de la vida de alguien como Tedilce las posibilidades ya están incorporadas; son un destino físico o un componente del carácter. Son como hijos; casi, porque los hijos se independizan.

Tedilce no es un manojo de nervios, pero no da un respiro ni a la voluntad ni al entusiasmo. Es que de otro modo no le alcanzaría el tiempo. Hay que contar los setenta minutos que se pierden en ir al trabajo y volver a la casa, en lancha costeña para no añadir al aire emanaciones de automotor que empañan el brillo de los hologramas, tantos de ellos producidos por su empresa. Hay que cumplir con el diálogo vespertino con el hijo, disciplinar a los enfermeros que cuidan a la madre de su nuera en la residencia ancianil, chequear los informes médicos y mover unas inversiones financieras de cuyas rentas vive su consuegra y que la hija de ella y nuera de Tedilce manejaría torpemente. Hay que actualizar las inversiones personales. Estudiar los próximos movimientos de dinero. Pagar unas cuentas.

Hay que reservar dos sangróviles y una mesa en una posada para el paseo campestre que Tedilce ha acordado hacer con el sólido comprador de hologramas Nutéreo Doggo, líder del Partido de la Preparativa de Isla Onzena.

Hay que cuidar la casa. El corredor de la puertaventana del jardinet hace un ruido que oprime el corazón. Al cabo de dos años de uso los sillones de la sala son antiguallas difíciles de mostrar a las visitas. El programa del monitorio cumple un veintitrés por ciento menos las funciones de regulación doméstica que los modelos de este año. Es una casa sobria, de una sola planta, mediana pero confortable y distinguida. Tedilce se pasea, cambia de sitio una estatuita de la que parece orgullosa y la abrillanta con un dedo ensalivado. Mira por la ventana los bloques contundentes de otra zona del barrio adonde quizás se mudaría si ciertas posibilidades se realizaran.

Suspira, irreprimiblemente, y luego repasa en diagonal un artículo sobre la enorme cantidad de veces que el ser humano suspira por día, lo beneficioso que es suspirar y la conveniencia de llevar a cabo un suspiro consciente al menos cada dos horas.

Uno de los cuadernaclos la requiere: por solo tres mil panorámicos puede reemplazar su pequeña lancha navegadora por la nueva Dórat Mu. La cabeza de Tedilce asiente con insistencia, como si acordara cuán imperdonable es no actualizar el valor de lo que se tiene. O no disponer de una navegadora más grande. El cuadernaclo muestra el mapa con las rutas que Tedilce proyecta hacer por los brazos menores del río y la lista de conocidos que sería generoso invitar.

Hay que leer los revistores de cultura para alimentar el espíritu; hay que estar al día con los espectáculos para ser fuente de solaz y datos útiles para los amigos, cuando uno u otro llama para una charlita de anochecer. Hay que hacer los ejercicios que la mantienen afinada. Ducharse. Humectarse la piel. Hay que ordenarle al cocineril que caliente el plato saludable de esa noche de la semana y disfrutar la cena con rapidez, mirando atentamente los noticiescos si se pretende ser una ciudadana digna del nombre y una conversadora interesante en los almuerzos con clientes o con sus superiores de Códeltar & Stakolde.

Hay que ofrecerle al ex marido unos minutos de consuelo por la enfermedad de su segunda mujer, una porcelanosis que por lo que se oye en realidad no es tan grave. Tedilce cierra los ojos, se concentra en suspirar y suspira.

Hay que escribir unas líneas en el diario íntimo recalcando el acierto de haberse divorciado, con pena pero sin crueldades, cuando era imposible recoger los frutos del matrimonio o siquiera renovar la siembra con las manos acaparadas por otras obligaciones.

Hay que echar una mirada de cierta extensión al espacio que los asuntos resueltos han dejado limpio y en orden para las tareas que hay por hacer. Después hay que programar la agenda de encuentros amistosos, esos cara a cara con los otros que vacunan a la mujer solitaria contra las neuras.

Hay que revisar el estado de los implantes digitales imprescindibles para poder ocuparse de tantas cosas. Podría asegurarse que para Tedilce, una humana mejorada por la técnica, todas las cosas tienen la misma importancia y exigen atenderlas al mismo tiempo. Esto es una cláusula del tácito contrato de crecimiento incesante que ha sellado consigo misma. En sí misma Tedilce es una suma neta de lo que debe hacer, lo que se propone hacer y lo que le gusta hacer. Ahora que se ha calzado el farphone le está diciendo a alguien que ya descansará cuando esté muerta. Acto seguido espera que se explaye el interlocutor. No sabemos bien qué le objetan, pero ella responde que mucho más importante es desarrollarse como persona en todos los frentes posibles. Y dice más: que para cubrir las necesidades del alma ella tiene sus pasiones.

Es muy educada, propensa a la afabilidad y una intermitente impaciencia. Solo cuando ya ha despachado los contactos amistosos suelta una descarga de eructos, de modo de aliviarse antes de habilitar el dialogador ambiental para poder moverse mientras habla con su hijo. Sin embargo, le ha contado su jornada y se dispone a escuchar el resumen informativo de la de él y la nuera cuando se le escapa un eructo más y, pasadas las breves risas, el hijo le dice: Ep, madre, parece que más que haber vivido el día te hubieras comido una vivencia tras otra. Tedilce no se defiende. Le habla de sus aspiraciones. Eficaz, hijo, dice, es la persona que se limita a alcanzar las metas y objetivos que le propone su organización o su marco; eficiente es el que alcanza esas metas o cumple tareas de la manera óptima, gastando menos dinero y menos tiempo. La vida es un crecimiento constante en eficiencia y eficacia, ¿te das cuenta?, pero nada vale nada si no se optimiza el equilibrio entre el trabajo y el tiempo personal. El equilibrio entre el placer de trabajar y el de otras actividades placenteras. Un poco yoísta, ¿no?, dice el hijo. Al contrario, dice ella: Ese equilibrio nuestro es lo mejor que podemos darle al equilibrio, el aporte para los logros conjuntos que son los que importan. Porque así estamos más abiertos. Yo digo, ¿no?, hay que encontrar formas de contestar a exigencias desmesuradas, aprender a reformular situaciones. Y aparte, hay que medir cuánto talento tenemos para ser eficientes en el afecto y las obligaciones, no dar una hora por perdida. Hay que subir uno para subir todos juntos. ¿Ser ambicioso?, pregunta el hijo. Tedilce carraspea: Hay que descubrir territorios nuevos. El hijo le pide que tome algo para la garganta, le manda besos y se despiden.

Es bien de noche. Esporádicos suspiros perforan el tejido de la dedicación constante. Tedilce observa su jardinet como si fuese un criadero de planes gritones. Inspecciona los pimpollos de una fatanela. El monitorio le recuerda que son las 23.30. Hace la lista de la ropa que el lavanderio ha dejado a punto para la reunión del día siguiente sobre el proyecto protección holográfica de la Selva de Maukara. Tedilce le pide al monitorio que haga rodar los percheros y elige una blusa azul genciana y un conjunto de vegetalina gris ágata.

Aún falta tragarse una gragea de Apagámex, no porque Tedilce pueda sufrir insomnios, impresión que no da a simple vista, sino tal vez como garantía de que el sueño escurrirá la cabeza para que al día siguiente tenga capacidad adecuada. En cambio, ahora está pensativa, y con los hombros un poco agobiados, como si alguna vez hubiese planificado una vida de cierta longitud y las peripecias, la inercia o el azar le hubieran

303

llenado de nudos la trama vital. Después de pasarse el denti-frot y cepillarse el pelo frunce los labios. Junto al encastre del pantallet frontal, un mínimo tic eleva la ceja izquierda. Ella suspira. Mientras lee tres páginas de un librátor novelístico, *El cuenco de las ideas luminosas*, en el jardincito temblequean los pétalos de las gastenias. Ella cierra los ojos. Duerme sin correr las cortinas.

Ahora amanece. Tedilce bosteza, se despereza, se levanta antes de que hable el monitorio o se active el masajeador del colchón. Como si el sueño hubiera sido un propósito realizado, va al cuarto de baño sin que se le note una discontinuidad en la determinación.

Otra noche llega a la casa un par de horas más tarde. Se sienta a estudiar el folleto del espectáculo de teatron que ha ido a ver, rumia las explicaciones del teatrourgo, el director y los intérpretes y una vez en camisol revisa sus cuadernaclos. En uno encuentra el inscriptorio de un curso de profundiza-ción en materias artísticas y científicas para especialistas en lazos públicos. En el margen del impreso hay una nota suya: *capacitación – progreso en los conocimientos*. Después departe con el monitorio sobre la calidad de las tareas hogareñas que han hecho las ciborgas y, habiendo puesto a punto el listado de programas del mes siguiente y dado un paseo corto por la Panconciencia para experimentar alguna situación ajena, se alisa la ceja del tic, eructa y saca de un alhajero una caja de cigarrillos Sumergina. Fuma la mitad de uno, se lava las manos, se pasa el dentifrot y se acuesta. No bien ha cerrado los ojos vuelve a abrirlos. Corre a advertirle al cocineril que si al día siguiente no cuida mejor el punto de las tostadas va a tener que reemplazarlo. Se concentra. Suspira. Busca el medio cigarrillo y lo enciende.

Un millatro y medio hacia el este, más allá de la ristra de

casas idénticas que separan la de Tedilce de la costa, a su debida profundidad una placa tectónica se desliza sin preaviso. El lecho del río mayor se estremece como si tuviera un chucho de frío. Por la falla abierta se eleva una masa inmensa de barro y rocas que impulsa hacia arriba un volumen equivalente de agua. A medida que la gravedad la mueve, el agua desplazada se empecina en recuperar una posición estable. Una hiperbólica loma líquida se pone en movimiento y cobra velocidad. En el momento del sismo Tedilce está a punto de asomarse al jardinet a mirar la luna sobre el barrio. Se paraliza de miedo. Ve la ola envolviendo las casas de enfrente, la ve tragárselas. El agua revienta el vallado, encuentra a Tedilce en el quicio de la puerta y la arrastra adentro de la sala. Un torbellino visceral la centrifuga, rozándola casi contra el techo, y la estampa contra uno de los sillones de estilo anacrónico. Una corriente de reflujo se la lleva hacia afuera, por encima de casas derribadas, mientras ella se desespera por subir a la superficie. Cuando logra sacar la cabeza, Tedilce vomita un chorro de agua y bolo, pugna al mismo tiempo por tragar aire y en cuanto lo consigue algo en el cuerpo opta por ahorrarle el terror y la desmaya.

Se despierta sobre una pátina de fango sucio de brea; es el comienzo de un amanecer lívido y sudoroso. Un aullido lastimero la hace levantar la cabeza. De otro lado llega una voz de niño. La única construcción indemne a la redonda es un quiosco de necesidades. En la marquesina aletea una garza. Alguien musita o lloriquea. Tedilce está tendida al amparo de una pesquera de treinta varas que la ola dejó atravesada sobre las ruinas de un balneario. El camisón, la bata y las pantuflas no se le han desprendido pero no alcanzan a cubrir todas las magulladuras. Sangra por un par de rasguños. Aunque solo palparse las costillas la hace soltar un grito, logra ponerse a gatas lo suficiente para entender que la ola la dejó tirada ahí después de estrellarla contra el casco del barco. Mueve trabajosamente la mandíbula. Husmea. El aire debe oler a cieno vegetal y procesos de podredumbre.

La anormal extensión de playa que dejó la bajante está sembrada de cuerpos humanos y animales. Algunos parecen extras de cinema haciendo de muertos, pero muchos están muertos. Otros sollozan o se lamentan. Sentados en el pedestal de la indemne estatua de un prócer isleño, un chico y una chica se tienen de la mano sin abrir la boca. Una mujer descalza, desnuda bajo un abrigo como si se hubiera preparado para agasajar a un amante, saca de los bolsillos dos manzanas machucadas y le ofrece una a Tedilce. Ella la mordisquea. Se guarda el resto en el bolsillo.

Deambula rengueando. Una vez el subsuelo ha evacuado sus impostergables necesidades, el clima sigue su programa estacional. Los capullos que aún cuelgan de un arbusto indican que empezó la primavera. Tedilce no tiembla tanto: la mañana parece cálida y clara; el cielo indiferente. La zona es un espacio mental destrozado por la comprensión repentina de una barbaridad de errores. Viscosidad. Escombros. Vapores malsanos. Charcos de aguas cloacales sobre pistas de arena ennegrecida. Bajo retazos de un techo de cinc, un brazo quieto. Peces, perros y marineros tendidos entre el fárrago de proas y palos de lo que fuera un puertito. Un famarbulio de proas y palos quebrados, patines y mastréberos. Aparatos intactos o hechos trizas. Mampostería. Pilares rotos disparan al cielo viguetas erguidas. Gemas de agua destellan en el césped sintético de un campo de balompo. Las casaquelas y protectores de juego desparramados parecen puestos a secar por alguien que después perdió la memoria. En la gente que se dispersa o se amucha, la desesperación de los salvados por encontrar a los hundidos se confunde con la inconcebible carga de empezar de nuevo, todo de nuevo, sin saber por dónde se empieza visto que quien más quien menos cayó de recién nacido en una porción de mundo que ya funcionaba. El aturdimiento de los deudos se confunde con el horror por las pérdidas. El pensamiento gira en falso y se desploma.

Del lado del interior, de izquierda a derecha por el confín de una planicie de ruinas y palmeras encorvadas, entre una que otra torre jactanciosa de haber resistido, se mueve una fila de siluetas azules. Una bruma las envuelve como rocío de insecticida. Parecen soldados. De distintos puntos de la devastación se alzan cuerpos que corren a llamarlos. No llegan a tiempo. La columna se aleja. Algunos cuerpos recurren a farphones, inocuamente, y caen de rodillas. A treinta cuadras de distancia en la ciudadela empresarial, la truncada pirámide del emporio Códeltar & Stakolde brilla donde le quedan fragmentos de cristaleina. Tedilce entorna los ojos justo para ver cómo deja caer un pedazo más, solo uno, como si negociara una rendición honrosa con las olas ya idas. En cambio la generadora de fluido que remataba una colina es un revoltijo de hormigón y corniplast entre las torres tubulares que siguen en pie porque casi no opusieron resistencia. Un viejo decrépito chasquea la lengua, como advirtiéndole a su perro que por un buen rato no va a haber electricidad.

En un círculo, hundidos en sillas de blastaro, hay unos veinte lugareños intentando ponerse a debatir una acción conjunta. Ahí están, de momento callados. Pero no a todos los paraliza el estupor. Hay quienes conservan la función mental estratégica, y en los abollados cuerpos cubiertos de harapos o prendas enteras algunos conservan la función de cálculo. Uno se ha enchufado a la Panconciencia y pareciera que encubre esa maniobra de huida como improbable búsqueda de información. Hay gente hurgando en restos de cocinas destartaladas como si le conviniese encontrar algo. Un trío de niños ha sacado emparedados de carnina de una enfriadora; la más chiquita moquea. Dos hombres diligentes circulan con una carretilla repartiendo los botellos de agua que han acopiado. Tedilce se queda mirando a una familia que reúne latas de conservas. No los imita. A la remisa invitación a unírseles responde encogiendo los hombros. Se queda clavada en su sitio. Pequeñas crispaciones le rizan la carne; miembros y músculos se contraen o estiran en ondas desfasadas, febriles programas de acción en choque contra el vacío. Finalmente logra arrancar, como si la desesperación la hubiera dirigido hacia la desesperanza.

El jardinet de Tedilce es un cenagoso cementerio de morralla. Por los nudos de mamelias, plumerillos y ramas de sauce se pasean sabandijas. Un gato lame el jugo marrón que brota de un desagüe. A la casa le faltan dos muros; el techo es un amplio pedazo de cielo cruzado por vigas desnudas; algunos librátors se enmohecen en una estantería; en una pared el monitorio está congelado en un inaudible grito de alerta. Hay un bagre muerto pegado a un retrato de una mujer con un chal. Todo chorrea. En la cocina, caída de bruces, la enfriadora supura una grasa beige por varias rendijas. Como si temiera mover accidentados, Tedilce solo toca pasta de papelio, cuadernaclos y robotines desmayados. En la alacena, sorprendentes montículos regulares de materia apelmazada se alternan con vidrios rotos. Tedilce abre un tarro de confitura que encuentra entero, hunde dos dedos y no bien se los lleva a la boca la doblan las arcadas. Respira hondo, rebusca, encuentra un botello de zumo de pomelo, clava un cuchillo en la tapa, da nueve o diez tragos y lo aparta resollando.

Por un boquete ve pasar a un hombre y una mujer precedidos de dos chicas. Deben ser vecinos porque todos saludan a Tedilce con una cordialidad desorientada y expectante. Una de las frigatas corta el silencio diciéndole que saben que en Villa de Sekke no pasó nada. Mi hijo tiene domicilio ahí, dice Tedilce, y en cuanto la familia se aleja corre al dormitorio y en el mesil de noche encuentra un estuche mojado por fuera pero seco por dentro que guarda un farphonito palatal en buen estado. Blande un puño en señal de triunfo, se calza el dispositivo, dicta un número y pese al ruido de fritanga consigue hablar con su nuera. Tedilce corrobora que la muchacha, su hijo y su consuegra están bien. La tranquiliza. Desdibuja la catástrofe. Insiste en que no se les ocurra tratar de acercarse: sin duda en las próximas horas se va a efectivizar una forma u otra de asistencia.

Como si aún quisiera comunicarse, se palpa la muñeca derecha y el brazo izquierdo en busca de un transmisor, un pantallet, el chip bancario, y vuelve a palpárselos con furia porque acaba de descubrir que los puertos de conexión que tiene implantados están vacíos. El bolso de mano sobre el cual se precipita parece eviscerado. Sobresaltada, revisa el suelo hasta dar con unos amasijos de documentos. Los aparta de una patada y debajo de uno aparece una docena de tarjetas de panorámicos. Las despliega para que se sequen y cuando está agachada se larga a llorar.

Es un llanto brusco, entrecortado de hipo y gritos bárbaros y de los tragos que entre sollozo y sollozo Tedilce le da a un botellón de aguagrís con el que recién tropezó. Cae rendida. Se duerme, pero en seguida se despierta, se mete los dedos en la campanilla y vomita en el toileto desencajado.

Gesticula para nadie. Se encorva. Las manos se le abren solas para abarcar la pérdida. Y aunque no ha perdido totalmente todo, solo rescata un bolso, dos pares de botinces, un capote rompevientos aséptico, algo de ropa, dos toallas, una manta, un jabón, un cepillo de pelo, un frasco de pastillas y un dentifrot y endereza una silla y se sienta. Sale del aturdimiento muy despacio, con asentimientos y meneos de cabeza, como si discriminase lo imprescindible para afrontar lo que venga. Camina a lo largo de lo que fueron cuadras. Lo más aplastante es el silencio. El tono de la ciudad es la pérdida. El que no vaga buscando a una madre hace esfuerzos violentos por no llorar todavía a un hijo o es un médico del cuartier que ausculta, reanima si puede, limpia heridas, entablilla o cierra párpados. Parada detrás de un bracho duro de angustia, Tedilce va a ponerle la mano en el hombro pero su propio llanto la inhibe, y cuando lo está intentando otra vez la distraen otros dos muchachos que se están abrazando con dos viejos y en vez de llorar chillan como embrujados. Bolso en bandolera, Tedilce explora la zona, lenta, cabizbaja, llorando todavía pero con la cara paulatinamente despejada, como si con cada paso se desprendiera de un tul. Recibe una bandejita de precomida del arrogante pelotón de jefes de hogar que comanda la distribución en un supermercado; pide bebida y le cantan un precio; son las reglas de una incipiente plutocracia localizada. Paga. Calienta la bandejita en el horno de una casa con techo, junto a las raciones de un hombre calvo que tranquiliza a un niño peinándolo sin cesar y un trío de chicas hurañas, las tres con limpios uniformes de camarera, que se han munido de cuchillos contra eventuales violadores y solo le dirigen la palabra para convenir cómo enfrentarse a los vurones, así los llaman, que están acaparando artículos. Alrededor de la fogata que han hecho con una mesa la oscuridad fermenta. La luna viaja entre nubes tumorales. El hombre calvo, el niño y las chicas duermen abrazados a sus bolsos. Aunque Tedilce no abraza el suyo, al amanecer lo encuentra intacto a su lado; sin embargo llora. Esa mañana los primeros flayfurgones de socorro trasladan heridos, alinean cadáveres para el reconocimiento o los retiran, derivan a bedeles de censo a los que buscan familiares y a los demás les piden paciencia. No dejan de aparecer cortejos de gente abismada, recuas de familias enteras, algunas tirando de carretillas con muertos envueltos en sábanas, todas con un muñón en el pasado. Se improvisan funerales. Predomina la reserva. El dolor de los supervivientes se bifurca entre la estupefacción y el llanto.

Más que pobre o negligente, el estado de la isla es anacrónico y torpe. Los fumigadorios se molestan con los cangrejos recolectores, las grúas con los camilleros. Cruzados haces de reflectores atenúan la violencia de las noches.

Las escenas siguientes difieren muy poco de las que ya vimos o de la idea que se hará quien haya visto catástrofes en los noticiescos o curioseado en los filmes de un género que en el ciclo pasado atraía multitudes.

A lo lejos, una brigada trepa como una columna de hormigas por una cara de la pirámide rota de Códeltar & Stakolde. Muchos menos operarios trabajan en el revoltijo de la generadora local de fluido. No son pocos los afectados que se niegan a dejar sus lugares; la evacuación es pesada. Los flayfurgones son cámaras de llanto.

Ese atardecer llueve. Tedilce, que acaba de descubrir que su farphonito palatal se ha plagado de hongos, lo tira y sofoca la rabia apurando el paso. Se refugia con un grupo que parece de los más fuertes pero está periódicamente controlado por una patrulla armada de los fuertes de veras. Ciruelas pasas, medallones de carnina, chocolatio, infusión de ermila y aguagrís; monotemática conversación constante. Del rumor de las mandíbulas surge cierta concordia y un torvo asombro ante la tenacidad de la vida para aferrarse a sí misma. Dentro de la obsesión por durar, sin embargo, los que han sido seguros y ávidos evolucionan hacia el canallismo militar y los que han sido sumisos se deprimen o estallan de nervios. En una zona media, los que aceptan los caprichos del azar se confunden con los fatalistas oscuros. Una señora de greñas pregunta quiénes van a ser ellos ahora que no tienen nada ni son nadie. Es típico que también haya cambios en otro sentido. El giro de Tedilce es hacia el aplacamiento, como si la condición de ser nadie fuera un pasaje y una vez del otro lado no hubiese que esperar más. Quizá porque la ilusiona no esperar tampoco se afana por recibir la ayuda de médicos, limpiadores y cuadrillas de voluntarios lo bastante duros como para recuperar a patadas y redistribuir cosas que el grupo de los fuertes había requisado para uso propio.

Pocos días después la incluyen en un contingente. Unas horas de camionet, con su bolso en brazos, y la depositan en un pueblo mediano. La fumigan. La albergan en una escuela provista con donaciones de otras islas. Algunos paquetes contienen aforismos de aliento. Los evacuados los leen como si fueran mensajes de un espíritu superior a los estados. La Guardia reparte incluso uno que otro farphonito barato. Un viejo fumador de arrugas ennegrecidas se hace con uno; después de usarlo bastante se lo ofrece a Tedilce y ella se lo pone sin siquiera limpiarle la baba con la manga. Habla con su hijo. Agradece el ofrecimiento de ir a vivir con él pero lo rechaza. Después, como si saliera absuelta en un juicio, vuelve a una lentitud no apesadumbrada, muy distinta de la abulia, que parece un despuntar de la paciencia.

Que es paciencia se nota muy bien en la entrega de Tedilce a los pasos subsiguientes, bastante consabidos. La trasladan a un hogar colegiado, un conjunto de habitáculos modulares montados en una nave industrial desocupada; alrededor subsiste mal que bien el parque de la ex empresa propietaria.

Le anuncian que dentro de un plazo recibirá el pago único de un estipendio de excepción. Otros miembros del contingente preguntan a menudo cuánto tiempo es un plazo. Como asombrada de recordarla, Tedilce lanza al aire una máxima de escritor F. K. Whepo que dice haberle oído a una profesora sabihonda: *Lo bueno de un golpe de mala suerte es que se aprende a respirar.* Mientras, fiel a su índole, la primavera madura. La brisa que llega a veces del río lejano provoca en los habitantes del hogar transitorio gestos de terror, odio y repugnancia. Por las tardes, los más sociables se sientan en rueda al aire libre a contarse las vidas. Da la impresión de que Tedilce los comprende sin discriminaciones, aunque no sin aburrirse; y es que siendo gente tan diferente entre sí todos cuentan argumentos casi iguales. El terapeuta que les endosan no tiene idea de cómo estimularlos. Ella se inventa una historia policial con peripecias de proceso jurídico; pero no le sale bien y el esfuerzo de ser original la deja abatida. En las siguientes charlas llora y llora, lo mismo que otros, pero además cuando está sola bebe cualquier cosa con alcohol. Al cabo de unos días de catatonia consigue reanimarse. Hace migas con un hombre de su edad llamado Futko; es etólogo, la ola le destrozó el laboratorio y ahogó a los animalitos que lo ayudaban a entender mejor a los humanos y, tal vez porque en esa cara enjuta de amplísimas fosas nasales ve una virtud limpiadora, Tedilce le cuenta:

que en sus años verdes quiso y a veces logró educarse en tomar distancia de sí misma y de las posesiones materiales, porque le parecía que no teniendo que defender nada ni miedo a perder lo que tuviese una podía actuar con mucha eficacia; pero que la acción en el trabajo, y la inercia de la acción para hacer más y mejor el trabajo y otras cosas, le habían aumentado las ganas de vida, como comer delicias aumenta el hambre, y las ganas la habían llevado a llenarse la vida de artículos y personas y responsabilidades para con otros y consigo misma, de lazos, relaciones, nudos que sujetaban cosas, con las correspondientes responsabilidades de tenerlas en orden, en buen estado, aparte de que desatar cada nudo implicaba varias tareas más, con lo que al final todo para ella consistía en cumplir objetivos, tender lazos, anudar, desanudar, atar nuevos cabos sueltos y mantenerlos unidos y olvidarse para siempre, no solo de por dónde se podía cortar, sino de que existían los cortes.

El hombre aprueba el razonamiento aunque no tenga corolario. Después de haberse escuchado, Tedilce se vuelve disponible. Ya no bebe. Entretiene a los niños, coopera con los rehabilitadores de tullidos, masajea a los magullados, juega al gampón con los inquietos, apacigua a los ansiosos como para apaciguarse ella, conversa sobre la muerte con los deprimidos; es un manantial de tiempo compasivo, y el tiempo se acuerda de pasar. Un comisionado de asignaciones le anuncia a Tedilce que ya puede retornar a su ciudad; el estado garantiza una ayuda inicial y la obtención de un crédito blando para la reconstrucción de casas, aunque no un empleo para pagar las cuotas a los afectados que pueden reclamar su antiguo puesto. Tedilce enmudece, como perpleja de que haya un antiguo puesto pasible de ser reclamado, o de un edificio accesible que lo albergue. Otra opción es vender su terreno al ministerio de Edificación por una suma prefijada a cambio de una vivienda en una ciudad del interior de la isla, pagadera con una parte del salario del trabajo que el estado le ayudará a conseguir en alguna de las organizaciones empresariales que están contribuyendo a forjar algo semejante a una comunidad con una mezcla de desdichados. Solo al final de la frase el funcionario advierte que Tedilce lleva un rato asintiendo. Unos

314

metros por detrás en la fila, el etólogo asiente también, y lo mismo unas mellizas huérfanas con mucha vida por delante, aunque ellas exigen una vista previa y tiempo para pensarlo. La disponibilidad de Tedilce la invita a firmar y prestarse a los exámenes médicos, la medición en matrices de preferencia, la confección de la nueva credenciádula y demás procesos de ensamblaje de una persona ciudadana con lo que un bedel define como cuerpo disociado de su mente.

Por fin viaja. La incipiente ciudad es una extensión de lomas de un verde aceptable adornadas de polimódulos habitacionales, unos racimos de huevecitos no grandes pero tampoco asfixiantes. Más allá del alcance de las caminatas hay un cerco de montañas altas. Por el perímetro arbolado se suceden galpones empresariales y solares solo habitados por cabreñas. En la zona comercial, desheredados provenientes no solo de varias devastaciones sino de todos los peldaños del edificio social cruzan y a veces interfieren mutuamente sus muy disímiles puntos de mira existencial, ánimos, voluntades, planes y temperamentos. Vale decir: un mundito. Algunos aspiran a mejorar y largarse, otros a mejorar sin moverse de ahí; los más no saben, atónitos por la merma casi total del deseo. A Tedilce esa sequedad la ha sonrosado, apaciguado, como si hubiese declarado la independencia de su vida definir un camino.

La destinan al control de calidad y conteo de unidades de un lavaderio industrial recién instalado en una loma. Aunque Tedilce hace ese trabajo repetitivo y delicado con todo rigor, para elogio de su jefe, no solo puede ser pausada sino ahorrarse horas extras. Acompasada por el rumor de las grandes centrifugadoras, escruta pilas de blanquería de hospitalios, posadas y comederos antes de que los robotos las empaqueten. Liberarse de su vida le ha dado la eficiencia que siempre había buscado, pero ahora el cuerpo se le explaya. Antes o después de la jornada camina, observa piedras o caras, desmenuza hojitas, las huele, mira mucho. Hace mucho de nada en especial. Los diálogos con compañeros de trabajo, vecinos de módulo y parroquianos de taberna le dan la pauta de que toman esa vida inesperada como una prótesis sobre un enorme muñón que no cicatriza. Tedilce no aconseja ni orienta; cómo podría. Los escucha con atención, con largueza, cuando ve la oportunidad los toma de la mano, pasea con ellos del brazo y les cuenta chistes bobos, y a algunos les basta con la evidencia de esa compañía para que la vida protética se vaya naturalizando: casi todas estas son palabras de Fotko, el etólogo de amplias narinas amigo de Tedilce, que se ha instalado ahí y trabaja en las estadísticas de un centrito de epidemiología animal.

No es que ella hable mucho; al contrario. Aunque se nota que sabe qué decir, practica una economía cuidadosa. No transige cuando el interlocutor culpa a alguien o algo de lo que le sucede, ni acepta que se eche la culpa a sí mismo. Pero el efecto paliativo de sus pocas palabras es tal, que un día un tabernero le ruega que converse con su mujer, que tiene una oltusemia terminal, a ver si la tranquiliza. Tedilce pasa horas con la enferma, leyéndole, pasándole balsamón por las llagas, animándola de vez en cuando a recomponer su vida como una figura variable con un lado abierto a la muerte, y le lee cuentos de duendes. Otro oltusémico le pide que hable con él. Al darse con el tercer caso de lo mismo, Tedilce se pone a buscar y encuentra a través de Fotko un epidemiólogo que, mirando a los costados temerosamente, le susurra un dato: la causa de la oltusemia puede ser el polvo de gartán 102 que se desprende de las excavaciones de un equipo de geólogos que aprovecha el aislamiento de la comarca para estudiar el subsuelo de la isla. Tedilce dice que sería óptimo poder prever

316

nuevos sismos, más bien, pero es inhumano hacer los estudios en una zona poblada por tanta gente que la desgracia dejó con pocas defensas. Coincido, le dice el epidemiólogo.

Ya que los dos están tan disponibles, Tedilce urge a Fotko a iniciar un movimiento por el traslado de los geólogos a una comarca desierta. Tanto a los geólogos como a la empresa que los financia les repugna la idea de mandarse a mudar. Resisten. A los dos meses Tedilce ha logrado instalar en esquinas de la cuasi ciudad puestos en donde enfermos de oltusemia muestran a la comunidad lo que podría pasarles a muchos si siguen las prospecciones. Buena parte de los habitantes encuentra una motivación y un sentido para el curso de los días. La mujer del tabernero da indicios de que no va a morirse aún. Tedilce le advierte que si alcanzan su objetivo, el sentido que la causa está dando al curso de los días se va a disipar; quizás haya que acostumbrarse a que no es el sentido lo único que importa del correr de los días. La mujer replica que siempre se puede encontrar otra causa que les dé sentido. Tedilce pregunta, a la mujer y a sí misma, si no será que todos los sentidos tarde o temprano se disipan.

Con tal de no sentirse culpable el gobierno cede. El equipo de geólogos tendrá que instalarse en Rondas de Aklaste, donde la máxima vida en peligro serán las matas de espino. También las arañuzas, pero Fotko asegura que las arañuzas son inmunes al gartán. Como una sordina para trompetas marciales, la apacible movilidad de Tedilce consigue morigerar la posible euforia de los activistas, y por la misma razón evitar el decaimiento. La tarde siguiente del día del anuncio, después del trabajo, hace una larga caminata hacia los bosques de algamas que hay detrás de las lomas. Parece desorientada y movida, casi inquieta; podría ser el remordimiento de no estar compartiendo el buen momento, pero también el entusiasmo de reconocerse suelta para sí misma.

317

El invierno empuja a la gente a sus cobijos. El cielo se tapa las grietas con ocasos abruptos. Tedilce no solo se las arregla para hacer escabeche de liebre y conservas de alesca y de berenjena sino para salir a regalar unos frascos. En las reuniones de autoaliento que los necesitados de sentido organizan para aliviar las muchas horas de tenue luz artificial, Tedilce propone que el grupo se llame Gente que No Sabe Adónde Ir. Se insinúa una atmósfera de camaradería. Únicamente un ingenuo emigrado de Isla Múrmora devoto del Dios Solo asegura que Tedilce es una santa. Aunque con esas supercherías es cortante, Tedilce no desdeña la aureola de persona sabia, como si le sirviera para inventar nuevos sentidos para el curso de los días sentidos y descartarlos: se la nota templada en su desatadura.

El filme entra en una lentitud que nunca llega al estancamiento. En su exiguo módulo ovoide, sentada en el único sillón, Tedilce mira el techo, la vajilla, el pan, el mestrinil multiuso, como si la satisfacción de las necesidades esenciales neutralizara toda necesidad ficticia. Atenta y juiciosa, o dolorida o contrariada, comenta para sí misma las noticias del mundo que desfilan por el pequeño pantallátor. Al cabo de un rato lo apaga naturalmente. Las suaves ondas que le rizan la frente traducen la deriva del pensamiento por un ahora muy dilatado, y erráticas son también las conversaciones con su hijo, su nuera y su nieto. Le dice al brachito que le va a tejer un chaleco, y tiene que explicarle qué cosa es eso. Dice que un día irá a visitarlos, pero antes de prometerlo corta, como si ciertas promesas fueran pretextos para encadenarse. Se acuesta, duerme a pata suelta, se levanta con el sol, bebe su jugo de rémigo y se relame con unas galletinis mojadas en yecle, va al trabajo, vuelve a la tarde, se lava, se reúne con la Gente o visita la taberna o da una vuelta, cena algo, lee o mira algo o teje un chaleco, y así. A menudo silba tonadas. Se la ve contenta.

En ese estado desarrolla una facultad para los hallazgos oportunos. Durante una excursión por la Panconciencia recala en la mente de una mujer que tiene entre las manos un librátor de reflexiones de cierto Tamo Del'Impli. *Yo no describo el ser; describo el tránsito, y no de una edad a otra, sino de día en día, de minuto a minuto.* Como no hay retorno, la conexión cesa; pero de vuelta en su cabeza ya desenchufada, buscando en el cuadernaclo quién es Tamo Del'Impli, se topa con una antología de frases de una escuela de meditadores solitarios de Isla Plganto.

Las comparte con la Gente que No Sabe Adónde Ir. Mientras en la ventana de la sala el sol del mediodía funde cristales de escarcha, mientras se multiplican los destellos, Tedilce les lee. *Todo cambio es un milagro para contemplar, pero es un milagro que está sucediendo a cada instante.* No falta quien farfulle que ellos necesitan otros milagros. Tedilce lee: *¿No es vergonzoso que cuando tu cuerpo no renuncia a esta vida, se apure a renunciar tu alma?* Unos respiran hondo; otros se hunden en las sillas. Tedilce reconoce que ha hablado de más. Así que una frase que da la impresión de gustarle mucho la reserva para regalársela a Fotko, y se la regala en la taberna con una copita de aguagrís caliente azucarado: *No hago nada sin alegría.* Él le observa que no todos ahí han tenido una vida tan llena de tareas, obligaciones, cosas de que ocuparse y posibilidades como ella. En realidad casi ninguno vivía tan así, y por lo tanto ni remotamente pueden sentir que la pérdida de una existencia entera los ha renovado. Tedilce sonríe, un modo de gratitud, y agacha la cabeza como para entrar en una cámara más silenciosa y más estrecha.

Por otra parte el estado no puede mantener el puño tan abierto. No se ocupa de que las empresas adecuen los salarios a una desmedida alza de los precios que los comerciantes achacan a los mayoristas y justifican por la dificultad del transporte hasta ese enclave. Todo lo que entregó a los evacuados al comienzo envejece, cuando no caduca, sin que el dinero les alcance para reponerlo. La gente anda mal vestida, tiene una dieta invariable y duerme entre sábanas rugosas sobre colchones vencidos. El fluido energético es remiso. La cercanía de la naturaleza no resarce del esfuerzo continuo por mantener la condición apenas decente de las construcciones baratas y cada vez más grises de un lugar cada vez más degradado por el abandono estructural y la polución. El consumo ha caído tanto que toda la economía del lugar se resiente, incluso la de los pocos residentes acomodados. Alguien dice que más que una ciudad eso es un campo de internación. Decaída como está, a la Gente que No Sabe Adónde Ir ya no la entusiasma inventarse modos de vida acordes con las vocaciones que tuvieron que resignar por el camino. Estas penalidades no alteran el temple ni el humor de Tedilce. Ella sigue tramando su destino sin pensar en el final. Sin embargo le espolean el pensamiento, que por lo visto recupera contenidos que tuvo en otro tiempo y toma algunos rumbos concretos.

Discretamente repite por ahí: La cosa es tejerse un destino sin tener patrón previo ni aceptar el primer patrón que nos endilgan. Si bien poquísimos captan a qué se refiere, la necesidad de ilusionarse es tan grande que una buena cantidad suma sus desalentados tiempos de sobra para montar un proyecto de Tedilce que conjuga caridad y economía social. Ella, que ha conocido la mentalidad empresarial, sabe que pueden contar con los pequeños réditos de prestigio y buena conciencia que da la acción moral a cualquiera que no desdeñe ese tipo de ganancia. La tendencia se autodenomina Gente sin Rumbo. Los rumbistas persuaden a las compañías industriales de la zona de donar una centésima parte de sus ganancias para el desarrollo de la comunidad, al estado de autorizarlos a crear una institución no codificada, a los acopiadores de materias primas de financiarles compras a largo plazo y a elaboradores de comestibles y a grandes y pequeños comerciantes de cederles una parte de sus stocks si no quieren que la implosión de toda la economía del lugar los deje dentro de poco sin clientela que merezca el nombre. La campaña se corona con la creación de la Banca de Alimentos Gente sin Rumbo, una especie de gran despensa de donde, previa presentación de una lista de necesidades, se puede retirar provisiones y pagarlas a plazos; con el dinero que van incrementando por medio de un fondo de inversiones, se liquidan las obligaciones con los proveedores y se obtienen nuevos suministros, etc. Empresarios y estado se sienten enaltecidos; la máquina de las finanzas sigue absorta en su marcha impersonal; el aspecto de la población mejora tanto como el humor. Se reaviva la charla existencial. Unos se avienen a lo que les ha tocado, otros prueban caminos por el puro gusto de probar, para otros más la búsqueda misma es un camino.

Una tarde, en un segundo de distracción, a Tedilce se le caen de la boca nociones de propaganda que derrama su almacén cerebral. Los rumbistas más probadores se las toman en serio. Casi como una excusa para moverse, forman brigadas que los fines de semana recorren pueblos de comarcas cercanas con el objetivo de difundir y promover los bancos de alimentos; Tedilce accede a encabezar las primeras embajadas. Con los meses, el conjunto de nuevas bancas de alimentos se convierte en una red proclive a consolidarse en una estructura. En los círculos de Gente sin Rumbo que Tedilce contribuye a fundar paralelamente, lo que más se discute es cómo evitar que la estructura se vuelva piramidal. Apoyados por Tedilce, una quimio-vidóloga, un chiefe de cocina y el etólogo Fotko canalizan sus destinos pidiendo a la banca de alimentos un préstamo tomado de los réditos financieros para instalar una planta de carnina. Poco después ya producen medallones no exquisitos pero suculentos.

Es verano otra vez. Llegan los días en que Tedilce se aleja hasta la riba de un arroyo donde se le hace de noche mirando ese aleteo de libélulas a ras del agua que en otras comarcas es seguro anuncio de lluvia. La mirada se le extravía en la oscuridad como si el pensamiento volviera plácidamente a la desorientación. Antes del amanecer se queda dormida, y todavía no ha amanecido cuando se levanta. Llama a su hijo para anunciarle que al día siguiente irá a visitarlos. Con un bolsito ligero parte en bus a un pueblo grande donde saca un billete de tranviliano. Pasa el viaje consustanciada con el asiento, enfrascada en lo que muestra la ventana como en un documental geográfico, y al llegar acaricia la coronilla del nieto, que se le abraza a la falda, y besa al hijo y la nuera con un cariño patente pero sin acento especial, como si los hubiera visto el día anterior. La evidente alegría de todos y el sincero desconcierto del hijo se resuelven en un plano basculante que un poco los marea a todos. En el cuerpo de siete años del niño ya está esbozada la forma suntuosa que tendrá a los dieciocho; la atención, la agilidad verbal e incluso la suspicacia auguran una aptitud fuera de lo común. La razón de los atributos, le informan a Tedilce su hijo y su nuera, es que el brachito es un humano mejorado; el tratamiento biocelular y los apéndices mecánicos les costaron un riñón, pero el futuro no tiene precio; mírelo justo ahora la abuela, por ejemplo, acuclillarse, dar un salto y suspenderse un momento en el aire para agarrar un juguete de un estante a dos varas y media de altura; recuerde con qué palabras floridas recibió el chaleco que ella le tejió. La gran inversión en el niño acuerda con el apartamento de la familia, tan abundante de posibilidades como la ex casa de Tedilce pero más preciso, como si esta generación lograse en cada momento tener lo más urgente ya despachado. Tedilce curiosea en las innovaciones pero no las usa. Atiende a su nieto. Es un niño no tan especial: se blanquea la cara con tizote porque le contaron que así se protegían los primeros voladores de aladesmosca de las flaynaves de la Guardia que los reprimían antes de la legalización. Por más que los pupurlines no sean sus predilectos, eso está claro, a Tedilce no le cuesta llevar al nieto a la Jungla de Espejismos ni invitarlo a tomar heladonios ni hablar de eternas cosas de niños como los campeonatos de salto. El niño no pide de la abuela ninguna diversión más moderna ni ella le pide una gratitud más entusiasta. Si acaso, son los primeros de la casa en irse a la cama y los dos se levantan cuando clarea. En cambio el hijo y la nuera no negocian, y un poco los irrita que Tedilce unas veces se adapte a sus horarios y otras haga lo que se le antoja. Una noche después de la cena por fin hay un diálogo. Mientras parece que Tedilce no le va a soltar nunca la mano que le está apretando, el hijo le pregunta cómo ha superado el horror que vivió. Ella dice que sin tratar de superarlo. Él le pregunta si de verdad se las arregla bien. Ella dice que muy bien. Él le pregunta qué plan tiene. Como producir una respuesta la pone tensa, Tedilce suelta "Ajustarme a los días", quizás lo primero que se le ocurrió. El hijo no pestañea; ni siquiera menea la cabeza. Antes de irse a dormir se besan mutuamente las manos, pero a Tedilce ese atisbo de tensión la afecta. Se despierta de golpe antes de que amanezca. Eso no quita que esté contentísima. A sus anchas en la cocina en penumbra, madre y abuela, prepara trigaletas para todos y al final del suculento desayuno, las manos en la panza, les dice que esa tarde se vuelve al pueblo. Pero si ahora ya no se la ve tan apurada, dice la nuera. Por eso, dice Tedilce.

Vuelve. La banca de alimentos es ya un dispositivo de movimiento continuo. Sobre la imborrable amargura de fondo que dejó la tragedia, una módica satisfacción material y las tertulias sobre asuntos de la existencia abonan un campo donde prosperan iniciativas sin que se haya sembrado semilla. Pero las cosas pasan, no varias a la vez, sino una detrás o después de otra, cada una en su lugar y produciendo su adecuado momento. Al contrario de lo que sucede a menudo, el espectador no se pregunta cómo va a terminar la película; está como acunado, porque la heroína es mudable pero no de la misma manera que las circunstancias ni tan marcadamente.

Unos oficiales de Promoción de Trabajo recurren a Tedilce; les interesaría que la Gente que No Sabe Adónde Ir creara unos talleres formativos de prestación en todos los servicios en que sepan desempeñarse. Pueden absorber población de otras zonas y devolverla capacitada para realizar como se debe las respectivas vocaciones laborales. Tedilce lo comunica a la Gente, vota con la mayoría por aceptar la propuesta y participa en la organización de los talleres, pero cuando llegan los fondos considera que es injustamente poco para lo que imagina que podría hacerse. Los más agitados se pronuncian por seguir de todos modos. Otros están por pelear por un presupuesto mayor. Tedilce dice que prefiere no hacerlo. ¿Qué cosa? Pelear, amigos. La acusan de conformismo; ella pide que le expliquen qué tiene el conformismo de verdaderamente malo; pelear puede hacerse muy cuesta arriba. El grupo se escinde con tal sencillez que le da gusto verlo.

Como Tedilce y el etólogo Fotko han quedado en el mismo bando, la amistad se hace más íntima. A sus sesenta, más relleno sin perder los agudos ángulos de la cara, él está animoso y tentador. Alargan las cenas juntos. Se van de merienda a orillas del arroyo y otra tarde, pese a las tenues protestas de ella, él paga un flaytaxi de ida y vuelta para ir a ver una película en un cinema de ciudad. Trata de un hombre que está cenando con una señorita cuando en el restaurante estalla un incendio; todo el mundo huye sin pagar, y ni espera en la calle al dueño; pero a él la escapada le pesa, y la indiferencia de su amiga, y, más que el frustrado esfuerzo de encontrar al dueño para saldar la cuenta, lo obsesiona todo lo que se cifra de la humanidad en el dilema. Tedilce y Fotko concuerdan en que ahí no hay ningún dilema: hay buena o mala fe, eso es todo. En el flaytaxi se besan cautelosamente. A continuación vienen tres hermosas escenas breves de sexo entre personas de cierta edad; una en el módulo de Tedilce, otra en el de Fotko, la tercera otra vez en el de ella. En la luz de cuadro antiguo los cuerpos parecen objetos que el placer redime de ser naturaleza muerta. Las caricias sin obstáculos de Fotko señalan que en los brazos de Tedilce se ha regenerado el tejido: los puertos para implantes están cubiertos. Al despertar de la tercera noche de amor él le propone que se hagan compañía permanente. Tedilce sonríe coquetamente y se levanta a hacer cafeto. Mientras lo beben, le confiesa que no se ve haciendo como se debe el trabajo de mantener la felicidad conjunta. Él le dice que está muy lejos de su intención absorberle tiempo. Ella lo besa, le pellizca la mejilla y le dice que no es eso, ah, no es eso. Más que titubear, los labios que han rozado los de Fotko le tiemblan, como si hubiera pasado algo decisivo.

Termina el verano. Tempranas luces de las industrias titilan en un crepúsculo largo. Las flores que adornan algunos huevitos habitacionales ya no atraen tanto a las abejas. Sentada en el talud de una loma, Tedilce mira desvanecerse las nubes sobre el oscuro bosque periférico. Al hacer foco en unos ebalnos más cercanos se sobresalta. Se acerca a examinarlos y comprueba que al pie de cada tronco esbelto han brotado matas grises, gruesas, hinchadas de muñones, tumores, enormes forúnculos, consistentes pero amorfas y repulsivas como supuraciones petrificadas. Hay por todos lados. Parece que con toda su rigidez se multiplicaran a ojos vista, expandiéndose por el suelo, subiendo por las cortezas como dispuestas por la compulsión de un decorador fanático.

Tedilce, sorbiendo lágrimas, cuenta lo que ha visto en la tertulia con su fracción de la Gente. Se ha dado cuenta de que la naturaleza es repetitiva, serial, empecinada y vulgar. Parece metódica pero es bruta. No conoce las proporciones; lo que se tiene por exuberancia es invasión y tiranía; voluntad sin freno. La naturaleza ensucia la belleza que ha creado, destruye lo que crea el hombre y el hombre es tan bobo que a veces quiere convencerse y se convence de que es buena, o al menos sabia. Y a lo mejor no, ¿no? A lo mejor la naturaleza es ignorante. ¿Y entonces?, se oye que susurran unos cuantos, y uno suplica que termine con eso. Tedilce sonríe, como aclarando que ella no va a devolver a nadie a la tiniebla del sufrimiento. De hecho se ríe. Le causa gracia su propio desvarío. Los demás se ríen a coro, pero no con ella sino de ella, y uno rezonga que ahí todos saben esas cosas de sobra. Ya se han enterado de que a la naturaleza hay que tenerla corta. Un hombre arrugadísimo observa que si fuera por la naturaleza, las sociedades humanas serían gases de Sameel: infinidad de partículas moviéndose sin concierto para cualquier lado. Varios estratos de experiencia se desplazan bajo el semblante meditativo de Tedilce; parece que los más profundos forzaran los rasgos para abrirse paso. Concuerda en que sí, hay que ordenarla; porque de todos modos los humanos vienen de fábrica hechos para eso. Y no es que por ordenar se olviden los problemas de la vida; más bien disponiendo las cosas se puede mejorar las historias, al menos la apariencia, y no es poco. Una muchacha opalina y gruesa, encendida como un cirio, canturrea que desde luego no es poco: es lo que hizo compositor Guehomi cuando en la sonata para contrabás colocó la marcha fúnebre en el medio y al final una valsina vivaz.

Recostada en una roca de la falda de una colina, Tedilce rumia, tal vez algo que soltó en la tertulia tal vez sin pensarlo mucho. El paisaje le envía imágenes que la atraviesan como el haz de un proyector de cine a un fantasma. Empieza a resollar; se toca la muñeca, donde solía llevar el reloj, y se levanta. Apura el paso cuesta abajo. De repente, aunque ya se ha parado de vez en cuando para aquietar la respiración, se queda clavada a unos metros del camino. Hay un equipo de operarios que acaban de montar las tres columnas de una publicidad holográfica. Alza las cejas; le resplandecen los ojos, no se sabe si de dicha por un hallazgo impensado o de estupor ante el regreso de un muerto. Cualquiera de las dos cosas que sea, la empuja a seguir andando a un ritmo casi marcial.

Algo le ha germinado en la cabeza. No lo cuenta en una tertulia con su fracción de la Gente sino en la taberna, con los íntimos, entre copitas de aguagrís que en vez de beber de a sorbitos liquida distraídamente de un trago. Se pregunta en voz alta cómo es que no se les ha ocurrido hacer algo más durable con la forma en que pelearon contra lo que les pasó. Porque el sufrimiento es inevitable, deja a las personas sin rumbo, y enfrentarlo requiere coraje y atención, y ellos, ellos, y aquí le cuesta encontrar la palabra, ellos se especializaron en hacerle frente. El viejo arrugado concuerda: Qué tantos servicios, dice; más productos. Ahora todos vacían cada copita de un trago y piden otra. Las calamidades no cesan; lo más difícil ante el desamparo es tomar decisiones. Hay que convencer a las empresas que si quieren enaltecer sus nombres, o incluso sus marcas, lo óptimo es auspiciar un programa que sería muy chunqui llamar, y esta idea es de Tedilce, Construirse un Destino.

Dicho y hecho. Solicitan reuniones con relacionistas. Un consorcio minero y otro de fabricantes de partes para catamaranes les compran la propuesta. Y ya está ahí Tedilce al frente de su núcleo adoctrinando a un equipo que poco después parte a diversas ciudades aquejadas y pueblos deprimidos con el objetivo de fomentar la creación de más grupos de seres resueltos a imaginarse un destino etapa por etapa. El filme permite suponer que cuando estos seres sepan qué hacer, probablemente querrán propagar la actitud a su vez. Por el momento solo están los emblemas empresariales de candelomer en las chaquetas de los activistas y los pregones que con la supervisión de Tedilce se instalan a la entrada de los pueblos interesados y, con los emblemas modestamente al pie, proyectan la divisa: *Descubramos adónde ir*. En la medida en que los descubrimientos redunden en oficios, ocupaciones y trabajos, la maquinaria generará su propia economía. Cientos de humanos tendrán un contrapeso para la angustia y al mismo tiempo más holgura. Tedilce sigue viviendo con sobriedad, sin ascetismo, con la misma sonrisa intempestiva y suave, pero ya no a tranco lento. A ningún camarada, ni siquiera a Fotko, se le ocurriría pedir una reunión con un bloque de conciliadores para lograr que el estado permita a las empresas descontar impuestos a cambio de apoyo a Construirse un Destino. De modo que Tedilce es iniciadora, mediadora y confirmadora, cuando no está elaborando, encargando, comprobando, verificando o evaluando o prestando oído o dando aliento.

Arrellanada en el único sillón de su módulo, rodeada de sus pocos artículos nuevos, dos cuadernaclos de fuste y dos contenedores de perlonato lineado, clasifica fotovivs de grupos de construcción de destino, y gráficos a nombre de los patrocinadores, mientras riega con aguanela los agapines de queso que va mordisqueando. Al otro lado del ventanil las colinas dejan que la luna les revele las posibilidades. Aunque está lejos de acelerarse, las únicas, espaciadas pausas que Tedilce se toma son para eructar. Sin embargo hay un porfolio que la deja turbada. Se ríe, sí, pero rascándose la cabeza como si tuviera un sarpullido, y busca otros porfolios y los examina, siempre rascándose, expulsando globitos de risa, como si comprendiera cuánto de lo que supo una vez había olvidado; o en general cuánto se olvida y por qué la gente se repite tanto. La escena dura lo suficiente para que se permita este tipo de consideraciones. Después de un buen rato de agitación a Tedilce se le escapa un suspiro. Se levanta y abre un grifo; la sonrisa de la cara mojada que ve en el espejo se deshace en un suspiro más. Se cepilla bien los dientes, se va a la cama y en un tris se queda dormida.

Está asomándose al jardinet a mirar la luna en un cielo acalambrado cuando ve la ola tragándose las casas de enfrente, la ve tragárselas. El agua revienta el vallado, la encuentra a ella en el quicio de la puerta y la arrastra adentro de la sala. Un torbellino visceral la centrifuga y la estampa en un sillón. Hectolitros de agua le entran por la nariz. Trata de tapársela pero una corriente de reflujo se la lleva afuera, por encima de casas derribadas, mientras ella se desespera por salir a la superficie. Cuando logra sacar la cabeza, vomita un chorro de agua y lagartijas y tornillos y relojes y pulpa de naranja, pugna al mismo tiempo por tragar aire y en cuanto lo consigue el cuerpo opta por ahorrarle el terror y la desmaya. Al instante se despierta sobre una pátina de fango sucio de brea; es el comienzo de un amanecer lívido y sudoroso. Un aullido lastimero la hace levantar la cabeza. De otro lado llega una voz de niño. En la marquesina de un quiosco indemne aletea una garza. Alguien musita. Está apretada contra el asiento que el agua arrancó de una lancha pesquera que quedó atravesada en un campo de balompo. El camisón, la bata y las pantuflas no se le han desprendido pero no alcanzan a cubrir todas las magulladuras. Sangra por una herida del muslo cubierta de lapas. Mueve trabajosamente la mandíbula. Husmea. El aire debe oler a cieno vegetal y procesos de podredumbre. La anormal extensión de playa que dejó la bajante está sembrada de cuerpos humanos y animales. Algunos parecen extras de cinema haciendo de muertos, pero muchos están muertos, y muertos están los dos pupurlines que tiene a unas varas, porque arrodillado entre los dos un hombre llora a alaridos. Una mujer descalza, desnuda bajo un abrigo de lanosa, saca de los bolsillos dos manzanas machucadas y le ofrece una. Ella le da un mordisco violento, como quien se pellizca dudando de estar viva, y los dientes chocan porque no hay nada que masticar.

Se sienta en la cama de un salto. Jadea. Se frota los ojos. Mientras se moja la cara, mientras bebe agua, mientras logra vestirse y regulariza los movimientos y se calma y prepara el desayuno y retoma sus ritmos Tedilce piensa y prevé. A mediodía termina sumariamente una reunión para irse a comer con Fotko. Piden sopa de zapallo. Él nota que a ella no le está cayendo bien. Delicadamente desvía la mirada cada vez que ella reprime un eructo, pero ha ganado en humor lo bastante para sugerir que la ve empachada, como si se hubiera comido varios platos de planes. Palmeándole la mano, en un murmullo pero con firmeza, ella le dice que para difundir las formas de apaciguar el alma se necesita actuar. Encuadrándole con la mirada los ojos incisivos y las ardorosas aletas de la nariz, Fotko retruca que no porque uno quiera hacerse un destino tiene que acumular tal mole de ocupaciones. Como otras veces en el filme, Tedilce se encoge de hombros. Es que hay que ir teniendo las cosas arregladas con tiempo, dice; no sea que después te morís y queda todo hecho un lío.

Esta edición de *La calle de los cines* de Marcelo
Cohen se terminó de imprimir en el mes de julio
de 2018, en Elías Porter y Cía SRL, Plaza 1202,
Ciudad Autónoma de Buenos Aires, Argentina.